Le Secret de Marie

Diffusion : De Borée
35, rue des Frères-Lumière - Z.I. Le Brézet - 63100 Clermont-Ferrand
Achevé d'imprimer dans l'U.E. en octobre 2002
Dépôt légal 4e trimestre 2002
ISBN 2-84494-152-4

Jean Chauvigné

Le Secret de Marie

De Borée
Terre de poche

« Il ne faudrait jamais regarder couler
la Loire, c'est une chose fatale :
après on ne sait plus faire que ça
et le reste est sans importance…
Quand vous vous en rendrez compte,
il sera trop tard. »

Alix de Saint-André
L'Ange et le réservoir de liquide à freins
Série Noire Gallimard

Les noms propres de personnes utilisés,
très courants en Anjou, sont encore portés
dans la région où se déroule l'action du Secret de Marie... *Je tiens donc à préciser que les personnages de ce livre, sauf mes grands-parents, sont purement imaginaires et leur identité ou leur ressemblance avec tout être vivant ou mort, ne pourrait être qu'une coïncidence non voulue par l'auteur.*

***Galiote** : une barque pour la pêche et la promenade, plus fine, plus légère que les bateaux habituels.*
Le mot n'est guère employé dans le langage courant mais sa sonorité joyeuse m'a séduit.
On peut même en élargir le sens en parlant d'une jolie femme et dire : « C'est une sacrée galiote ! »

AVANT-PROPOS

Mon grand-père était un homme attentif aux histoires, celles de ses contemporains, de ses parents : celles qui concernaient des faits sociaux et politiques importants ou des événements de sa vie professionnelle. Il savait et craignait la fragilité de la mémoire ; aussi, très tôt, s'était-il décidé à écrire pour ne pas oublier les faits, les noms, les détails.

Il avait réparti ses souvenirs dans quelques gros cahiers qu'il avait remplis régulièrement de cette belle écriture élégante et un peu précieuse, aux majuscules ornées d'arabesques. Tout est écrit à la plume Sergent-Major jusqu'aux années 1935 où le stylo banalise l'écriture. À partir de 1950, le trait devient moins sûr, les lettres tremblent mais la mémoire ne faiblit pas.

Tout enfant, avant même que je sache écrire, j'étais fasciné par le cérémonial : le soir surtout ou les jours de pluie où la « bérouasse » empêchait le jardinage et la pêche, grand-père sortait du tiroir de son bureau l'un des cahiers, la bouteille d'encre noire, le buvard rose et le porte-plume ; pendant une heure, la plume courait, en pleins et en déliés, sans hésiter.

Un jour, il annonça qu'il avait tout dit. Il me montra la première page de chaque cahier sur laquelle il avait écrit « pour mon petit-fils ».

« Alors, avais-je dit, si c'est pour moi, je peux les lire, tes cahiers ? »

J'avais ouvert le premier, à la couverture verte, sur lequel il avait moulé le titre : « Souvenirs politiques ». J'avais huit ans, je ne comprenais pas tout : ce plébiscite du 8 mai 1870 qui demandait d'approuver les réformes libérales de l'Empire — j'étais seulement vaguement fier que mon arrière-grand-père, le menuisier Jean Émeriau et l'instituteur du pays, Monsieur Hamon, aient été les seuls à voter « non » ; la séparation de l'Église et de l'État me laissait rêveur, les élections aussi : ces Républicains qui voulaient abattre les Conservateurs, ces Orléanistes ralliés à la République se mélangeaient à mes premières leçons d'histoire et je m'étonnais que mon grand-père ne parlât jamais ni de Charlemagne ni de Louis XIV qu'il avait pourtant dû rencontrer.

Je me lassai vite de la politique et commençai un autre cahier sur les « souvenirs scolaires ».

Dans les pages sur les années 1930, apparaît le nom de François Bureau. Il lui est consacré un long chapitre où mon grand-père évoque cet élève exceptionnel qui avait appris à lire seul, en regardant les tableaux de lecture et en feuilletant les livres des grands élèves.

Dans ce chapitre, un titre : « Chansons et poèmes de François » et une explication : « François inventait des chansons qu'il fredonnait longtemps ; il venait me voir après la classe et me disait « j'en ai encore inventé une et celle-là, je voudrais la garder, il faudrait l'écrire avec les notes pour ne pas la perdre ». Alors, il la chantait, nous la chantions tous les deux ; j'écrivais les notes et je la jouais sur ma flûte. François disait seulement : « Oui, c'est ça », d'un air grave.

Mon grand-père lui donna un cahier, François y copia ses chansons préférées et ses poèmes. Il les écrivait aussi sur des feuilles volantes qu'il donnait à son maître ou laissait sur son bureau, sans rien dire, comme un cadeau et que mon grand-père gardait précieusement pour les recopier ensuite sur son cahier de souvenirs.

Mais rien n'apparaît plus après 1939 ; François avait alors 19 ans.

Certains poèmes me fascinaient, je les lisais à haute voix, je les apprenais par cœur, je fredonnais souvent les chansons. Qu'était il devenu ce François Bureau ? Pourquoi grand-père n'avait-il plus rien dit de lui après le dernier poème de 1939 ? J'hésitai longtemps à le questionner et, un jour — je devais avoir quatorze ans — il répondit à mes questions :

« Oui, maintenant, dit-il, je peux te raconter… Tu te souviens du Plessis-Étiau ?

— Oui, vaguement… C'est le village où tu étais instituteur et que tu as quitté pour prendre ta retraite à Montjean ?

— Oui, tu y es venu pendant les vacances ; avec tes parents, c'était souvent notre but de promenade.

— Je me souviens de la petite école, de l'église et d'une grande maison à étage, la seule du bourg, avec un marronnier et une grille…

— C'était “la Guitonnerie”, chez les Terrien.

— Mais le reste est très flou.

— Pourtant, le bourg était tout petit ! Regarde à la dernière page du cahier, j'ai fait un plan, tu vas comprendre. »

Des explications furent pourtant nécessaires ; les noms locaux comme les *rotes*, les *molles* et les *mouilles* m'étaient inconnus. Grand-père m'expliqua et le souvenir de François émergea des brouillards dont la Loire couvre ses courants et ses grèves.

Aline

I

Automne 1921

Alfred Bodin le disait lui-même : « Dans ma baraque, y a qu'moi pour m'y retrouver ! » Quand on quittait la place du village, à droite de l'église, et qu'on prenait la *rote* à Lusseau — les *rotes* sont plus des sentiers rustiques que des chemins — pour aller vers la Boire aux fées, on remarquait à peine cette maison basse cachée dans les saules et les roseaux. Le jardin, abandonné depuis longtemps, était envahi d'herbes barbares, de buissons incohérents et de rosiers anarchiques qui retournaient petit à petit à leur état premier d'églantiers. Ce fouillis voulait pourtant montrer qu'il avait été cultivé et en donnait des preuves incongrues : des artichauts brandissaient leurs fleurs exotiques et les haricots qui s'étaient ressemés tout seuls grimpaient dans les ronces.

On arrivait à la porte par une « musse » étroite, dégagée à la faucille quand les orties arborescentes balayaient le visage.

Alfred ne vivait que dans une seule pièce au plafond bas dont les entre-poutres étaient bourrées d'un torchis qui laissait échapper des brins de paille poussiéreuse. Dans un coin, le lit n'était qu'un amoncellement informe de couvertures grises, surmonté d'un édredon rouge grossièrement rapiécé. La longue table de chêne qui occupait tout le centre de la pièce était encombrée d'un fouillis d'objets divers : des assiettes, des verres, des couverts de fer qui n'étaient jamais lavés, un gros pain entamé et surtout, des brassées de fleurs et de feuilles séchées. Les chaises paillées étaient rafistolées avec de la ficelle de chanvre. Le buffet à deux corps en merisier n'était, bien sûr, jamais essuyé, la poussière garnissait de chenilles grises les rainures et les volutes sculptées. Dans la cheminée, un chaudron noir et gras : Bodin y faisait cuire sa soupe et ses tisanes, des mixtures complexes que ses clients lui réclamaient pour soigner les bêtes ou les gens.

Comme le chaudron, tout était gras dans la maison : l'abat-jour de porcelaine aux bords tuyautés comme une coiffe, les vitres essuyées seulement d'un revers de main quand vraiment le jour ne passait plus, les vestes pendues aux clous du mur. Alfred lui aussi, pourtant grand et maigre était gras et luisant comme un vieux porc, ses vêtements étaient cirés de crasse et sa casquette en peau de taupe, cadeau de son ami Lumeau, le taupier, brillait comme de la moleskine. Et sur tout cela, dès qu'on ouvrait la porte, une odeur de lard rance et d'herbes bouillies, lourde et écœurante, une odeur d'hospice mal tenu.

Il tira du gousset de son gilet sa montre d'acier :

« Il va être temps d'y aller ; les coliques, ça n'attend pas ! »

Il ouvrit les deux portes de la partie supérieure du buffet : sur les trois étagères s'alignaient des petits sacs en toile bise, fermés d'une ficelle. Il en choisit deux, referma les portes et les posa sur la table. Il tira de l'un d'eux quelques marrons d'Inde sèchés qu'il éplucha et coupa en tout petits morceaux ; de l'autre sac, il sortit une pincée de feuilles sèches qu'il froissa dans ses paumes et réduisit en une poussière brune. Il mélangea le tout et fit glisser sa préparation sur une demi-feuille de journal dont il replia soigneusement les bords ; il mit le paquet dans sa poche. Il atteignit sur le manteau de la cheminée, entre un chat-huant et un écureuil empaillés, une bouteille de vin blanc, seul objet dépoussiéré de la maison, s'en versa un verre qu'il avala d'un coup, sans le goûter.

Il sortit et tira la porte dont la clé était perdue depuis longtemps : « Les ceusses, disait-il, qui voudraient m'voler, trouv'raient que mes soupes du Diable ! » Personne, d'ailleurs, dans le village du Plessis-Étiau n'aurait eu l'idée de fouiller dans la bauge du vieux sanglier : on avait un peu peur de tous ces sacs remplis de plantes aux noms maléfiques que Bodin aimait employer pour faire peur aux gens : l'herbe aux chancres, l'herbe au diable, l'herbe à la Farcion. Il était tranquille, la maison était bien gardée.

Il sortit dans la rote à Lusseau et revint vers la place de l'église. Tout au bout, au coin de la rue à Vaslin qui descendait vers les prés, habitait Aristide Lumeau, le taupier. Il jeta un coup d'œil, la porte était fermée, le chien dormait dans l'herbe près de sa niche : c'était signe que l'Aristide était parti poser ses pièges dans les champs et qu'il faudrait revenir seulement le soir pour se faire payer un verre.

Automne 1921

Il remonta la rue à Vaslin vers la Loire et entra dans la petite venelle qui menait à la Blinière, chez Armand Bureau dont le cheval avait des coliques.

« Pauv'Armand, son cheval qu'a la colique et sa femme qu'a le feu au cul ! J'vas sûr'ment guérir le bestiau avant deux jours mais la fumelle… »

Il entra dans la cour sablée et se dirigea tout de suite vers le bâtiment du fond, le bûcher, la grange aux outils et à gauche, l'écurie où il entendait Gamin donner des coups de pied dans son bat-flanc. Au bruit des sabots, le cheval tourna la tête : ses yeux brillaient comme des prunes et des éclairs de folie trahissaient la douleur qui lui tordait le ventre ; il piétinait nerveusement dans la paille de sa litière.

De sa cuisine, Armand avait vu passer le *mégeilleux*[1] et l'avait suivi dans l'écurie.

« Ça ne va pas être trop grave, Alfred ?

— C'est les coliques, ça dure trois jours ou six jours. Qu'est-ce qu'il a mangé, ton ch'val pour être tout *abeillaudé*[2] comme ça ?

---

1. Mégeilleux : hongreur, il soignait les bêtes et, souvent aussi, les gens.

2. Abeillaudé : enflé.

— En ce moment, il est au pré toute la journée, celui de la Croix-Maurepas ; l'herbe est courte, c'est pas ça qu'a pu lui faire du mal.

— Y a pas de pommiers dans ton pré, il a pas pu s'empommer ; pour moi, il a mangé une saloperie, il aura tiré de la haie une branche d'éronce et les épines y auront graffigné la panse et ça s'est envelimé. J't'ai apporté c'que faut mais j'ai besoin d'un demi-litre de vin blanc.

— Alors, on va à la maison. »

La cuisine était grande et claire, les vieux meubles brillaient, les rideaux, la toile cirée de la table, le dessus de cheminée en étamine bleue et blanche, tout était d'une propreté dont Alfred s'étonnait ; il n'en voyait pas la nécessité, « le pain, il est aussi bon chez moi qu'icit » disait-il.

Aline Bureau était certes chaude comme une miche qui sort du four et comme disait Lumeau, « elle tenait mieux su'l'dos qu'une bique su'ses cornes » ; elle partait souvent courir les galants mais on était bien obligé d'admettre que sa maison était bien tenue, que son mari et le petit François ne manquaient de rien ; seulement, de temps en temps, elle prenait sa bicyclette et disait à son mari : « À ce soir ! » quelquefois « À demain ! ». Elle partait Dieu sait où et revenait, le poil terne et les yeux vagues, comme une chatte du mois d'août, sans donner d'explications.

Automne 1921

Dans le fond de la pièce, le petit François gigotait dans sa *charte*[1] et les roues de fer grattaient les carreaux d'argile cuite quand il entreprenait de faire un tour de table. Les deux hommes s'assirent et Alfred déplia son journal :

« Faudrait qu'tu mettrais tout ça dans une castrole avec un demi-litre de vin blanc et qu'ça bouille pendant un bon quart d'heure. Quand la mixture aura ferdi, on la f'ra boire à ton ch'val ; les coliques devraient passer après-demain, sinon, on y en f'ra boire une aut'tournée. »

Armand avait pris deux verres dans le buffet.

« T'as raison, faut qu'on s'soigne nous aussit', pour les coliques à venir ! »

Le temps de boire le demi-litre qui restait — et avec Bodin l'affaire était vite réglée — les deux hommes avaient eu le temps de faire le tour des nouvelles du pays : Pierre Cailleau avait une commande de trois bateaux pour des « bourgeois » qui voulaient se promener sur la Loire ; dimanche soir, en revenant de Montjean, « Chopinet' » était tombé, saoul comme la bourrique du Diable dans le fossé de la rote à Bigournet' ; Aristide Lumeau avait pris quinze taupes dans le champ de Joseph Terrien, derrière le cimetière.

---

1. Charte : l'ancêtre du youpala.

Alfred aurait bien demandé des nouvelles d'Aline mais le chapitre était délicat : on ne savait pas si elle était à la maison, juste revenue d'une « virée » à la ville ou si elle venait de partir ; pourtant, la curiosité l'emporta :

« Ton p'tit François, il est pas *rafouin*[1], on voit qu'sa mère s'en occupe comme i'faut, i'manque de ren.

— Quand elle est là !

— Al'est'cor'partie ?

— Oui, d'puis à matin, i'paraît qu'a r'vient c'soir !

— T'as quand même pas d'chance : juste marié en 14 ; après la guerre et tes blessures et pis là, au r'tour...

— Je m'console, j'suis pas tout seul : su'la terre, y a plus d'mariés que d'contents !

— Ça, c'est ben vrai ! mais c'que j'comprends pas, c'est qu'a'change tout l'temps de galant, un dans la vallée, un sur Saint-Florent, un aut' à Ancenis...

— Si, ça s'explique et tu sais ben c'qu'il en est... C'est pas tout ça, mais le bouillon doit êt'prêt ; faut espérer que mon ch'val, il aime le vin blanc autant que toi !

— On va voir ça tout d'suit' ! »

---

1. Rafouin : chétif.

Automne 1921

L'opération terminée, Alfred quitta la Blinière et descendit la rue à Vaslin. Dans la cour de la Guitonnerie, chez les Terrien, Joseph montait dans sa charrette anglaise.

« Te v'là parti en virée, mon Joseph, t'as mis ton beau *fait*[1] en velours !

— Oui, je vais voir mes vignes à Chaudefonds, la vendange est pour bientôt et ce sera l'année du siècle si le beau temps continue.

— V'là au moins une bonne nouvelle ! Tu m'en mettras une *busse*[2] de côté pas'que, c'médicament-là, j'en prends ben dix fois par jour.

— C'est promis ! Allez, hue Brillant ! »

Alfred tourna vers la place de l'église et s'engagea dans la rote à Lusseau pour rentrer chez lui mais la matinée était juste entamée et il avait tout son temps ; il ferait une pause chez Clarisse, histoire de vérifier que le rouge passait aussi bien que le blanc. Il poussa la porte vitrée et entra dans la salle basse. Une des trois tables était déjà occupée par Célestin Sautejau, le garde-champêtre, le Chopinet' qui était tombé dans le fossé et qu'on appelait ainsi parce qu'il commandait toujours à Clarisse, « une p'tit'chopinet' de blanc ».

---

1. Fait : les vêtements

2. Busse : barrique contenant de 220 à 230 litres

« Eh ben, mon Célestin, tu dis la messe de bonne heure !

— Oui, j'prends des forces, j'ai tout'une tournée à faire dans les fonds du Plessis, des papiers de la "mairerie" à porter.

— Alors, j'accompagne ta chopine… Clarisse, apport'don'la p'tite sœur !

— T'as déjà soigné qué'qu'un, à matin ?

— Oui, chez Bureau, le ch'val… il est *beuillu*[1] comme un âne quervé.

— Et l'Aline ? Lucien Orthion, i'm'a dit qu'al'tait partie…

— Oui, c'est son jour ! Paraît qu'a'r'vient c'soir… Et l'aut' "*Coco-bat-l'z'œufs*"[2] qui n'dit ren ! Il attend, i'soigne le *queniot*[3] et quand a'r'viendra, une fois sa *trudaine*[4] passée, i'y f'ra les yeux doux comme en 14 quand i's'sont mariés ! Pauv'gars !

— Un beau jour, à'va pas rev'nir !

— Ça s'pourrait ben, *divarse*[5] comme elle est ! A'va trouver un *chenassier*[6] qui va la garder au

---

1. Beuillu : ventru.

2. Coco-bat-l'z'œufs : un nigaud.

3. Queniot : un petit enfant.

4. Trudaine : le rut.

5. Divarse : frivole, changeant.

6. Chenassier : paillard.

chaud. On a d'la chance, nous deux, de pas avoir de bonne femme à nous *enrousiner*[1] !

— À la tienne !

— D'même !

— Allez, j'm'en vas, j'ai d'la route. Si tu vois Lumeau, tu y diras que j'ai fait sa commission chez Chupin pour les taupes : i'peut aller quand i'voudra dans son champ d'la vallée ; i'peut ren s'mer, le Chupin, tellement que i'a de taupinières !

— Ça s'ra fait, mon gars… à nous r'voir ! »

On pourrait croire qu'il n'y en avait que pour Aline dans ce village du Plessis-Étiau. C'est un peu vrai. Le village, sur la rive gauche de la Loire, bâti en contrebas d'une étroite levée qui le protégeait des inondations — sauf en 1856 où tout avait été envahi par le fleuve déchaîné à cause de la « rompure » des levées — était simple, banal même : une église sobre et trapue entourée d'une dizaine de maisons dont la mairie-école traditionnelle et la cure, maison longue et basse en tuffeau, avec, derrière, un grand jardin aux allées incertaines, peuplé de buissons emmêlés et de massifs de soucis et d'asters qui se reproduisaient librement. Des sentiers rustiques partaient de la place, ces rotes dont le milieu était tapissé de plantain et dont les côtés, écrasés par les roues de charrettes, formaient deux

1. *Enrousiner : ennuyer.*

serpents de sable brillant. Le long de la rote à Lusseau s'alignaient le café de Clarisse Orthion, l'atelier de son mari, Lucien, le bourrelier, la maison de Chopinet' et plus loin, isolée, la bauge d'Alfred.

Seule vraie animation, l'atelier de Pierre Cailleau à côté de l'école : un grand hangar où il entreposait son bois ; dehors, dans la cour, les quelques bateaux en construction qui prenaient l'air pendant la belle saison et qu'on rentrait l'hiver : un *bachot*[1] pour Lumeau qui s'était fait surprendre par une grosse crue nocturne et dont le bachot s'était perdu ; et « une petite galiote ».

Aline, c'était le coup de fouet qui secouait le bourg. Si elle était partie, les commères, la Renée Cailleau surtout, partaient en visite pour recueillir les nouvelles : était-elle allée vers Montjean ou vers Saint-Florent, allait-elle retrouver le gars Guérif comme la dernière fois où elle était restée trois jours ? Quand elle revenait, on montait la rue à Vaslin pour passer devant la Blinière comme pour aller respirer la Loire, en espérant qu'elle traverserait la cour : on verrait un peu sa mine !

Les hommes, eux, ces fugues les émoustillaient : les jeunes, comme Pierre Cailleau qui

---

1. Bachot : bateau à deux « levées » (deux bouts plats et relevés), avec rames.

venait d'avoir trente ans, auraient bien voulu être de la fête — le Pierre, ça l'aurait changé de sa Renée, un vrai *bâton-pouillé*[1] ! Les vieux comme Bodin et Lumeau qui avaient passé la cinquantaine — c'était vieux à cette époque — se seraient bien offert la jeunesse et proclamaient qu'ils arriveraient bien à la faire *roincer*[2]. Il faut dire qu'Aline était brune, ronde, rieuse et fière comme une Espagnole, elle regardait les hommes avec une telle hardiesse que c'étaient eux qui baissaient les yeux ; elle savait rire en montrant ses dents et sa langue rose, comme un chat qui bâille. Mais Aline cherchait ses amours hors du village et les mâles autochtones n'avaient rien à en espérer.

Aline, c'était aussi le mystère : elle venait des environs de Nantes ; à dix-huit ans, elle s'était placée comme bonne, de l'autre côté de la Loire, chez un médecin. C'est dans les fêtes des environs que Bureau l'avait connue ; il en était tombé amoureux fou si bien qu'en 1914, ils s'étaient mariés, quelques semaines avant le départ d'Armand pour la guerre ; ses parents s'étaient retirés dans leur ferme de la Chapelle pour laisser la Blinière aux jeunes, pas trop contents de voir s'installer dans

---

1. Bâton-pouillé : femme maigre.

2. Roincer : crier... parfois de plaisir.

une ferme, cette jeune fille de la ville dont la coquetterie s'accordait mal avec les travaux des champs.

Armand était revenu de la guerre, le corps criblé d'éclats d'obus mais sa blessure plus grave, ce fut d'apprendre au retour qu'Aline, sans négliger le travail de la ferme, s'était laissée glisser au pied des paillers et les parents Bureau ne s'étaient pas privés de renseigner leur fils. Le garçon déjà timide, taciturne même, s'était encore assombri. La naissance de François en 1920 avait semblé rapprocher les deux époux et la présence de l'enfant faisait retrouver à Aline son équilibre : elle manifestait à son fils un amour passionné : elle l'embrassait avec une fougue peu commune dans les campagnes de l'époque où les gens considéraient les baisers, d'abord seulement bons pour les jeunes qui voulaient se marier, ensuite comme des actes conventionnels et vides de sens dont ils avaient un peu honte. Elle le prenait sur son bras et le promenait dans le village. C'est vrai qu'il était beau, François ; la peau hâlée, les cheveux noirs et serrés comme un agneau d'Astrakan, les yeux vifs et mobiles qui voulaient tout voir ; gracieux même avec des inconnus, il souriait à tous, même à Joséphine Malinge, la bonne du curé Brébion, au visage jaune et anguleux qui voulait toujours « bijer ce p'tit, mignon comme un Jésus ». Aline terminait sa promenade chez Lucie Terrien, qui à vingt-sept ans, n'attendait pas encore d'enfant et se demandait si elle arriverait à en faire un aussi beau. François tendait les bras quand il la voyait, en poussant de petits cris : c'était Lucie qui le gardait quand ses parents travaillaient dans les champs éloignés de la Blinière ou quand Aline — le goût des escapades l'avait reprise depuis peu — allait « courir les *marcous* »[1], comme disait Lumeau.

Armand attendait que le remède d'Alfred fît son effet : tous les quarts d'heure, il allait vers l'écurie. Mais les coups de pied faisaient souvent sonner les chaînes du bat-flanc et le regard tendre que le cheval réservait à son maître était encore traversé par les éclats brillants de l'inquiétude.

« Alfred a raison, il faut attendre au moins demain pour y voir plus clair dans c'te maladie ! »

Il revint vers la cuisine et la comtoise lui indiqua qu'il était l'heure de préparer la bouillie du gamin. Il mettait la casserole sur le feu quand il entendit les roues de la bicyclette d'Aline écraser le sable de la cour et le tintement du timbre qui heurtait le mur : « Elle a dû trouver c'qu'a'cherchait pour rentrer de si bonne heure ! »

Aline poussa la porte, traversa la cuisine sans dire un mot et entra dans la chambre pour se

1. Marcou : le chat mâle.

changer ; elle revint vers la cuisine et enfila son tablier pendu près du buffet.

« Tu vois, j'allais faire manger François ; si j'avais su qu'tu rev'nais déjà, j't'aurais laissé faire.

— Si ça te plaît pas, je peux repartir !

— C'est pas ça ! Te v'là tout d'suite fâchée, j'suis content que tu soyes revenue, c'est tout ! »

François tapait sur la table avec son hochet parce qu'il trouvait que la cuillère s'attardait trop longtemps dans l'assiette où la bouillie refroidissait. Il avait un appétit peu ordinaire. La bouillie était avalée en cinq minutes et il cherchait à atteindre tout ce qui était comestible : un morceau de pain, les croûtes de fromage dans l'assiette de ses parents, une carotte crue quand sa mère épluchait les légumes ; il les montrait d'un doigt exigeant en poussant des « Hon ! Hon ! » énergiques. En regardant son mari de travers, Aline proclamait que son François, lui, serait un sacré petit mâle et que les filles, dans une quinzaine d'années, feraient bien de serrer le bas de leur robe.

Dans ces cas-là, Armand capitulait, il refermait son couteau, repoussait son assiette et remontait la rue à Vaslin pour regarder la Loire et trouver la paix.

Comme il fallait s'y attendre, François en eut vite assez de piétiner dans sa charte : l'horizon borné de la cuisine, les chaises qu'il renversait et la chasse aux poules qui s'aventuraient sous la table quand le *lucet*[1] était resté ouvert, tout cela ne lui suffisait plus. Il criait : un cri strident, prolongé, poussé sans reprendre haleine, si bien qu'Aline accourait : « Mais tais-toi donc, on va croire que je t'égorge ! » et l'extrayait de son instrument de torture. Il empoignait alors le doigt qui s'offrait et à onze mois, il fit ses premiers pas dans la cour en tendant la main vers toutes les richesses à conquérir, le cheval dont il aurait voulu tirer les crins de la queue flottante, le coq qui faisait le fier sur son fumier, les roseaux massettes qui fermaient la mare et surtout, comme si déjà le parfum magique de la Loire l'attirait, le portail des tentations, ouvert sur la rue à Vaslin et qui invitait aux expéditions.

Il lâchait vite le doigt de son guide, faisait quatre pas au ralenti puis quatre autres en trottinant, les mains en avant, sûr qu'il était de s'étaler dans le sable et de s'écorcher les genoux.

Il était vite relevé ; jamais de cris ni de pleurs mais des éclats de rire qui proclamaient sa victoire, sa joie de s'être remis tout seul debout.

Il fallut prendre des mesures pour limiter son champ de manœuvres. Armand fabriqua des claies de bois pour fermer les passages dangereux

---

1. Lucet : partie inférieure d'une porte en deux parties.

vers la mare et vers la rue ; il les attacha avec une bonne ficelle de lieuse car l'enfant n'admettait pas ces entraves à ses désirs d'évasion ; il les empoignait à deux mains et les secouait en clamant sa colère.

« Vas-tu arrêter, petit démon ! Rentre-le, Aline, qu'il nous fasse plus *endêver*[1] ! Bon d'là ! C'est quand même pas les *pirons*[2] qui vont m'ner les oies aux champs ! »

Aline le prenait sous son bras et le remettait dans sa charte avec un bon croûton de pain dans la bouche : c'était le seul moyen de le calmer ; il le mastiquait en bavant comme un *luma*[3] mais la satisfaction de son estomac n'effaçait pas sa détermination à éliminer les obstacles et aller voir la couleur du monde, de l'autre côté des barrières.

Dès qu'il sut vraiment marcher, sa mère l'emmena souvent faire le tour du village ; elle était fière de le montrer mais l'enfant préférait la promenade du soir sur la levée. Lui qui d'habitude ne tenait pas en place, restait tranquillement assis sur le parapet et regardait l'eau miroiter, les mouettes plonger sur les ablettes, les peupliers des îles, dorés par l'automne. Il prononça là ses premiers mots,

---

1. Endêver : rager

2. Les pirons : les jeunes oies

3. Un luma : un escargot.

Automne 1921

« île », « eau », « oiseau » ; il les répétait comme un refrain, avec une amoureuse obstination, comme si naissait déjà en lui l'appel qui aurait tant d'importance dans sa vie.

II

Octobre 1923

IL DEVAIT AVOIR À PEINE TROIS ANS. Armand était aux champs, Aline dans son jardin à arracher les poireaux et les carottes pour la soupe. François, à cheval sur le balai de mil de l'écurie, s'amusait à affoler les poules qui cherchaient refuge dans le bûcher ou dans les roseaux. N'ayant pas d'autres animaux à pourchasser — le chat s'était depuis longtemps protégé des assauts dans le grenier à foin — il s'était retrouvé seul et désœuvré ; la joie de jouer au cheval en tournant en rond dans la cour ne l'excitait plus. Il rangea le balai dans l'écurie et se dit qu'une promenade en solitaire lui plairait beaucoup. Il s'approcha de la barrière sur la rue avec des regards en arrière pour s'assurer que sa mère était bien occupée. Il tira sur la boucle de la ficelle qui attachait le *cléiau*[1] au pilier du portail, il l'écarta juste de quoi passer et se faufila vers la rue. Mais ce n'était pas la place de l'église et les maisons inertes qui l'attiraient. Il tourna tout de suite à gauche et monta la rue à Vaslin qui, il le savait bien, débouchait sur la levée, en bordure de Loire. Il traversa la route et vint s'appuyer au parapet qui montait à hauteur de ses yeux et l'empêchait de voir autre chose que les coteaux d'en face et la cime des peupliers des îles. Ce n'était pas suffisant : lui, c'est l'eau qu'il voulait voir et toucher, cette belle eau mystérieuse et fuyante qui portait les bouchons d'écume de la crue, les souches emportées par le courant et qui glissaient au loin comme des bêtes inquiétantes, les poissons qui jouaient dans les touffes immergées, ces trésors qu'il avait vus de loin avec sa mère et qu'il voulait maintenant conquérir, tout seul.

Il longea le parapet, espérant trouver un passage ; il arriva ainsi à la cale du Mulet, une descente pavée au bas de laquelle les bateaux pouvaient accoster et qui servait à descendre les chargements

1. Le cléiau : petite claie ; petite barrière mobile.

de chanvre qu'on mettait à rouir dans les *molles*, des remous tranquilles où l'eau endormie valsait lentement, loin du courant.

Il descendit la cale jusqu'à la frange de l'eau, là où le clapotis berçait des fétus de paille et les premières feuilles mortes, où les bancs d'ablettes au dos vert frémissaient en aval des carex. C'était trop tentant ! Il s'avança dans l'eau. Des mains et des pieds, il se mit à patouiller dans la moisissure verte qui ourlait les premiers pavés immergés : l'eau se brouillait, une volute de fumée aqueuse se déroulait, les ablettes affolées montraient, dans un éclair rapide, leurs flancs d'acier. Il prit sur la berge une branche échouée et fouetta l'eau de toutes ses forces en criant sa joie de pouvoir, à lui seul, faire jaillir tant de perles brillantes. Il jeta des cailloux et écouta le « ploc » de leur chute qu'il imita en faisant claquer sa langue dans sa bouche à demi fermée.

Il voyait les îles là-bas : l'île de l'Alleu à droite et sa falaise de sable dont « l'à-pic » tombait sur l'aval dans un « cul-de-grève » aux eaux noires ; l'île Bourdin à gauche, qui tendait vers l'amont sa proue plate et herbue, piquée d'oiseaux blancs aux ailes grises. Il voulut grimper dans le bateau noir qui tirait sur sa chaîne mais il ne fut pas assez fort pour le ramener vers la rive.

En revenant du jardin, Aline lâcha son panier : elle avait tout compris : la cour vide, le cléiau entrouvert. Elle bondit dans la rue et courut vers la place. Clarisse Orthion balayait devant la porte de son café :

« François s'est échappé ! Tu ne l'as pas vu ?

— Dame non ! Pourvu qu'il ne soye pas monté à la Loire ! »

Aline remonta la rue en courant et, du haut de la cale, elle vit l'enfant qui dansait dans l'eau, il s'était enhardi, il avait de l'eau au-dessus des genoux et exécutait une danse sauvage dont les éclaboussures l'avaient mouillé jusqu'aux cheveux.

Elle n'osait pas l'appeler : la surprise, la peur d'être grondé, et il ferait quelques pas de trop vers le courant qui galopait devant lui et qui, cent mètres en aval, brassait les inquiétants remous de « la *Mouille* Noire »[1]. Elle enleva ses sabots et descendit lentement ; elle l'attrapa par la ceinture de sa culotte et le tira sur les pavés secs. Furieux d'être arraché à sa féerie, François hurlait et frappait des mains et des pieds pour se dégager de la poigne de sa mère.

Rentré à la maison, il s'attendait à la fessée mais sa mère l'emmena dans la chambre, le sécha, le changea sans dire un mot. Elle avait du mal à bou-

1. Une mouille : un petit ravin allongé, creusé par la Loire qui vient buter dans une partie concave où ses eaux tourbillonnent et où s'exerce continuellement la puissance du flot.

tonner la chemise et le pantalon ; ce n'était pas la colère mais la peur qui la faisait trembler. Ils revinrent vers la cuisine ; elle assit l'enfant sur la table et lui prit la tête entre ses mains, elle caressa les joues du bout des doigts.

« Tu n'y retourneras pas, François, il ne faut pas, c'est défendu ! »

François sourit et agrandit ses yeux noirs où sa mère put lire l'émerveillement que ces premières noces avec le fleuve avaient fait naître. Il fixa sa mère avec un regard brusquement chargé, non d'un éclair de volonté capricieuse ou de la joie d'avoir désobéi, mais d'une détermination irréfragable. Lentement et presqu'à voix basse, il dit seulement :

« Si ! j'y retournera ! »

Quand Armand rentra à midi, Aline lui raconta l'expédition. La peur passée, elle était fière : lui non plus, comme elle, il n'accepterait pas les licous trop serrés, les interdits étouffants ; il saurait transgresser les ordres pour réaliser ses désirs : il n'y avait qu'à regarder sa tête bouclée de jeune taurillon et ses yeux qui ne lâchaient pas leur proie pour en être persuadé.

« Eh ben ! si tu trouves que c'est bien, il n'y a qu'à le laisser faire c'qu'i'veut !

— Je ne dis pas que c'est bien, je dis seulement que c'est bon signe. Mon François ne sera pas une chiffe molle mais un joli *bragard*[1] et il faudra se mettre à plusieurs pour lui faire lâcher prise. »

L'enfant avait deviné qu'on parlait de lui : non seulement il avait échappé à la correction mais sa visite à la Loire était considérée plutôt comme un exploit. Il ne laissa pas échapper cet avantage et frappa énergiquement la table de son poing fermé.

« J'ai faim », dit-il et il ne s'étonna pas d'être obéi : Aline lui servit sa soupe, le premier.

À la campagne, faire la soupe était un rituel auquel il n'était pas question de se soustraire et chaque ménagère mettait dans sa préparation, une subtile application. Les femmes auxquelles on disait « Ça sent bien bon chez vous ! » au moment des repas, se contentaient de dire : « J'mets c'qu'i'faut ! » sans dévoiler les secrets de leur alchimie.

On savait seulement, pour avoir surpris une cueillette dans son jardin que Clarisse ajoutait un brin de sarriette juste avant de retirer la marmite du feu ; que Joséphine Malinge préférait les *appétits*[2] qu'elle coupait finement dans les assiettes au moment de servir. Les Terrien étaient considérés comme des « bourgeois » parce que Lucie, élevée

---

1. Bragard : fier, hardi.

2. Les appétits : sorte de ciboulette aux feuilles très fines.

comme une demoiselle qui était allée « aux écoles », préférait commencer ses repas par des radis ou une salade de tomates aux œufs durs. Aline avait trouvé commode de ne pas se poser de questions : la soupe traditionnelle et quotidienne avait le mérite des activités routinières ; on accomplissait sans y penser des travaux sans intérêt et on laissait ainsi vagabonder ses pensées vers des projets lumineux ou on ressassait des souvenirs qui faisaient battre plus vite le cœur. Elle étala un journal sur la table et posa dessus le panier aux légumes.

Depuis plus de deux semaines, elle n'avait pas quitté la maison et toute son énergie s'était dépensée dans des travaux domestiques : c'était la saison des derniers fruits ; les confitures de poires, grasses et miellées, recouvertes de papier huilé, remplissaient les étagères du placard ; les pommes s'alignaient sur la paille du cellier. Des journées entières, elle avait nettoyé le jardin ; elle rentrait, le soir, les reins bloqués par une ceinture de fer et la nuque douloureuse.

Elle appuya ses mains sur la table ; ce repos soudain relâchait son énergie : elle n'arrivait pas à saisir le couteau et à commencer sa tâche. Ses yeux tombèrent sur le journal et elle lut, au hasard, quelques nouvelles locales déjà anciennes : le poulain de Maurice Guimbretière de Saint-Florent s'était échappé ; le hangar à paille de Paul Voisin du Mesnil avait brûlé, Clémentine Goislard de la Pommeraye était morte la veille de ses cent ans. Elle lisait machinalement, sans intérêt, ces nouvelles banales de la campagne qui ne la concernaient pas : son monde était ailleurs.

Elle prit une poignée de carottes et commença à les gratter. Elle entendit dans la cour les pas lourds du cheval et le crissement des graviers écrasés sous les roues de la charrette.

Armand gratta ses sabots sur le fer plat fiché dans le bas du mur et les laissa à la porte ; il entra sur ses chaussons et enfila par-dessus les grosses pantoufles qu'il mettait à la maison pour ne pas salir. Il se versa un verre de vin et s'assit devant Aline.

« Tu as bien réussi tes carottes, c't'année !

— C'est des carottes, comme d'habitude !

"Allons, se dit-il, me v'là encore mal parti !"

— J'ai vu tes confitures dans l'cellier, y a une belle alignée d'pots ; on va pas en manquer.

— As-tu déjà manqué de quelque chose ? Je fais la soupe et le jardin, ton linge est propre, le ménage est fait, de quoi tu te plains ?

— Mais je n'me plains pas, Aline ! j'te fais des compliments !

— Ça te démange surtout de me dire : "Si tu ne partais pas courir, je serais heureux."

— Eh ben, je l'dis, oui ; ça m'fait peine de t'voir partir comme une folle et rev'nir avec les yeux vides. Si encor'tu trouvais du bonheur à t'en aller, mais t'es malheureuse ailleurs et malheureuse icit'. Pourtant, depuis quinze jours que t'as pas bougé, on est ben tranquille ! »

Aline posa les carottes et le couteau et saisit le bord de la table des deux mains.

« Voilà ! c'est ça qu'il te faut, à toi, la petite vie bien tranquille ; on se lève, on travaille, on mange, on se couche. On tourne en rond plutôt, dans notre cour et nos champs, sans rien voir d'autre que les roseaux de la mare et la haie de chez Terrien. Si encore, de la maison, on voyait la Loire, on pourrait rêver en regardant l'eau couler et les mouettes planer au-dessus des grèves. Mais rien, rien !… Ah si ! traverser la place de l'église et supporter le regard du curé, sévère comme le Jugement dernier ; entrer à l'épicerie et causer avec Clarisse ou Joséphine qui ne sont jamais allées plus loin que la Boire aux Fées ; deviner la Renée cachée derrière son rideau pour voir la couleur de mon tablier !

— J'vais quand même pas t'emmener au bal à Ancenis ! »

Aline regarda, loin par la porte ouverte, et ses yeux se mouillèrent.

« Si, justement, moi, j'irais bien ! Je mettrais ma robe bleue à fleurs et une rose rouge dans mes cheveux noirs… Il y aurait de la musique et de la limonade, des cris et des rires, des hommes qui sentent l'eau de Cologne et pas la sueur de cheval ni le purin de cochon, des hommes forts en chemise blanche qui m'étoufferaient en me racontant des histoires dans le creux de l'oreille et me chatouilleraient le cou avec la pointe de leur moustache…

— Si c'est ça qui t'plaisait, pourquoi qu'tu m'as choisi ?… Pas'que, c'est ben moi qu'tu voulais ? Quand on s'rencontrait dans les fêtes, t'étais pas fâchée qu'on s'quitte pas ?

— C'est vrai, j'ai cru qu'on y reviendrait à la fête, qu'il y aurait les deux, le travail et le plaisir, les deux sueurs mêlées. Depuis que tu es revenu de la guerre, tu ne dis plus que des paroles utiles : l'argent qu'on gagne, le champ qu'on pourra acheter, les récoltes à rentrer… rien d'autre ! »

Elle frappa la table de ses deux poings fermés, elle baissa la tête, ses boucles noires dansaient devant ses yeux.

« La vie, la vie, c'est l'espace, le vent, les routes, les villes, l'amour d'un homme qui attend, qui tend les bras quand il te voit et qui rit en te soulevant de terre et en te faisant tourner, tourner… »

Armand était désorienté par le tourbillon de ces rêves. Il était timide et maladroit. Lui, en effet, il voyait la vie s'écouler sans heurts, cernée d'horizons immuables, de visages familiers et rassurants, de travaux que les saisons ramènent sans surprise. Il n'était pas à l'aise parmi les inconnus ; la gaieté bruyante et artificielle des fêtes, il ne l'avait supportée qu'à cause d'Aline qu'il voulait conquérir mais maintenant, il la fuyait. Il se sentait bien, les deux pieds dans ses sabots, sur la terre fidèle, auprès de son cheval qui poussait son bras à coup de chanfrein pour avoir un morceau de sucre.

Il resta immobile, les bras appuyés sur la table, ne sachant trouver les arguments qui prouveraient à Aline qu'elle naviguait dans l'erreur et rêvait de folies. Il ne put que dire :

« Et François, dans la vie comme tu la voudrais, il devient quoi ?

— François ? Ose dire qu'il manque de quelque chose ! Je voudrais qu'il tienne de moi les élans et les envies, qu'il les réalise, qu'il parte chercher les aventures, qu'il ne soit pas un cul-terreux qui se tourne et se retourne dans la boue et le fumier !

— Un cul-terreux, t'étais quand même ben contente d'en avoir trouvé un…

— Non, je voulais un homme et pas une machine à travailler qui ne connaît pas la fantaisie.

— Bon, une fois de plus, j'en ai assez entendu. Fais don'c'que tu veux, j'ai pris l'habitude de m'débrouiller tout seul. Va donc courir les bals et t'frotter aux hommes qui sentent bon !

— Eh bien, j'y vais et tout de suite ! »

Elle laissa tout en plan sur la table, accrocha son tablier à côté du buffet ; dans la chambre, elle prit son sac du dimanche. Elle monta sur sa bicyclette et tourna vers la place de l'église. Elle disparut dans la rote à Bigournet'.

Lucien Orthion qui revenait de livrer un collier de cheval chez Joseph Terrien, la vit passer, les jupes au vent. En rentrant dans l'épicerie, il appela sa femme : « V'là l'Aline partie en verdée, a'l avait les cottes si tellement au-dessus des g'noux qu'on y'i voyait l'tracassier. »

III

Novembre 1923

LUCIEN ORTHION n'avait pas été le seul à voir la pouliche échappée. Derrière la fenêtre de sa salle à manger, Lucie Terrien avait toute la place sous son regard et même les yeux baissés et attentifs à son tricot, elle avait senti passer comme une ombre furtive, le vol fugace d'une hirondelle : le temps de lever la tête, elle ne vit plus d'Aline que des éclairs bleus qui éclataient dans les intervalles entre les frênes avant de s'éteindre au premier tournant ; seule, une fumée de poussière trahissait son passage.

Lucie arrivait au terme de sa grossesse. Comme elle était mince et fragile, le médecin lui avait recommandé d'éviter les travaux pénibles et de se reposer l'après-midi. Elle tirait sa chaise longue en rotin devant la fenêtre, rassemblait ses laines et ses aiguilles dans une travailleuse et feuilletait les revues où elle cherchait des modèles de brassières et de barboteuses ; elle étudiait les points et se lançait dans son ouvrage. Elle aurait sûrement une fille, disait-elle, si bien qu'elle n'avait acheté que de la laine rose. Joseph la taquinait : « Si c'est un garçon, quand les gens vont le voir tout en rose, il faudra que tu lui laisses son petit riquiqui à l'air pour prouver que ce n'est pas une fille ! »

Une fois Aline disparue derrière le hangar de Pierre Cailleau, Lucie posa son tricot : elle irait jusque chez Armand voir s'il n'avait besoin de rien, peut-être garder François à souper et à coucher pour lui faire oublier le départ de sa mère, comme elle le faisait quand l'humeur d'Aline laissait présager une absence de plusieurs jours.

François aimait la chaude tendresse de « 'Man Lucie », comme il l'appelait, ses yeux clairs et la longue tresse blonde de sa jeunesse qu'elle laissait tomber sur sa poitrine et que l'enfant caressait entre ses doigts en l'appelant « son serpent doré ».

Rester le soir chez « 'Man Lucie », c'était la fête malgré le départ de sa mère parce qu'il changeait de monde. Au Plessis-Étiau, les Terrien en imposaient. Le père de Joseph avait su arrondir la propriété : il avait acheté, hectare après hectare, de bonnes terres de la vallée et surtout, sur les coteaux du Layon, des vignobles qui produisaient ce vin blanc doux qui se dorait en vieillissant et dont l'alcool puissant, caché derrière la séduction de son arôme, faisait perdre la tête aux dames !

On peut dire qu'il était devenu riche, le père Terrien, et sa promotion, il avait voulu qu'elle se vît. Il avait fait rehausser d'un étage la maison basse de la Guitonnerie si bien que l'ancienne ferme, trapue et longue, avait maintenant la majesté cossue d'une maison de maître : une sobre façade de tuffeau, des fenêtres à petits carreaux, des volets gris clair ; devant, une cour sablée avec son marronnier, cernée d'un mur bas sur lequel courait une grille aux longues lances de fer.

Comme Lucie était bonne et simple et Joseph, un colosse imposant et placide, un paysan évolué et compétent, on ne les jalousait pas — sauf la Renée qui enviait tout le monde ! — on était plutôt fier que le bourg eût son « château », comme disait Clarisse. Joseph avait voulu que Lucie vécût dans un intérieur agréable. Dans la cuisine, on avait rassemblé les meubles anciens, le buffet et la table de merisier, les quatre chaises paillées ; on avait gardé, accrochées au mur, les casseroles et les bassines à confitures dont le cuivre orangé diffusait toute la journée une lumière de soleil couchant.

Dans la salle à manger, Joseph s'était laissé emporter par une sorte d'orgueil, non pas une vanité de parvenu qui pense avant tout à « épater la galerie » ; il avait voulu plutôt se donner à lui-même une preuve de sa réussite comme beaucoup d'autres paysans ne peuvent s'empêcher d'acheter des terres dont ils n'ont pas besoin. Il avait aussi tout simplement voulu se faire plaisir en s'offrant ce qu'il appelait du luxe. Pierre Cailleau avait fait sauter le vieux carrelage de terre cuite et l'avait remplacé par un parquet de chêne clair qui donnait à la grande salle rustique une chaleur de manoir. Lucie n'avait pas voulu de tapisserie, elle avait fait gratter les murs de tuffeau qui avaient retrouvé leur blondeur initiale.

Quant au mobilier, le choix de Joseph avait fait pousser les hauts cris à Lucie : « Déjà que nos "chambres hautes" ont fait tordre le nez à certains ! cette fois, on n'y échappe pas, on va nous accuser de jouer les nouveaux riches ! » Mais Joseph avait tenu bon et un beau matin, les meubles Lefroid d'Angers avaient sorti de leur camion une salle à manger !… Renée Cailleau qui guettait derrière son rideau n'avait pu y tenir ; elle avait pris un panier et était sortie comme pour aller chercher des œufs à la Blinière et là, dans la cour de la Guitonnerie, elle avait vu ! Des chaises de noyer aux sièges et aux dossiers recouverts de velours de Gênes, un monumental buffet avec six portes à caissons sculptés, représentant chacun une fable de la Fontaine : *Le Renard et la cigogne*, *Le Loup et l'agneau*, etc... Elle en était restée pétrifiée : avare comme une pie, elle essayait d'estimer le prix d'une telle merveille, elle imaginait une valse de billets de cent francs. La jalousie lui coupa les jambes si bien qu'elle rebroussa chemin et rentra chez elle pour se faire une tisane de fleurs d'oranger.

Sous la grande table ovale, on avait déroulé un tapis de laine aux motifs rouge et bleu et près de la fenêtre, la chaise longue où maintenant Lucie se reposait. Joseph avait regardé l'ensemble depuis la porte-fenêtre qui s'ouvrait sur la cour et, les pouces dans les entournures de son gilet, savourait la joie de sa victoire.

Quand François entra la première fois dans la pièce, il voulut tout connaître, tout de suite. Il passa ses mains sur les lames du parquet, caressa les gonds et les entrées de serrure de cuivre du buffet, demanda qu'on lui expliquât les sculptures et, à quatre pattes sous la table, suivit du doigt les motifs du tapis.

Quand il était invité, il sentait qu'ici il fallait suivre des règles différentes de celles de la Blinière. Lucie lui avait appris à bien mettre sa serviette, à ne pas faire de bruit avec sa bouche en mangeant sa soupe, à ne mâcher que de petites bouchées de pain.

Il suivait l'exemple de Joseph, au point que, comme lui, quand il avait fini de boire, il lissait une imaginaire moustache avec une application élégante et attendait sagement la suite du repas, les mains posées sur la table et les coudes au corps. Il s'était adapté à ces rites avec le naturel des jeunes aristocrates qui font le baise-main et montent à cheval sans avoir eu besoin de leçons.

Ce qui l'avait étonné, c'était le changement dans le physique de 'Man Lucie. Depuis quelque temps, elle s'habillait de robes et de blouses amples, sans ceinture et quand elle était assise, elle pouvait appuyer son tricot sur son ventre arrondi. François venait se blottir contre lui et le caressait doucement. Un jour, il avait juste demandé, en pointant son index vers cette bizarre enflure : « Pourquoi ? » Lucie n'aimait pas les mystères et les contes stupides qui entouraient la naissance des enfants. Elle avait dit : « Si le petit demande des explications, je lui dirai la vérité. » Aussi lui avait-elle expliqué que le bébé était là, en train de grandir et que, le moment venu, il sortirait, rond et rose.

« Ce sera une petite fille, avait-elle ajouté.

— Tu es sûre ?

— Oui, sûre, et elle s'appellera Marie ; elle aura besoin de toi ; tu es grand et fort, tu la protégeras, tu l'aideras à grandir et quand elle marchera, vous jouerez tous les deux. »

Novembre 1923

Depuis, François observait constamment Lucie, comme investi d'un pouvoir capital ; sérieux et vigilant tel un « curateur au ventre », il veillait, comme on disait à la Cour, « sur le fruit de la Reine ». Quand il passait l'après-midi à la Guitonnerie, il ne quittait pas Lucie. Il jouait à ses pieds avec les jouets qu'elle lui avait achetés : une ferme avec ses animaux, un jeu de construction avec lequel il échafaudait des maisons bizarres qu'il peuplait d'habitants dont il imaginait les aventures et reproduisait les conversations en changeant sa voix. Il abandonnait son jeu quelquefois et venait s'assurer que, du côté de Marie, tout allait bien. Il posait son oreille sur le ventre de Lucie, il disait : « Ça va ! » d'un air entendu et, rassuré, se replongeait dans ses féeries.

Les premiers jours de novembre, Lucie dut rester plus longtemps étendue. Aline revenue, François avait retrouvé sa vie régulière à la maison mais chaque après-midi, à l'heure du goûter, il filait « voir Marie », disait-il. On aurait dit qu'il sentait que l'arrivée de l'enfant était proche ; il évitait les jeux actifs, les histoires aux héros qui devaient s'exclamer bruyamment, les constructions branlantes dont il redoutait l'écroulement brutal et sonore. Il s'asseyait sur le tapis, aux pieds de Lucie, et tournait lentement les pages d'un livre d'images qu'il commentait à voix basse.

Quand Joseph revenait du travail, il venait s'assurer que tout allait bien ; il entrait dans la salle à manger et s'apprêtait à lancer son habituel « Alors, la santé est bonne, mes petits agneaux ? » mais François l'interrompait en mettant un index sur sa bouche et en pointant l'autre vers le ventre de Lucie : « Elle dort », disait-il. Alors Joseph se composait une mine coupable, rentrait la tête dans les épaules et avançait en levant haut les pieds, sans faire de bruit :

« C'est vrai, j'oublie toujours, tellement je suis pressé de la voir, qu'il n'est pas encore temps de la réveiller !

— Elle va bientôt arriver ?

— Oui, le temps de dormir plusieurs fois et elle sera là.

— Combien de fois ?

— Cinq, mon petit. Et il comptait sur les doigts écartés de François : 1, 2, 3, 4, 5.

— Cinq jours encore ? »

Il poussait un gros soupir : il trouvait que cette Marie n'en finissait pas. Il imaginait, déjà depuis longtemps, les jeux qu'il lui apprendrait et, malgré les explications de Lucie, il était persuadé que, dès son arrivée, il la prendrait par la main pour l'emmener voir les bateaux sur la Loire et goûter aux caramels de Clarisse.

En automne, les chaleurs d'Aline suivaient l'apaisement de la saison. Les souffles orageux de l'été s'attiédissaient, les vents d'ouest anéantissaient, dans leur humidité émolliente, les velléités des départs. Les fêtes de l'été qui jetaient les jeunes sur les routes avaient maintenant épuisé leurs plaisirs : les bals, les tirs, les manèges, les baraques des loteries où on gagnait un kilo de sucre ou une marquise habillée de soie rose, avaient plié leurs décors et les routes emmenaient vers les villes, des roulottes multicolores peuplées d'enfants hâlés aux cheveux noirs et conduites par des Barbares aux moustaches tombantes, dont les claquements de fouet rejetaient dans les cours des fermes les petits paysans apeurés.

À la Blinière, se renouait une vie apparemment paisible et régulière : les travaux de l'automne emmenaient Aline et Armand vers les champs éloignés ; c'était aussi le temps où il fallait faire rouir le chanvre qui, mis en bottes verticales, dressées dans les champs, avait séché ; c'était ensuite le va-et-vient de la charrette qui amenait les bottes au bas de la cale du Mulet ; Armand les liait les unes aux autres et les « barges », ces radeaux ainsi constitués, étaient poussés dans les molles, celle au Chambe et celle à Chenoir, ces longs bras isolés du courant par un dos de sable. Tous les jours, on vérifiait la fermentation des tiges : la décomposition végétale les empâtait dans une purée verte et malodorante, c'était le moment de tout sortir de l'eau et un nouveau séchage commençait ; puis, la charrette remontait la cale et on étalait dans la cour les longues tiges sèches qui seraient ensuite mises à l'abri en attendant les soirées du début de l'hiver où les fibres ligneuses seraient teillées. Aline regrettait le temps où cette opération, le teillage, regroupait les voisins en veillées animées, où les vieilles chantaient des complaintes et les jeunes dansaient la gigouillette. Maintenant, les quelques familles qui cultivaient encore le chanvre, « teillaient » sans inviter les voisins et chez les Bureau, la veillée silencieuse n'était animée que par les questions de François qui voulait savoir à quoi serviraient ces longs fils, fins et rigides.

Pendant toute la période de ces travaux d'automne, il était convenu que François passerait la journée chez les Terrien pour simplifier le travail de ses parents. Aline le préparait comme s'il allait en visite : elle aimait, pour elle comme pour l'enfant, les vêtements élégants, « du fait'de bourgeois » disait Armand. Elle refusait de l'affubler, comme c'était l'habitude dans les campagnes, de culottes taillées dans celles du père et garnies de pièces dépareillées, de tabliers noirs « qui sentaient déjà l'école et la prison ». Si bien que l'enfant portait une culotte gris clair, des chaussettes blanches et, pour cet automne, un pardessus à martingale qu'elle avait commandé exprès pour lui, au Chic parisien à Montjean. Il était sensible à ce souci d'élégance et n'aurait pas quitté la maison sans s'être regardé dans la glace de l'armoire ; il souriait à l'image de sa mère qui l'admirait et il répétait, en lissant les revers de velours bleu, l'expression maternelle : « Je suis beau comme un sou neuf ! » Fin prêt, il sortait dans la cour et marchait en imitant Joseph Terrien : les mains croisées dans le dos, il descendait la rue à Vaslin et, d'un air important, il examinait les jardins et les haies qui bordaient la route comme un propriétaire qui vérifie ses récoltes. Aline ne pouvait s'empêcher de sortir sur la route et de le suivre des yeux : « Toi, tu seras quelqu'un, mon petit… oui, quelqu'un ! »

Aline n'était pas seule à admirer son fils. Il était étonnant de voir Joseph, cet homme placide et sérieux qui intimidait tout le monde, même ces grands *harqueliers*[1] de Bodin et de Lumeau, attendre l'arrivée de l'enfant : il ne serait pas parti à son travail avant de l'avoir vu ; il le prenait sous les bras et l'embrassait avec une surprenante tendresse ; il lui permettait de caresser le cheval attelé dans la cour et sortait toujours de ses poches un cadeau inattendu, une poignée de noisettes, trois plumes de perdrix, une patte de lapin ou un gros bonbon enveloppé qu'il venait d'acheter chez Clarisse. François ne réclamait rien, mais dès son arrivée, il regardait toujours la poche droite de la veste d'où le trésor allait forcément sortir. Joseph aimait aussi entendre, le merci de

1. Des harqueliers : des fainéants ou des haricotiers.

l'enfant, un merci sonore, appuyé, appliqué : « Merci, Monsieur Terrien, oh ! merci beaucoup ! » Alors seulement, il se décidait à partir.

Ce matin du 15 novembre, Joseph prit François par la main et le conduisit à la maison avec une gravité inaccoutumée qui fit peur à l'enfant mais, chez les Terrien, on expliquait tout ce qui pouvait l'être et les mystères inutiles n'avaient pas cours.

« Tu vois, j'ai attelé Brillant à la petite charrette, je vais à Montjean dire au docteur Merlet de venir : je crois que Marie va arriver aujourd'hui, alors il faut qu'il aide 'Man Lucie pour que Marie soit forte et jolie. Tu vas rester auprès d'elle comme un grand garçon : peut-être qu'elle aura besoin d'aide ou seulement, de compagnie, alors c'est convenu avec elle, tu iras chercher madame Émeriau mais seulement elle, hein ? Sinon les autres vont venir jacasser et ce n'est pas le jour. Tu as bien compris ?

— Oui, madame 'Mériau et pas les autres ! »

Une fois Joseph parti et les portes fermées, François hésita : fallait-il rester en bas à monter la garde ou grimper en vitesse dans la chambre du premier au cas où Marie, plus pressée d'arriver qu'on ne le croyait, allait réclamer, dès son entrée dans le monde, un compagnon de jeu.

Novembre 1923

Lucie sentait que le moment approchait ; ses deux bras plaqués sur le drap faisaient paraître encore plus volumineuse la grosse bosse de son ventre.

« Mon petit chéri, je crois que tu seras un des premiers à voir Marie, ce sera un beau cadeau, n'est-ce-pas ? »

François ne savait plus quoi dire, trop de sentiments et d'impressions se bousculaient et déferlaient d'un seul coup, tous ensemble : on lui confiait une tâche importante en même temps qu'on lui réservait un singulier honneur, mais la joie l'emportait sur la gloire, une joie complexe où se mêlaient le soulagement — enfin, le mystère allait s'éclaircir — et la curiosité : comment ce petit être nouveau se présenterait-il ? Serait-il aussi beau qu'on le disait toujours ? Il faisait défiler les images des animaux qu'il avait vu naître ; le poulain et l'agneau l'avaient ravi, leur fragilité chancelante n'avait pas duré : quelques heures après leur naissance, ils étaient prêts à folâtrer dans la cour ; mais la dernière portée de chatons, nus, aveugles et « couineurs » lui faisait redouter le pire ; il se représentait Marie sous toutes sortes d'apparences, un gros ver blafard, une volaille déplumée, au teint jaune comme ces poulets dégingandés que sa mère flambait sur un bref feu de paille.

Le seul moyen de se rassurer, c'était de s'asseoir sur le bord du lit, de poser sa main sur ce que

Joseph appelait « le centre du monde » et attendre. Il avait dit : « Je serai là dans une heure ; après, on montera la garde tous les deux. »

Quand les femmes du bourg virent la carriole attelée dans la cour et Joseph y grimper plus vite que d'habitude, elles comprirent que le grand moment n'était pas loin. Renée Cailleau était la plus avide des spectacles familiaux qui rehaussaient la qualité de la vie locale : elle aimait aider à ensevelir les morts et à passer auprès d'eux des nuits de veille où, dans l'odeur du café frais, elle récoltait tant de nouvelles palpitantes ! Elle visitait les malades non pas tellement pour leur apporter du réconfort, mais pour commenter les prescriptions du médecin et proposer ses soins ; elle était d'ailleurs en compétition avec Alfred Bodin ! Elle se moquait des sirops du pharmacien contre les maux de gorge et conseillait de se mettre plutôt autour du cou sa chaussette gauche d'autant plus efficace qu'on l'avait portée plus longtemps ; les oreillons, elle les guérissait en une journée : il suffisait de boire après un chat ; quant aux vers, on s'en débarrassait en faisant porter aux enfants un collier de gousses d'ail, à même la peau. Elle avait ainsi toute une panoplie de remèdes y compris des procédés infaillibles pour faciliter les accouchements. Aussi fut-elle vexée que les Terrien n'aient pas fait appel à ses compétences et essaya-t-elle de s'introduire dans la

Guitonnerie pour y proposer ses recettes. Elle avait à peine mis le pied dans la cour que la porte-fenêtre de la salle à manger s'ouvrit : François, un balai à la main, barrait l'entrée comme un hallebardier devant les appartements royaux.

« Non, non, il ne faut pas entrer !

— Mais si, voyons ! Lucie est toute seule, elle peut avoir besoin de…

— Non, monsieur Terrien, il a dit que c'est moi qui commande ! il ne faut pas entrer, seulement madame 'Meriau, il a dit. »

Et sans plus de ménagements, il rompit les négociations et lui claqua la porte au nez.

La Renée, habituée à s'imposer chez les voisines, fut tellement estomaquée qu'elle n'insista pas et rebroussa chemin en marmonnant seulement : « Ah ben ça, alors ! » Elle dut prévenir les autres curieuses car personne ne se présenta.

François ne quitta plus Lucie et c'est lui qui vint ouvrir la porte dès qu'il entendit la voiture du docteur Merlet. Le médecin lui passa la main dans les cheveux : « Je connais le chemin ; reste donc à jouer dans la cour pendant que je monte voir madame Terrien. » Il était furieux : ainsi, il était évincé, lui, le gardien officiel ! Il partit vers le jardin en donnant des coups de pied dans le gravier de l'allée.

Quand le médecin sortit de la maison, il accourut.

« Elle est arrivée, Marie ?

— Non, pas encore ; j'ai le temps d'aller faire deux visites dans la campagne et je reviens, ne t'inquiète pas ! »

Joseph arriva à son tour et il en fut soulagé : cette attente qui se prolongeait, ce médecin qui allait revenir et dont il ignorait le rôle exact, cette Marie qui aurait dû être là, tout cela perturbait trop l'équilibre fragile de ses trois ans. Il essaya de retrouver le calme de ses visites habituelles. Il sortit du coffre où ses jouets étaient rangés la ferme et ses animaux, son jeu de construction. Il bâtit un palais baroque et grandiose en utilisant toutes les pièces du jeu ; il ménagea au centre un patio où il installa une sorte de bébé qu'il avait dessiné sur un carré de papier ; il rangea autour, en un cercle d'honneur, le cheval, les vaches et les moutons : il créait ainsi une « Nativité » inédite, plus riche en animaux qu'en Rois mages. Il était tellement absorbé par cette cérémonie qu'il faillit rater le retour du docteur Merlet. Il resta assis sur le tapis de la saille à manger, attentif aux rumeurs du premier étage : des va-et-vient, des bruits de cuvette heurtée et d'eau versée, des portes ouvertes et refermées, des paroles étouffées et confuses. Puis, tout à coup, un cri violent et tragique qui lui donna la chair de poule, le désespoir d'un chaton égaré qui appelle sa mère ; puis d'autres, des pleurs aigus et prolongés, entrecoupés de brefs silences qui proclamaient combien il est difficile d'entrer dans la nouvelle vie terrestre et d'établir le rythme régulier de la respiration. François les interprétait plutôt comme des plaintes déchirantes, des appels au secours ; il eut envie de tout abandonner et de se lancer dans l'escalier mais il fut retenu par le vague sentiment qu'il devait attendre d'être convié à cette fête ambiguë qui commençait dans la souffrance. Il essaya de jouer avec les animaux qu'il rapprocha du bébé dessiné, en soufflant entre ses lèvres un hymne allègre et triomphal, une Marche des Rois qu'il voulait digne de la merveille enfin arrivée. Fatigué par cette tension excessive, il se blottit dans le grand fauteuil d'osier à deux places qui faisait face à la chaise-longue vide et fixa les aiguilles de la comtoise qui n'en finissaient pas d'avancer.

Les marches de l'escalier craquèrent enfin sous le pas lourd de Joseph : il fit signe à l'enfant qu'il pouvait monter « Mais tu seras sage, regarde seulement ; 'Man Lucie est un peu fatiguée. » En entrant dans la chambre, il n'eut d'yeux que pour le berceau habillé de rose et enveloppé d'un ample voile, une hutte de tulle ouverte du côté du lit ; il s'approcha : il vit émerger des dentelles, une tête couleur de dragée mais encore chiffonnée et dont les lèvres s'ouvraient, se fermaient, se tordaient dans d'anarchiques grimaces. Il ne disait rien, il était bien déçu et plus encore, surpris quand Lucie dit d'une voix douce : « Elle est belle, n'est-ce-pas ? »

Il s'attendait à des yeux ouverts, à des sourires, à des bras tendus, à des paroles même, tandis qu'il ne voyait qu'un visage sans expression : « Belle ! Ah non ! Avait-elle seulement des bras et des jambes ? » Il eut besoin d'être rassuré :

« Demain, elle pourra jouer avec moi ? »

Joseph le prit sur ses genoux.

« Tu ne te souviens pas que, toi aussi, tu as été tout petit ? Et les bûches dans la cour quand tu apprenais à marcher ? Il fallait enlever le sable des écorchures et tu criais comme un goret parce qu'on t'empêchait de repartir. Et en attendant que tes dents poussent, tu en as mangé des casseroles de bouillie ! Et le temps qu'il t'a fallu pour m'appeler “Monsieur Terrien” : tu ne pouvais d'abord dire que “ien” quand tu me voyais ! Alors, patiente, mon bonhomme. »

Il comprit et se résigna non sans avoir vite mis sur pied tout un programme : il la promènerait dans son landau pour lui faire voir le monde, il la ferait manger en lui racontant les histoires qu'il réservait jusque-là à ses animaux de bois, il lui apprendrait à parler et choisissait déjà les mots par lesquels il commencerait : « Loire », « bateau », « île », le vocabulaire de son monde de prédilection auquel il se promettait de l'initier. Lucie dut calmer ses ardeurs pédagogiques ; ces projets meubleraient déjà quelques bonnes journées et il serait sage d'attendre un peu pour en échafauder de plus ambitieux.

Il fut bien obligé d'admettre l'arrivée des voisines ! La Renée Cailleau qu'il avait évincée avec autorité, prit sa revanche :

« Va donc jouer dans l'jardin au lieu d'être dans les jambes du monde ! »

Il attendit avec impatience l'arrivée de sa mère pour être le premier à lui annoncer la nouvelle, mais déjà les journalistes locales avaient sillonné le bourg et même poussé une pointe jusqu'aux fermes les plus proches : la nativité était annoncée aux bergers.

« Maman, tu sais, Marie est…

— Mais oui, je sais, je sais ! »

La belle journée à laquelle il rêvait depuis longtemps prenait une drôle de tournure : un bébé privé d'yeux, de bras et de jambes, qui ne savait rien dire ; les jeux prévus pour les jours à venir, bien compromis ; lui-même relégué au second plan alors qu'il avait revêtu jusque-là les fonctions de Chambellan ! La roche Tarpéienne n'est jamais loin du Capitole ! En rentrant à la Blinière, Aline lui trouva les joues rouges et les yeux humides si bien qu'elle décréta « qu'il couvait quelque chose » et, comble de disgrâce, l'expédia au lit sans plus de commentaires ! *Sic transit gloria…*

Le dimanche suivant eut lieu le baptême. On lui avait expliqué les grands moments de la cérémonie et il avait hâte d'en voir les détails, si bien que, dès dix heures du matin, il s'était installé sur les marches de la mairie d'où il surveillait la cour des Terrien. Il voulait voir surtout comment Marie ferait le trajet : dans son landau ? Dans les bras de sa mère ? Comment serait-elle habillée ?

Déjà la porte de l'église était grande ouverte et Joséphine Malinge s'affairait autour du bénitier de grès ; elle plantait autour de la statue de la Vierge un éventail de cierges qui seraient allumés quand les cloches se mettraient à sonner. Sa curiosité était gâchée par le fait qu'il se sentait encore mis à l'écart ; sa mère lui avait bien expliqué que le baptême réunirait seulement la famille de Marie ; pourtant, il admettait mal qu'on lui préférât ces grands-parents, ces oncles, ces tantes qu'on ne voyait jamais à la Guitonnerie. On ne l'invitait, lui, l'adorateur, le gardien, qu'au gâteau du dessert avec, comme une pauvre consolation, une boîte de dragées.

Mais la curiosité l'emporta sur la déception : il espérait voir Marie portée en triomphe, merveille exposée à l'admiration des foules, si l'on peut appeler « foule » Clarisse, Renée et madame Emeriau, sorties sur le pas de leur porte et les trois harqueliers qui prenaient déjà leur place au café Orthion où ils espéraient bien, à la fin de la cérémonie, *s'boîter avec aut'chose que d'la vinoche*[1].

Quand les cloches commencèrent à sonner, la porte de la Guitonnerie s'ouvrit toute grande. Marie n'était pas la déesse exposée sur un podium d'apparat mais seulement un gros paquet de dentelle blanche dans les bras de sa marraine, une sœur de Lucie ; le parrain, Paul, le frère de Joseph, « ouvrait la route » vers l'église avec l'air important et affairé d'un maître de cérémonies.

Il attendit en vain un signe de la main, un regard au moins de 'Man Lucie mais, au bras de Joseph, elle n'avait d'yeux que pour sa fille et le cortège passa sans le voir. Il quitta son observatoire dès que la place fut vide.

« Alors, c'était beau ? lui demanda sa mère.

— Non », dit-il seulement et il se mit à découper rageusement dans un journal, d'étranges silhouettes de personnages, hérissées de pointes, qu'il aligna sur la table en un sinistre cortège que, brusquement, il froissa entre ses deux mains et dont il fit un bouchon de papier qu'il jeta dans la cheminée : un vrai massacre.

1. *C'est-à-dire, prendre une cuite avec du bon vin.*

IV

Hiver 1923

L'HIVER, comme souvent dans cette partie des pays de Loire, fut clément. Pas de fortes gelées ; le fleuve ne charriait pas les tartes glacées qui s'arrondissaient en se frottant les unes aux autres, mais une forte montée des eaux, après un novembre maussade, interdisait l'accès aux berges. Les grèves étaient noyées et le flot attaquait les îles : les pieds des aulnes et des peupliers baignaient dans des tourbillons chargés d'écume dont les bouchons mousseux et sales s'accumulaient derrière les troncs et les branches arrêtés par les arbres pour former des barrages chaotiques où l'eau bouillonnait. La cale du Mulet disparaissait sous les eaux, on ne voyait des carex que leur chevelure de noyés, vibrant dans le courant. Les bateaux avaient été tirés au sec jusqu'au ras de la levée. Malgré son désir de s'approcher du bord pour ratouiller dans les herbes, François avait vite compris que la puissance du fleuve avait la force sauvage et cachée des fauves : on ne pouvait que regarder depuis le rebord protecteur du parapet.

L'hiver fut pour François, la saison de la revanche : la famille de Marie venue pour le baptême avait regagné ses fermes éloignées où les pluies et les chemins boueux les tiendraient tous enfermés pour quelques mois. François retrouvait ses fonctions et les dragées qu'il n'avait pas voulu goûter pendant une semaine lui paraissaient maintenant excellentes, « esquises » disait-il, depuis qu'Man Lucie lui avait appris le mot.

Tous les matins, Joseph descendait le berceau dans la salle à manger. On l'avait débarrassé de son voile si bien que, monté sur le tabouret de couture, François pouvait voir le visage de Marie. Il était maintenant rassuré : les yeux bleus bien ouverts cherchaient à suivre les jeux de l'ombre et de la lumière, la main que François agitait pour attirer son regard ; il espérait que Marie le reconnaissait, il en était même parfois persuadé quand la bouche du bébé, baveuse et mâchouillante semblait préparer des paroles et que ses mains, dans une jubilation gestuelle s'agrippaient l'une à l'autre.

Ce n'était plus sur la mère qu'il veillait ; Lucie était redevenue mince, gaie et alerte comme une jeune fille. Il ne quittait pas le pied du berceau ; il jouait avec sa joyeuse application habituelle mais dès qu'il entendait un soupir, un début de gémissement, il était sur pied et grimpait sur le tabouret ; il vérifiait que le drap n'empêchait pas Marie de respirer, s'assurait qu'elle n'avait pas froid aux mains et remontait la couverture piquée. Tout juste si dans son regard ne passait pas un éclair de reproche : 'Man Lucie pourrait quand même se lever et vérifier que sa fille ne courait aucun danger !

Pour Lucie, la compagnie de François était source de profond bonheur. Les attentions de l'enfant, cette responsabilité qu'il assumait de lui-même avec une justesse et une constance étonnantes, donnaient à sa présence une intensité et une gravité rares mais qui ne tuaient pas l'alacrité communicative que ses jeux alimentaient : ils n'étaient consacrés qu'à Marie. Il inventait des contes dont les héros étaient ses animaux en bois peint ; il les lançait dans des courses haletantes, il accompagnait les aventures imaginées d'un commentaire bourdonnant ou les animait de dialogues et sa voix changeait de timbre pour s'adapter aux personnages et aux péripéties. Mais toujours revenait le nom de Marie : l'âne revenait du marché avec, dans ses paniers, des provisions pour Marie ; les vaches meuglaient leur envie de donner leur lait à Marie ; les chiens — et Lucie sursautait aux aboiements jugés nécessaires — défendaient Marie contre les garnements et le chat, fatigué de courir les greniers, sautait sur le berceau de Marie et s'arrondissait sur ses pieds pour la réchauffer.

François se rapprochait des adultes parce qu'il avait comme un don : la faculté, et la volonté qui la soutenait, de parler un langage d'une précoce et étrange correction. Un jour, il avait vertement remis en place Clarisse venue rendre visite à sa mère ; comme il était attablé devant un bol de lait, elle lui avait dit en bêtifiant : « Alors, Fanfois va bubum'son lolo ? » L'enfant l'avait regardée avec une pitié peinée et avait rectifié en scandant sa phrase : « Non, François-boit-son-lait. »

Il avait exclu de son vocabulaire les dadas, les ouas-ouas, les cocottes et les phrases de ses jeux s'enrichissaient de mots nouveaux qu'il engrangeait et que, une fois acquis, il répétait tout bas avec d'autant plus de gourmandise qu'ils étaient difficiles : « stupéfait » avec son pétillement sec, « mélancolie » et son doux glissement et « catastrophe » dont il accentuait à plaisir l'éclatement, comptaient parmi ses favoris.

Il s'assurait aussi que la construction de ses phrases était correcte. Avec Lucie, il avait voulu apprendre à bien poser des questions ; il sentait vaguement que son « Pourquoi que Marie elle marche pas ? » n'était pas la bonne tournure. Après toute une série d'exercices, il s'était lancé, pour le plaisir de jongler avec les formes, dans un questionnaire — les réponses lui importaient peu ! — où les termes étaient à leur place : « Pourquoi la Loire monte-t-elle ? Comment monsieur Terrien fait-il son vin ? Marie aura-t-elle bientôt des dents ? »

La phrase négative aussi le ravissait ! Il s'ingéniait à imaginer des histoires, en partant souvent de fables qu'il remodelait à sa façon : la maman brebis tançait ses agneaux : « vous NE — et le NE était sonore — sortirez pas aujourd'hui ! » et le héron « NE voulait pas de carpe ni de brochet ». Le « ne » prit naturellement place dans ses phrases les plus banales. Quand Joseph revenait du travail, il était soumis à un interrogatoire impitoyable, qu'avait-il fait ? pourquoi ? comment ? et il ne s'agissait pas de se dérober. Mais comme Joseph était patient et que l'intelligence de l'enfant le fascinait, il sortait le dictionnaire, l'encyclopédie, les livres illustrés sur la vigne, le vin ou les bateaux ; les questions avaient leurs réponses, l'enfant était satisfait ; il restait quelques minutes immobile, avec le regard intense et comblé du savant qui vient d'avancer dans la connaissance. Lucie n'osait pas mais elle était sûre qu'elle lui aurait appris à lire en quelques mois !

V

Printemps 1924

LES BÊTISES DE FRANÇOIS — ou plutôt ce qu'Aline appelait « bêtises », comme courir après les poules, arracher une plume à la queue du coq ou se tremper les pieds à la pompe — n'étaient ni appréciées ni sanctionnées de la même façon : l'humeur d'Aline dépendait du temps ; la direction du vent, les phases de la lune la rendaient violente ou indulgente ; les revers de main pleuvaient pour le moindre manquement à l'ordre établi ou les baisers passionnés étouffaient François, les mots d'amour le transformaient en petit dieu auquel elle permettait tout. Il eut vite compris comment manœuvrer : dès le matin, la distribution des bols sur la table, la façon de couper le pain lui indiquaient que la brume couvait l'orage, qu'il faudrait prendre le large et éviter les combats ; en revanche, certains matins, Aline allait chercher François dans son lit, le prenait sur ses genoux et tartinait le beurre avec tendresse. Il s'attendait alors aux permissions libératrices : « Tu peux aller te promener mais surtout pas vers la Loire, tu promets ? » Il avait droit alors à son plus beau tablier blanc et bleu, avec une poche sur le devant et entendait la traditionnelle recommandation : « Sois bien mignon avec tout le monde. » Il partait vers la place de l'église et commençait ses visites, toujours selon le même ordre : la rote à Bigournet' sur laquelle s'ouvrait le portail de Pierre Cailleau ; il entrait dans la cour avant de filer vers le fond du hangar, il passait devant la maison où s'alignaient les bateaux en construction : le bachot pour Lumeau, presque terminé et qui n'attendait plus que les couches de coltar qui le protégeraient de l'eau et du soleil ; le fûtreau avec sa cabane-abri, un bateau de près de dix mètres qu'on ne faisait plus depuis cinquante ans mais qu'un original avait voulu s'offrir pour naviguer à la mode d'autrefois. Le bois neuf sentait bon le tilleul et la cannelle. François ramassait les plus beaux copeaux, translucides et veinés, enroulés sur eux-mêmes comme des rubans de chocolatier et les mettait dans la poche de son tablier pour les faire danser devant les yeux de Marie.

Ce jour-là, il entra dans le hangar au bois et s'approcha de l'établi où Pierre terminait à la plane la finition d'un berceau élégant et sobre comme un boomerang et qui, avec les sept autres, donnerait au bateau le galbe de ses flancs.

Penché sur son travail, la visière de sa casquette bleue sur les yeux, Pierre ne vit pas François arriver : la bouche serrée par l'application, les yeux brillant d'une attention violente et précise, avec sa plane, il enlevait au bois de fines pelures couleur de miel et vérifiait du bout des doigts la limpidité huileuse de la forme obtenue. Il desserra l'étau et enleva le berceau qu'il jugea en l'inclinant à droite et à gauche devant son œil droit comme s'il s'apprêtait à bander un arc cyclopéen. Dans sa ligne de mire, il aperçut François et tout changea. Il posa la pièce de bois sur l'établi, rejeta sa casquette en arrière, se frotta les mains en riant à grands éclats. L'enfant attendait le jeu : Pierre croisa ses deux bras devant lui, ouvrit ses mains puissantes où François plaça les siennes ; d'un seul coup, il le fit s'envoler et le reçut, assis sur ses épaules, comme au cirque.

« Viens, mon p'tit apprenti, on va faire le tour du propriétaire. »

À chaque fois, il le promenait ainsi entre les piles de planches et les madriers, il lui donnait des explications : « Ça, tu vois, c'est les pannes pour les charpentes ; ça, les planches de chêne pour les bateaux, les longues pour le bordage, les courtes pour le fond et pour le chef du bateau, tu sais, le grand couvercle du d'vant où qu'on peut s'assir ; ça, c'est de l'acacia pour faire les ch'villes. »

Le tour terminé, il asseyait François sur l'établi, le coiffait de sa casquette de marinier et lui mettait dans la bouche sa courte pipe.

« Comme ça, t'as l'air d'un vrai compagnon, i't'manqu'pus que les bouc's d'oreille avec l'ancre et j't'embauche. »

Il se reculait pour l'admirer.

Il le laissait manipuler les outils : il lui avait expliqué les dangers des ciseaux à bois, tranchants comme des rasoirs et s'émerveillait de voir comment l'enfant les maniait : il les prenait délicatement par le manche, se contentait de regarder le miroir du biseau des lames et les reposait, sans heurter le fil, dans la rainure de l'établi. Il aimait aussi déplier le mètre et partait mesurer les planches avec le sérieux d'un ouvrier méticuleux : « Trois mètres et un petit bout », disait-il.

Pierre attendait les visites de François comme une récompense. Il n'avait qu'une fille, Solange, du même âge que François, maigre et revêche comme sa mère, une petite brune à la figure mince et *aregrichée*[1], aux petits yeux fouineurs, « *agrâlante*[2] comme une nichée d'hérissons », disait son père, et qui soufflait comme une chatte en colère sitôt qu'il voulait jouer avec elle, en la bousculant un peu.

Tandis qu'avec François ! Il lui racontait des histoires de pêche et de bateaux, lui proposait des devinettes, celles qu'enfant, il avait entendues dans les veillées, que l'enfant connaissait déjà mais réclamait quand même rien que pour entendre Pierre lancer son énorme rire.

« Cette-là, tu la connais, on va voir si tu l'as pas oubliée : qui c'est t'i'qu'a un œil au bout d'la queue ?

— Je sais, c'est la poêle !

— T'as gagné ! et cette-là : qui c'est t'i'qui traverse la rivière la tête en bas.

— C'te fois, t'es râpé ! c'est les clous du fond d'un bateau ! »

C'est Pierre qui lui avait raconté l'origine du nom Bigournet' : le père Bigournet' était une sorte de gnome, imaginaire des eaux profondes dont on

---

1. Aregrichée : revêche.

2. Agrâlante : agréable.

menaçait les enfants pour les empêcher d'approcher du bord de l'eau.

« … le père Bigournet', il habite dans la Mouille Noire, surtout faut pas s'en approcher : i't'pêche les pattes et i't'emmène et on te r'voit pus ! »

Quand on avait assez joué, le rite de la séparation revenait, immuable :

« Au r'voir, Monsieur Bureau, j'vous r'conduis pas…

— Ce n'est pas la peine, Monsieur Cailleau, je connais le chemin », et François quittait la cour en remettant sur sa tête un imaginaire chapeau. À chaque départ, le charpentier ne pouvait s'empêcher d'exprimer le même rêve :

« Toi, mon bonhomme, dans dix ans, j'te mets une varlope dans les mains et à nous deux, on construira une sacrée flottille. »

La « virée » de François dans le bourg se poursuivait alors selon le même itinéraire : il passait devant chez Lumeau pour regarder les peaux de taupes qui séchaient : leurs bords étaient fixés sur des planches par des semences ; elles semblaient écartelées par quelque supplice, comme pour leur faire payer leur obscur travail souterrain et l'enfant, devant les dépouilles alignées, ne s'attardait guère ; une caresse au chien et il filait chez Clarisse où il savait qu'un bonbon tomberait dans la poche de son tablier s'il lui chantait une des rondes que 'Man Lucie lui avait apprises, comme celle-ci :

Il avait une cassiette, une cassiette en poil de chat
Tourne, tourne, tourne la virette,
Une Cassiette en poil de chat
Tire la virette et gironfla.

Le berlingot ou le caramel dans le bec, il s'aventurait devant les orties du « jardin » d'Alfred Bodin, mais le fouillis inquiétant où il aurait voulu pénétrer lui donnait la chair de poule. Il prenait des airs braves de cavalier conquérant et rebroussait chemin en faisant péter son cheval.

L'humeur d'Aline était imprévisible comme un temps de mars ; aussi François savait-il manier la prudence : ne pas entrer dans la cuisine en faisant feu des quatre fers mais flâner d'abord dans la cour d'un air détaché et s'approcher petit à petit de la porte ; là, bien observer et écouter : si le bruit des casseroles était excessif, si sa mère passait et repassait dans la cuisine, un torchon virevoltant à la main, il attendait un peu ; il s'attaquait à des tâches qui ne prêteraient pas à la critique : assis sur un banc devant les roseaux de la mare, il enlevait dans l'herbe la poussière de ses souliers ou il arrachait quelques mauvaises herbes dans les bouillées de fleurs qui bordaient la haie.

Parfois, c'était la fête : « Comme tu as été longtemps ! Viens là, mon amour que je t'embrasse, tu es beau, viens danser ! » Elle sortait de la poche du tablier les copeaux de chêne, les mêlait aux cheveux de François et entamait avec lui une polka qu'elle accompagnait d'un air entendu dans les fêtes.

VI

Mai 1925

DEPUIS QUELQUES ANNÉES, après la Grande Guerre, les femmes s'étaient émancipées. Elles avaient joué un grand rôle pendant cette période, en ville comme à la campagne, où elles avaient remplacé les hommes mobilisés si bien qu'en 1919, elles n'ont plus accepté la soumission à l'autorité masculine et, après le carnage, on a voulu rire : on a dansé le charleston, on a chanté *Monte là-dessus et tu verras Montmartre, Est-ce que je te demande si ta grand-mère fait du vélo* ou *Valentine* ; la Revue nègre fit fureur et en 1922 furent organisés les premiers Jeux olympiques féminins.

Évidemment, au Plessis-Étiau, il n'y eut pas de Revue nègre et malgré l'identité des prénoms, Joséphine Malinge ne troqua pas son tablier noir contre une ceinture de bananes, mais les ondes de la folie venaient quand même jusqu'aux villages : les jours de fête, à Montjean, des chanteurs ambulants vendaient les chansons nouvelles et les apprenaient à leur jeune clientèle. Les journaux de mode — ma grand-mère, madame Émeriau, était abonnée au *Petit Écho de la mode* — publiaient des gravures où les femmes montraient leurs genoux et leur poitrine. Les plus prudes des lectrices poussaient les hauts-cris et les fermières qui tombaient par hasard sur ces journaux trouvaient là au moins une belle occasion de rire.

Au Plessis-Étiau, seule Aline s'était jetée dans ce nouveau catéchisme avec ravissement : à grands coups de ciseaux, elle enleva trente centimètres à ses robes et, en sarclant son jardin, elle s'encouragea en chantant *Dans la vie, faut pas s'en faire*.

Toute cette évolution eut une conséquence plus profonde : Aline trouvait Armand plus cul-terreux que jamais et s'éloignait de lui davantage. Elle finit par lui faire comprendre qu'elle n'avait plus envie qu'ils partagent la même chambre, si bien qu'il décida de s'installer dans une partie du grenier où il monta un vieux lit de bois. Il préférait la solitude aux regards méprisants et aux soupirs excédés de sa femme qui ne semblait plus pouvoir supporter sa longue chemise de nuit et rêvait aux pyjamas soyeux des vedettes dont les photographies ornaient régulièrement les pages des journaux. Tout le monde prévoyait que, plus excitée que jamais, elle allait se ruer dans les bals pour apprendre le charleston.

Il arriva à la fin d'un après-midi de mai à l'heure où le soleil fait flamber les cimes des peupliers dont les jeunes feuilles ont encore, avant de virer au vert, la couleur du tabac blond.

Venant de Montjean, il était sorti de la rote à Bigournet' et s'était planté au milieu de la place en examinant les maisons ; puis il s'était dirigé vers la mairie et mon grand-père, qui fumait sa cigarette dans la cour de l'école, avait vu arriver un homme jeune et mince : il portait le pantalon de velours côtelé des ouvriers du bâtiment, une haute ceinture de flanelle rouge, une chemise bleue sans col et une large casquette à carreaux ; avec sa moustache noire aux pointes frisées, il n'avait pas l'allure d'un indigène d'autant que deux fortes bretelles de cuir maintenaient sur son dos une valise épaisse, recouverte d'une peau de chèvre brune aux taches blanches, un bagage d'homme habitué aux routes.

Il s'avança dans la cour et enleva sa casquette, ses cheveux étaient noirs et brillants.

« S'cousez-moi, ze cerce monsieu'le mare pour dou travaj'.

— Je suis le secrétaire de mairie, je peux vous renseigner.

— Sourement ! L'hiver, z'ai travajé à Anzers, ze'sais tout far', lé machon, lé menouijier ; ma, maintenant, zé cerce dou travaj' à la campagne, pour l'été, perqué, ici, lé menouijier…

— Ça dépend ; on n'a pas ici vraiment un menuisier mais un bon charpentier… regardez là, à côté ; monsieur Cailleau fabrique des bateaux, c'est un travail bien spécial que vous ne connaissez sûrement pas… mais après tout, peut-être pourriez-vous quand même lui être utile, il a fort à faire en ce moment… Avez-vous vos papiers ?

— Si. »

Il prit dans sa poche un gros portefeuille d'où il sortit des papiers de toutes sortes, de toutes les couleurs : une carte d'identité, un permis de séjour, une carte de travail, des certificats d'employeurs précédents ; tout bien en règle.

« C'est parfait… Suivez-moi donc jusque chez monsieur Cailleau, on peut toujours demander. »

Pierre était occupé à choisir de longues planches qui deviendraient le bordage du fûtreau en construction. Il entendit les pas sur le sable, se redressa et releva sa casquette.

« Tiens ! Monsieur not'maît'qui vient enfin m'commander un bateau !

— Pas exactement, Pierre, du moins, pas encore, on verra ça à la retraite. Je vous amène Monsieur… Monsieur comment ?

— Giuseppe Giannini.

— Il arrive d'Angers où il a travaillé comme maçon, menuisier, un peu de tout, dit-il ; il cherche du travail, même dans les champs pour l'été, mais j'ai pensé que vous feriez peut-être affaire tous les deux ; il a de bons certificats. »

Pierre se gratta la joue en examinant l'ouvrier :

« Pour un fort gars, c'est un fort gars, ben capab' d'haquenasser; si il a du goût et qu'il boussicre pas l'travail, on pourrait toujours voir. »

Les yeux noirs de l'Italien allaient du maître d'école au charpentier et son regard inquiet montrait qu'il n'avait rien compris. Pierre réalisa que son langage l'avait dérouté.

« J'voulais dire que si t'es capab'de travailler dur et avec soin, on pourrait s'accorder tous les deux… mais, faut voir, c'est pas au fût qu'on connaît le vin… Faut d'abord qu'on cause pas'que j'aime ben savoir d'où qu'les gens viennent. V'nez donc jusqu'à la maison, les affaires sans boire un coup, ça tient pas pus longtemps qu'un bout d'beurre su'un'platée d'choux varts… V'nez aussit', Monsieur Émeriau, faudra p'têt'ben m'aider à traduire s'i'nous raconte sa vie. »

Giuseppe n'arrivait pas directement d'Italie ; il avait seulement vingt-six ans, mais déjà une expérience de vieux routier. Il n'avait fait que quelques mois de guerre ; démobilisé, il n'était pas retourné dans sa Calabre natale où le travail manquait. Il était resté à Turin puis à Milan et là, il avait rencontré les recruteurs français qui, après la saignée de la guerre, embauchaient les étrangers pour combler les vides : on avait besoin d'hommes pour la reconstruction des ponts, des usines, des maisons. Il s'était retrouvé dans le Nord de la France et, en effet, il avait fait tous les métiers. Sa rencontre avec un compagnon du Devoir, Angevin-la-Vertu, orienta sa vie : cet ouvrier menuisier cherchait à revenir dans son pays natal et à retrouver son vrai métier, fabriquer avec passion, des armoires et des buffets. Dès qu'ils le purent, grâce à la filière du compagnonnage, Giuseppe trouva un emploi et les papiers nécessaires à son séjour.

« Bon ; on voit ben qu't'es pas un traînier… tu dois pas êt' le gars à boire un coup d'trop !

— Non, zamais ze'bois, zé n'aime qu'oun'çose : l'opéra. »

Pierre eut le regard lointain de celui qui fouille dans sa mémoire.

« L'opéra… l'opéra… c'est des gens qui chantent, comme du théât' ?

— Ecco ! À Milan, zé travajé pour un patron qu'il était fou de l'opéra : allora, il m'emmenait, le dimance, à la Scala… Ah ! Verdi ! Puccini ! c'est plus beau qué tout !

— Ça m'plaît, ton opéra ! au moins, pendant l'travail, tu m'chanteras aut'chos' que les bêtises de maintenant !… Bon, il est trop tard, ast'heur' ; d'main matin, on s'met au boulot et on verra ben comment qu'tu t'débrouilles. En attendant, faut t'loger.

— Ze souis pas difficile… de la paille dans le grenier, zé pas bisoin d'oune belle maijon !

— Pour ce soir, on mettra une paillasse dans un coin du hangar au bois, d'main, si on s'accorde, on trouvera mieux.

— Va bene ! Merchi boucoup.

— Viens donc visiter mon chantier. »

Giuseppe se dirigea vers le bachot terminé qui séchait sur des madriers ; il l'examina en tournant autour et l'admiration lui faisait hocher la tête : « C'est du zoli travaj » ! Il saisit la levée d'avant du bateau et, d'un seul coup, la hissa au-dessus de sa tête ; il resta ainsi plusieurs secondes et lentement, les bras se détendirent : sans bruit, le bateau reprit sa place.

« Zé peux le refaire plousieurs fois, si vous voulez !

— Non, mon gars, va pas t'faire péter le reintier ! mais si t'es aussi adroit qu't'es fort… On va arranger ta chamb'pour ce soir. »

Le lendemain, dès six heures du matin, Giuseppe sortit du hangar et torse nu, étala sur le mur bas qui entourait la pompe, son savon à barbe, son rasoir et sa serviette ; il accrocha sa glace au clou du torchon à mains.

La Renée l'examinait derrière ses rideaux et s'étonnait qu'un jour ordinaire, il entreprît une toilette aussi minutieuse. À la campagne, les ablutions restaient sommaires : un rapide plongeon du visage dans une cuvette quand on était tout habillé et encore, pour beaucoup, pas tous les jours : « Y a que les gens sales qui s'lavent », disait Alfred.

Toute la matinée fut consacrée à faire passer à Giuseppe une sorte d'examen : il commença à la scie à ruban pour voir s'il savait scier droit, continua à la varlope et termina au ciseau à bois. Les essais furent concluants : les dents de la scie n'avaient pas dévié d'un millimètre, les chants des planches étaient lisses comme de la cire et les mortaises entaillées au rasoir, sans un fil de bois à enlever. Ses gestes étaient lents et sûrs, sa force bien contrôlée dominait le bois et les outils avec une fluidité magique ; on n'entendait que les bruits indispensables, le claquement du maillet sur la tête du ciseau, le sifflement de la varlope ; les outils étaient posés comme sur du velours, le tranchant des lames tout de suite protégé : le ciseau s'engageait sans heurt dans la gorge de l'établi, le rabot se couchait sur l'étagère, la lame tournée vers la paroi de planches.

Pierre, adroit et méticuleux, était impressionné et s'étonnait qu'un patron ait laissé partir un tel ouvrier :

« J'connais pas ton patron mais i'd'vait pas êt'trop futé pour pas avoir su t'garder !

— Ah !… Ze vais vous dire : le menouijier, l'avait oune fille… Ecco ! » Il pencha la tête sur le côté, releva les épaules et tendit ses mains en avant, paumes ouvertes. L'explication lui parut suffisante : la fille lui courait-elle après ? Ou le contraire ? Était-elle belle ?… « Ecco ! »

« Moi, c'qui compte, c'est qu'tu sais travailler, ça s'voit, alors, j'te garde… alors, tope là ! Maintenant le hangar, c'était bon pour un'nuit, mais j'crois que, comm'logement, j'ai c'qui t'faut. On va d'abord manger la soupe ! »

Renée n'en revenait pas : Giuseppe se tenait à table comme un monsieur ; il essuyait sa bouche avant de boire, il mangeait sans bruit, à petites bouchées, disait « s'il vous plaît » et « merci », « s'cousez-moi » quand il avait l'intention de prendre la parole. Il accepta le café mais refusa la « goutte », « perqué, cha fait trembler les mains qu'après, on peut plous travajer comme i'faut ! » Il fit des compliments à la cuisinière : « qu'il y a longtemps qué zé pas manzé oun'ragoût auchi… chavoureux ». Quand les deux hommes sortirent, elle alla vers la glace et remit en place les mèches qui lui tombaient dans les yeux.

Ils prirent la rote à Bigournet' : entre la Croix-Maurepas et le cimetière, Pierre possédait un terrain de quelques ares dont il avait fait un jardin potager où il cultivait ce qu'il aimait : des pommes de terre Early Rose, des haricots violets, des échalotes grises qui accompagnaient les beurrées de rillettes, grasses et odorantes, de son petit déjeuner. Son père avait bâti à l'entrée du jardin, une cabane en dur couverte en ardoise, pour y ranger ses outils et se protéger en cas d'averse, mais surtout pour y faire la sieste et s'isoler quand, disait-il, sa « boun'femme l'*achalait*[1] avec ses *berdasseries*[2] » ; à côté de la cabane, il avait fait creuser un puits qui lui donnait l'eau de l'arrosage et permettait de mettre les bouteilles au frais. Il avait voulu que la cabane fût assez spacieuse pour y mettre un lit de coin, un buffet bas, trois chaises pour y faire asseoir les copains qu'il invitait à boire un coup, loin des regards de reproche de sa femme. Pierre n'utilisait plus la petite maison que pour y ranger ses outils.

---

1. Achaler : ennuyer, déranger.

2. Berdasseries : des histoires sans intérêt.

« Quoique, certains jours !... Le ménage n'était jamais fait. Il poussa la porte sur une odeur poivrée de poussière et d'aromates : des brins de thym et de romarin séchaient sur la table et, dans un coin, des oignons oubliés lançaient de longues tiges anémiques.

— Un'fois qu'on aura tout ben *fombrayé*[1] et qu'on aura fait tomber les *iranselées*[2] du plafond, tu devrais t'plaire icit'.

— Bene, bene ! ça sara très bien et ze sarai tout près pour fare le jardin.

— On va r'tourner à la maison, Renée te donnera des draps, des couvertures, une cuvette pour ta toilette ; si t'as besoin de quet'chose, tu d'mandes... Ah ! aussi, un chiffon et un balai pour faire ton ménage c't'après-midi et finir de t'installer. »

Quand Pierre revint le soir, tout était impeccable : le vieux buffet, la table de noyer, le bois de lit brillaient, le carrelage avait été lavé à grande eau, les vitres de la petite fenêtre avaient retrouvé leur transparence. Dans un verre, sur la table, s'épanouissaient même quelques pâquerettes. Un grand sourire illuminait Giuseppe ; il serra les mains de Pierre : « C'est la primière fois qué zé souis dans une vraie maijon pour moi tout seul. »

---

1. Fombrayer : nettoyer.

2. Les iranselées : les toiles d'araignée.

À cette époque, l'arrivée d'un étranger dans une petite commune était un événement ; on appelait d'ailleurs « étranger » celui qui n'était pas originaire de la commune, à plus forte raison celui qui venait de Nantes ou d'Angers ; alors, un Italien…

Tout le village était en effervescence : Renée avait quitté son air revêche et énumérait, les yeux au ciel comme une madone, les qualités du héros : il enlevait sa casquette en entrant dans la maison, se savonnait les mains avant les repas, remplissait les seaux vides et les rapportait à la porte de la cuisine. Le soir, après le travail, Giuseppe venait au café, seul ou avec Pierre, boire un seul verre de vin blanc. Clarisse avait l'œil humide quand il s'inclinait légèrement devant elle, la casquette à la main : « Bonchoir, Mame Clariche, vous avez paché oune bonne journée ? » Elle était plutôt habituée à la grande tape sur les fesses, de Chopinet' ou d'Aristide qui lançaient des insanités dès le deuxième verre absorbé. Quant à Joséphine, elle joignait les mains en parlant de lui, depuis le jour où il avait couru lui ouvrir la porte de l'église en la voyant les bras encombrés de fleurs dont elle allait garnir l'autel. Il était entré derrière elle et s'était signé en embrassant le bout de ses doigts après le signe de croix. Même les trois harqueliers étaient impressionnés ; ils sentaient confusément que les grosses blagues bien épaisses qui les faisaient encore rire n'amenaient sur le visage de Giuseppe qu'un léger froncement de sourcils, un sourire un peu triste et gêné ; en sa présence, ils revenaient à des conversations plus civilisées.

Le comble de l'extase, ce fut le dimanche de la Pentecôte. La semaine précédente, Giuseppe avait proposé à l'abbé Brébion de chanter, pour cette fête, l'*Ave Maria* de Schubert. Le curé avait annoncé l'événement à ses ouailles si bien que, plus par curiosité que par goût artistique, personne n'avait voulu manquer la cérémonie, y compris quelques mécréants comme Lumeau qui n'apparaissaient chaque dimanche, près du porche de l'église, qu'au moment de l'*Ite missa est*. Giuseppe avait mis sa chemise blanche et son costume noir d'alpaga. Il avait pris place à gauche de l'autel ; le curé devait lui faire signe quand le moment serait venu. Il fallait d'abord subir l'épreuve du sermon. L'abbé Brébion n'était pas Massillon et ses sermons, où les paraboles des Écritures se mêlaient à ses considérations personnelles confuses et à des exhortations filandreuses, encourageaient les paysans à la somnolence ; certains dormaient carrément, d'autres se consacraient au bilan de la semaine passée ou aux projets de celle à venir. Aussi, le curé qui, depuis longtemps, avait jugé le degré d'intérêt de son auditoire pour les moyens d'échapper au péché, élevait-il fortement la voix pour que le « *In nomine Patris et*

Filii... » bien sonore ramenât les fidèles à des pensées religieuses plus élevées que le cours des poulets.

Le bruit des chaises remuées et les toussotements indiquant la fin du prône firent comprendre à Giuseppe que son tour était venu. Il se leva, se tourna vers la statue de la Vierge et, *a capella*, il chanta, avec une belle voix de ténor qui évitait les effets vulgaires et les *glissandos* sirupeux, une voix à la Caruso, que personne ici n'avait encore entendue.

François qui d'habitude, à la messe, avait du mal à rester tranquille, s'était immobilisé dès la première phrase, tout contre sa mère : il fixait Giuseppe avec un ravissement étonné, il l'écoutait comme s'il était venu d'un autre monde ; il ne le quitta plus des yeux jusqu'à la fin de la messe, le suivit encore du regard quand il s'engagea dans l'allée pour sortir et rougit de plaisir quand Giuseppe lui caressa les cheveux en passant.

Quant à Aline, elle avait devant elle le modèle de l'homme auquel elle avait toujours rêvé, le Prince aux cheveux noirs et bouclés, puissant et doux, le Chevalier qui avait dû affoler les bergères sur son passage. Elle était revenue à la Blinière avec l'air absent d'une somnambule, le regard extatique d'une visionnaire. Elle mit le couvert à gestes lents et feutrés comme pour éviter de rompre le charme. Armand s'étonnait que la messe lui ait fait pareil effet. C'est François qui donna la clé du miracle.

« Tu sais, papa, le monsieur qui travaille chez Pierre, Giuseppe, il a chanté une belle chanson à la messe ! » et il fredonna le début : « *Ave Maria, gratia plena…* » qu'il avait retenu. Armand ne fit aucune remarque mais il eut le sentiment qu'un danger nouveau venait de naître à deux pas de chez lui.

VII

Été 1925

ALINE INTERROMPIT SES FUGUES, elle ne s'intéressa plus aux fêtes que le journal annonçait. Chaque matin, en se réveillant, les premiers mots qui lui venaient à l'esprit, c'était : « voir Giuseppe ». Elle se donnait toutes sortes de prétextes pour aller chez Cailleau : demander à Renée des modèles de tricot ou des conseils pour mieux réussir la matelote d'anguilles. En arrivant et en partant, elle s'attardait à regarder les parterres de salvias et de pétunias, espérant que Giuseppe sortirait du hangar, ce qui arrivait évidemment quelquefois. Il soulevait alors sa casquette, disait : « Bonjour, Madame Boureau ! » et passait, les yeux déjà tournés vers le travail qui l'attendait. Le soir, avant le retour d'Armand, elle prenait la rote Chèneveau qui filait entre l'école et la cure, tournait à la Croix-Maurepas et ralentissait en passant devant la petite maison de Giuseppe. Elle le voyait dans le jardin en train de sarcler les salades ou d'arroser les tomates ; elle l'entendait aussi : il chantait souvent des romances napolitaines avec cette belle voix jeune, pleine d'or et de miel qui l'avait troublée à l'église. Certains soirs, il était assis devant la porte de sa maison et fumait sa cigarette, les jambes allongées et les mains croisées derrière la tête. S'il voyait Aline, il avait toujours le même geste : il soulevait légèrement sa casquette : « Bonsoir, Madame Boureau ! » Il ne cherchait pas à en dire plus et détournait tout de suite le regard. Aline n'osait pas engager la conversation ; elle aurait voulu un prétexte et cherchait quel service elle aurait pu lui demander : il n'était pas question qu'il vienne à la Blinière pour une quelconque réparation, Armand savait remettre des ardoises au toit, changer une serrure ou recoller un barreau de chaise.

Ce prétexte pouvait être François : depuis qu'il avait entendu chanter Giuseppe, il fredonnait souvent la première phrase de l'*Ave Maria* et continuait la mélodie à sa manière mais ses improvisations tournaient court et le laissaient insatisfait. Il dit un jour à sa mère : « Je voudrais bien savoir la vraie suite de la chanson de Giuseppe ! » Aline ne dit rien, elle ne voulait pas avoir l'air de se jeter sur l'occasion, elle attendit la réaction du père.

« T'as qu'à aller le voir et lui demander, tu verras s'il veut bien t'apprendre.

— Il est gentil, il voudra bien… J'irai ce soir quand il sera revenu de son travail mais, ajouta-t-il aussitôt, la première fois, tu viendras avec moi, Maman. »

Elle essaya de jouer l'indifférence : « Tu peux bien y aller tout seul, tu le connais bien, Giuseppe… », mais le plaisir soudain, miraculeux, provoqua chez Aline la réaction physique qu'elle sentait venir quand elle était très heureuse : depuis les aisselles et les frisettes de son cou, les gouttes de sueur traçaient sur ses côtes et le long de son dos une ligne délicieusement brûlante ; l'éclat humide de ses yeux et de son rire enfantin ne venaient qu'après. Là, elle dut cacher les délices de la surprise et de la joie.

Vers six heures, quand François revint de chez les Terrien, il harcela sa mère : « Tu viens chez Giuseppe, Maman ? » Elle s'y était préparée comme pour une fête, toute la journée, occupant son temps à des tâches mécaniques : arracher les prêles qui commençaient à pointer dans le carré des salades, faire les cuivres qui n'en avaient pas besoin, passer le buffet à la cire. Elle essayait de calmer son impatience en ralentissant ses gestes : elle enleva posément son tablier, noua avec soin les lacets de ses souliers et vérifia que sa robe était bien boutonnée. Elle prit la main de François mais lui aussi était impatient ; il se dégagea et courut devant comme un chiot, revint sur ses pas, repartit au galop tant que dura le trajet. Il ne reprit la main de sa mère que devant le pré fauché qui précédait l'entrée de la maison. Giuseppe avait sorti une chaise sous le pommier et roulait une cigarette. Quand il vit Aline et l'enfant, il se leva, posa sa casquette et sa cigarette sur sa chaise et vint au-devant d'eux. Aline sentit de nouveau les perles rouler sur sa peau.

« Bonsoir, Monsieur Giuseppe… Je vous amène François, il n'osait pas venir tout seul…

— Tou mé connais bien pourtant, on sé voit tous les zours cé Monsieur Cailleau !

— Oui, mais il avait une chose importante à vous demander. Figurez-vous que, depuis l'autre dimanche, il fait la comédie pour que vous lui appreniez le morceau que vous avez chanté, cet *Ave Maria*. Il ne sait que le début et le répète vingt fois par jour. Alors, pour avoir la paix…

— Allora, tou avais peur de venir dans ma maijon ? Bien sour qué zé vais té l'apprend', la çanson ! et même d'autres, si tou veux ! Viens ! zé vais té donner oun'bonbon, z'en ai acété cez mame Clariche, perqué, quand on çante, c'est bon pour la voix. Ma, entrez, Madame Boureau ! »

Aline n'écoutait pas les paroles, elle n'entendait que la voix ; elle avait peur que sa joie éclatât comme une prune trop mûre ; elle sentait qu'elle allait rougir, trembler. Rompre le charme, vite, et s'enfuir !

« Non, non, merci, mais le travail m'attend à la maison, mon mari va rentrer… Je vous le confie, il rentrera bien tout seul. Au revoir, Monsieur Giuseppe et merci pour François ! »

Elle reprit la rote mais dut s'asseoir sur le socle de la Croix-Maurepas pour reprendre ses esprits ; elle délaçait et relaçait ses chaussures pour se justifier si quelqu'un venait à passer ; elle prolongeait l'attente dans l'espoir d'entendre le début de la leçon. Elle attendit peu. Bientôt, montèrent les deux voix mêlées dans la première phrase de l'*Ave Maria*, celle du ténor dont la force retenue ne voulait pas couvrir le chant fragile qui l'accompagnait, celle de l'enfant qui n'osait pas se lancer. Puis Giuseppe chanta seul, plusieurs fois, la phrase suivante que François reprit à son tour, seul, plus hardi, cette fois ; puis les deux voix s'unirent de nouveau. L'enfant apprenait vite ! Parfois, le chant se taisait. Aline entendit plusieurs fois le rire éclatant de François : Giuseppe devait lui raconter des histoires et elle fut jalouse de sa joie ; elle rentra précipitamment à la Blinière. Armand était rentré. Elle se réfugia dans sa chambre ; elle s'approcha de la glace : elle ne reconnut pas son visage défait, la félicité qu'elle venait de vivre et ses larmes se mirent à couler.

Cet après-midi-là, comme presque tous les jours, François fit sa visite à Pierre et Giuseppe lui dit : « Z'ai oublié mon tabac dans la maijon ; tou saras bien mignon d'aller me le cercer, s'il te plaît. »

Pour Giuseppe, François aurait bien couru jusqu'à Montjean ! Il quitta la cour et monta la rote Chèneveau, entre la cure et l'école. Au pied des murs et des haies qui bordaient le jardin du curé et celui de l'instituteur, les giroflées repoussaient toutes seules et, en mai, le chemin était inondé de leur odeur : « Ça sent comme chez le coiffeur », se dit-il. Les fenêtres de la classe étaient ouvertes et du brouhaha confus, se détachaient des bruits plus distincts : le râclement des sabots ferrés sur le carreau, le claquement des ardoises sur les tables ; des voix, celle d'un élève qui lisait, celle du maître qui donnait un ordre. En hiver et pendant les premiers mois du printemps, les fenêtres fermées ne laissaient rien passer des activités des élèves. François tendait l'oreille, curieux de savoir ce que pouvaient bien faire, derrière ces murs, les trente garçons qu'il voyait sortir, à quatre heures. Il s'assit sur l'une des grosses bornes qui encadraient le portail du jardin de l'instituteur, espérant cette fois percer le mystère.

Tout à coup, un coup sec, comme un claquement de fouet, imposa le silence, puis, la voix du maître : « Debout ! nous allons chanter ! »

« Alors là, se dit-il, ça devient intéressant ! » Quelques élèves toussotèrent pour s'éclaircir la voix et dans le silence, fleurit une note douce, étouffée, une voix isolée et discrète comme la plainte d'un oiseau, un roucoulement de tourterelle ; une voix qui ne venait pas de la gorge humaine et que François ne reconnaissait pas : il n'avait entendu jusqu'alors que l'accordéon d'un vendeur de chansons, à « l'assemblée » de Montjean et le clairon de Chopinet' qui faisait hurler le chien de Lumeau quand, le 11 novembre, il massacrait la sonnerie aux morts. Non, aujourd'hui, c'était autre chose ! Toute une phrase musicale s'égrena puis se tut ; elle chanta de nouveau, cette fois accompagnée par les voix des enfants. À la fin de la chanson, il entendit le maître : « Écoute, Henri Lusseau, essaie de chanter moins fort ! Avec ta grosse voix, on n'entend que toi ! Les autres ne peuvent sûrement pas suivre la flûte ! » Ainsi, la chose qui caressait si bien était une flûte ! Mais c'était fait comment ? Heureusement, le dictionnaire de Joseph le renseignerait et il verrait à quoi ressemblait l'oiseau mystérieux.

« … Bon, maintenant qu'on s'est nettoyé la tête, au travail !… Les grands du certificat, vous repassez les dates, à la page 153 du livre d'histoire pendant que je fais lire les petits. »

Là, François entra dans les mystères de la vie scolaire : le certificat, les dates, le livre d'histoire, autant d'énigmes sur lesquelles il achoppait. La leçon de lecture lui fit passer un bon moment : il ne put s'empêcher de rire en entendant la voix des petits : « bra, bre, bri, bro, bru… za, ze, zi, zo, zu… » Il fut tout fier de pouvoir répéter les syllabes entendues mais surpris par ces mots bizarres qui ne voulaient rien dire. Il fut heureusement rassuré quand le maître invita un dénommé Gustave Belloir à lire des phrases du tableau. François entendit alors une pénible mélopée : « Jé-rô-me a é-t-é pu-ni ; Zoé a sa-li sa ju-pe de ga-ze ; le zè-le de La-za-re ». Il essaya de trouver un sens à cette litanie hachée et monocorde quand le maître intervint : « Mais lis donc comme tu parles : "Jérôme a été puni", tout simplement, au lieu de ton "Jé-rô-me"… » Le maître relut les phrases et « la lumière fut » : à part la « gaze » et le « zèle de Lazare », il comprit qu'on parlait de Jérôme et de Zoé, des enfants normaux, l'un qu'on punissait et l'autre qui avait sali sa jupe. Il était trop petit pour se le dire clairement mais l'école lui sembla une inquiétante marmite où bouillait une bizarre cuisine.

Mais le comble de l'étonnement fut la récitation des dates d'histoire : « les Arabes battus à Poitiers par Charles-Martel… François Premier battu à Pavie… Napoléon battu à Waterloo… » Il s'efforça de retenir quelques noms et imaginait des enfants qui recevaient de leurs parents de magistrales fessées : ils avaient dû faire de grosses bêtises pour que ce soit écrit dans les lívres ! Grâce à 'Man Lucie, tout cela deviendrait clair…

Il se souvint tout à coup du tabac de Giuseppe !

« … Tou as été le cercer à Anzers, mon tabac ? Heureusement qué Pierre, il est çaritable… Et où tu étais ?

— J'ai écouté la flûte de monsieur'Mériau. »

Il quitta le hangar aussitôt et courut vers la Guitonnerie pour voir enfin, dans le livre de Joseph, la couleur des plumes de cet « oiseau-flûte » dont le chant continuait à roucouler dans sa tête.

La Guitonnerie, c'était le pôle d'attraction, la source des explications et le havre de paix. Quand il avait appris assez de choses nouvelles sous les fenêtres de la classe, il passait chez Pierre chercher une nouvelle devinette et respirer l'odeur du sapin mais jamais il ne manquait l'heure du goûter. 'Man Lucie lui préparait une tartine bien beurrée sur laquelle elle écrasait quelques fraises qu'elle givrait de sucre en poudre ; elle étalait sur le tapis une large serviette ; elle posait dessus l'assiette aux tartines et le bol blanc plein de fraises. Marie piochait dans le bol et à chaque fraise qui s'écrasait dans sa bouche, elle poussait un cri bref et aigu, suivi souvent d'une appréciation convaincue : « Est bon ! » François parfois retirait vivement le bol rien que pour entendre la cascade des « non, non, non » et voir se foncer le bleu clair des yeux — elle faisait « ses yeux d'ardoise », disait Lucie.

Malgré sa gourmandise, Marie ne faisait pas trop durer le goûter parce qu'elle savait qu'après, viendrait le moment des histoires. François gardait précieusement dans le coffre aux jouets de vieux catalogues de la Belle Jardinière et de la Manufacture de Saint-Étienne. Il y découpait des personnages et des objets qu'il associait au cœur de contes tous les jours renouvelés.

« Tu vois, les dames et les messieurs, c'est des Anglais » : une dizaine de dames de « la Belle Jardinière », en robe courte et chapeau cloche, certaines flanquées d'une bicyclette de la « Manufacture » formaient avec des messieurs en redingote et fusil de chasse, une troupe commandée par un chef en costume d'alpaga.

« Celui-là, c'est Napoléon », et Marie s'appliquait à répéter les noms « …glais », « …poléon ». La troupe partait à l'assaut de la corbeille aux fruits qui occupait le centre de la table, forteresse couronnée d'une dame dans une longue robe à volants et coiffée d'une toque à aigrette, et d'un monsieur avec chapeau haut-de-forme et canne à pommeau d'argent. La troupe voulait voler les fruits, les deux défenseurs dotés d'un pouvoir magique culbutaient les assaillants sur le tapis et restaient maîtres de la forteresse. C'est ainsi que, grâce à la relecture de l'histoire par François, les Anglais et Napoléon étaient battus par les Arabes. Les vainqueurs, un dans chacun des mains de François, venaient saluer Marie dont le rire enchanté creusait la fossette de sa joue droite et faisait briller ses deux incisives écartées. Elle battait des mains, redemandait une autre aventure et cette fois, François Ier prenait sa revanche et, à Waterloo, faisait Charlemagne prisonnier.

Puis venait le moment de la tendresse. Le grand-père Terrien qui, à sa mort, pesait cent cinquante kilos, s'était fait faire un fauteuil d'osier, couleur de caramel, « d'une place et demie » disait-il. Les deux enfants venaient s'y blottir ; Marie, sous le bras gauche de François, suçait le coin de son mouchoir. C'était le moment où Lucie ouvrait le cahier où sa mère avait copié les paroles des vieilles chansons que, dans les veillées, chaque génération apprenait à la suivante ; elle avait senti que ce temps-là ne durerait pas et elle avait bien fait : à part quelques aïeules dans la campagne, plus personne ne les chantait dans le village, sauf Lucie qui voulait les transmettre. Chaque jour, elle reprenait les chansons déjà connues et en ajoutait une nouvelle : après *La Ronde à Biron, Isabeau la Bargère*, ce fut *Le Coq, Maître Martin* et *La Petite Ronde*. François ne retenait bien sûr pas toutes les paroles, seulement les bouts de phrases qui lui plaisaient ; en revanche, il chantait les airs les plus faciles en les accompagnant de « la, la, la… » tandis que Marie, souvent à contre-temps, tapait dans ses mains. Quand Lucie fermait le cahier, c'était pour François le signal du départ. Marie le savait et ne voulait pas le laisser partir : elle s'arrondissait comme un chat, posait la tête sur ses genoux et faisait semblant de dormir. Il avait du mal à se dégager et devait lui expliquer que sa maman l'attendait et qu'il reviendrait le lendemain. Malgré les baisers de Lucie, la fossette s'effaçait et « les yeux d'ardoise » se mouillaient. François courait vite à la porte et se sauvait vers la Blinière. Il espérait trouver sa mère dans un de ses moments d'exaltation. Pour attendre le lendemain, il avait besoin de sentir la chaleur de ses bras et d'entendre les mots qui le consoleraient de la séparation : « … mon cœur, mon roi, mon amour… »

Malheureusement, l'été chauffait la folie d'Aline. Son regard traversait François sans le voir ; elle semblait l'écouter raconter les batailles des Anglais et de Napoléon, chanter *La Ronde à Biron*. L'enfant voyait bien que sa mère était absente, il essayait de tirer de temps en temps sur le fil qui la réveillerait : « C'est beau, hein, maman ? » Mais la réponse terne et banale lui faisait mal : « Oui, oui, très beau », disait-elle seulement, en le regardant à peine et son attention d'une seconde se relâchait à nouveau. Il en était blessé parce qu'il croyait que ses histoires n'avaient pour sa mère aucun intérêt alors qu'il y mettait tout son cœur. Alors il n'insistait pas ; il s'éloignait dans la cour et essayait de s'appliquer à ses jeux habituels ; il faisait exprès ce que sa mère appelait des bêtises : il ouvrait les cages des lapins, courait après les poules, criait à tue-tête les chansons de Lucie en frappant la gamelle des canards à coups de bâton. Mais il en était pour ses frais : on ne le grondait même pas ! Il regrettait le temps où Aline prenait la route et s'échappait pour deux jours : là au moins, il y avait la détresse que créait le départ et la joie, au retour.

Aline était folle et sa folie, c'était Giuseppe. Elle trouvait des prétextes et Renée s'étonnait d'être si souvent consultée sur l'assaisonnement de la cuisine, les points de tricot, les soins à donner aux géraniums. À l'arrivée et au départ, elle s'attardait, plus qu'elle ne le faisait les mois précédents, à admirer les fleurs ou à caresser le chat ; elle attendait la délicieuse crispation qui lui nouerait le ventre quand, au fond de l'atelier, elle apercevrait la chemise bleue et la ceinture de flanelle rouge. Elle n'en cherchait pas plus et rentrait à la Blinière avec, sur le visage, un énigmatique rayonnement.

Mais sans le vouloir, Giuseppe était trop fort, il exerçait sur Aline son pouvoir magique d'attraction et elle sut qu'elle n'y résisterait pas. Un soir, seule dans son lit depuis qu'Armand couchait au grenier, elle sentit monter en elle l'exigence d'éteindre ce feu qu'elle ne contrôlait plus et qui la poussait à quitter la chambre. Elle enfila un manteau par-dessus sa chemise de nuit et sortit sans bruit de la maison. Elle courut jusqu'à la petite maison de la Croix-Maurepas : la porte s'ouvrit.

Aline ne rentra à la Blinière qu'au moment où l'aube laiteuse redonne leur blancheur cireuse aux murs de tuffeau. Chaque soir, elle s'échappa ainsi et pendant toute la journée du lendemain, Armand s'étonnait de la voir accomplir les travaux de la maison et du jardin, sans une plainte ni un reproche, avec plutôt dans chaque geste, une lenteur voluptueuse, une grâce onctueuse comme si les gestes de l'amour vécu la nuit précédente se répétaient sur les objets : elle caressait ses vêtements plus qu'elle ne les brossait, elle faisait lentement mousser le savon sur ses bras, elle peignait ses cheveux, la tête rejetée en arrière, les yeux mi-clos, le cou embué d'une tiède rosée.

Dans les fugues régulières des étés précédents, l'âme d'Aline n'entrait que pour une petite part. Elle cherchait certes une évasion, une rupture avec le monde étroit et pauvre où elle devait vivre, une courte folie où elle oubliait tout, les tâches répétitives et médiocres dans lesquelles elle n'espérait aucune surprise, la présence pesante et terne d'Armand qui accomplissait son travail selon un immuable et prévisible calendrier et dont les commentaires se bornaient à constater les activités : « les patates sont bonnes à ramasser, le chanvre est mûr… » En se sauvant quelques jours, elle échappait à la routine, mais ses départs avaient une cause plus animale qu'Aristide Lumeau définissait avec sa crudité naturelle : « V'là Aline qui va au mâle ! », disait-il. Et il développait une métaphore éloquente : « Quand la ch'minée d'vient trop chaude dès l'matin, c'est qu'elle a besoin d'êt'ramonée ! » L'amour n'était pour elle qu'une danse effrénée du corps dans les tourbillons et les rires, un repas de fête où les sentiments n'entraient pas : elle n'aimait pas le marinier qui se couchait sur elle dans le hangar à bateaux, elle n'attendait de lui que les étourdissements fulgurants qui épuiseraient son énergie et qui la renverraient à la Blinière, le corps rompu, sans le souvenir d'un sourire ou d'une parole tendre.

Maintenant, tout était différent. Chaque soir, quand elle était sûre que tout dormait dans la maison et que les trois lampes de la place étaient éteintes, elle courait retrouver Giuseppe et ses étreintes, mais surtout le regarder, toucher son visage et l'écouter raconter de sa voix de soie, des souvenirs de sa Calabre natale : la ferme basse, accroupie dans les roches éblouissantes, les courses derrière les chèvres, les silhouettes maigres et noires de sa mère et de sa sœur qui revenaient de la source, le regard et la voix du père, impitoyables, sorte de Mateo Falcone qui, avec ses fils, piochait les pierres blanches pour y chercher la terre revêche. Toute la nuit, Aline était calabraise, la peau de Giuseppe la caressait de sa brûlure comme le soleil du Sud et les grillons des prés chantaient comme des cigales.

C'était toujours lui qui rappelait qu'il était l'heure de se séparer. Elle trouvait ses vêtements jetés sur la chaise, elle sentait le vent d'ouest qui poussait sa douceur d'ouate entre les fentes des volets, elle entendait sonner cinq heures au clocher. Elle retombait de son rêve, les épaules écrasées déjà par les tâches de la journée qu'elle faisait défiler à toute vitesse : café, jardin, soupe, repas, jardin, dîner, comme pour les effacer d'un coup et arriver plus vite à la nuit suivante dans laquelle elle se voyait courir.

C'était Giuseppe qui lui redonnait son courage : il faisait rire ses dents et ses yeux, chatouillait la joue d'Aline de la pointe de sa moustache :

« Tou réviens ce soir ? Allora, va bene ! » Le poids s'allégeait, elle s'habillait sans hâte pour prolonger le plaisir de sentir les mains de Giuseppe qui l'aidaient à boutonner sa chemise de nuit et son manteau ; il entourait son épaule jusqu'à la route. Là, pour être sûre de pouvoir s'en séparer, elle se mettait à courir sans se retourner et ne retrouvait son pas prudent et silencieux qu'en arrivant sur la place ; elle marchait sur la berme du chemin, traversait sa cour, les souliers à la main et se recouchait, le nez sur son bras pour respirer jusqu'au lever, l'odeur de Giuseppe, son odeur calabraise, faite de poivre et de thym.

À la Blinière régnait une paix étrange : pas de fugues avec leur départ dans les portes claquées et les cris, plus de retours avec ce désespoir hargneux qui imposait à Armand et à François le silence tendu, celui qui faisait craindre l'orage. L'enfant était trop jeune pour analyser le nouveau comportement de sa mère : une indifférence constante, aggravée par un demi-sourire qui faisait trembler les coins de sa bouche et par la banalité des réponses qu'il obtenait : « Oui, très bien » ou « Comme tu voudras » ; plus de ces élans un peu fous avec les embrassades et les mots qui le caressaient : « mon amour, prince de mes jours… » seulement un bref baiser le matin et le soir, une main dans les cheveux quelquefois, mais distraite et sans vie. Il pensait confusément que sa mère était atteinte de quelque maladie mystérieuse qui l'avait transformée mais dont elle guérirait bientôt.

Armand lui non plus ne savait que penser. Il guettait sur le visage d'Aline les traces d'un mal profond qu'elle ne voulait pas avouer, mais au contraire, ses traits s'étaient adoucis, comme pacifiés : il ne voyait plus ces rides nées de la colère ou de l'impatience, ces yeux changeants traversés de tristesse ou d'exaltation mais seulement un visage lisse et figé de statue, au regard intérieur, réfléchi sur lui-même, coupé du monde. Il s'étonnait du silence de la maison ; le couvert était mis sans bruit, les seaux posés sur l'évier de pierre tintaient à peine, les pantoufles glissaient sur le carreau. Il n'arrivait pas à éclaircir le mystère : personne ne venait à la Blinière, Aline n'allait guère que chez Renée et chez Lucie. Il attendait, dans un doute douloureux, que les indices mettent fin à son anxiété. Dans le village, pas de commérages : si Joséphine ou Clarisse avaient la moindre information, il serait déjà prévenu !

À la Guitonnerie, Lucie fut en alerte, la nouvelle image d'Aline l'inquiétait : « Pourvu qu'elle n'aille pas nous refaire un vilain coup comme en 19 ! » Elle sentait comme Armand planer le drame et sa grande ombre sur le village, mais elle fit la lumière plus vite que lui : « C'est forcément une histoire d'homme et le tour d'horizon est vite fait :

si on élimine les trois zouaves — c'est ainsi qu'elle cataloguait Bodin, Lumeau et Chopinet' — qui reste-t-il ? Monsieur Émeriau ? intouchable ! Pierre ? ce serait déjà fait s'il avait voulu et Renée ne le lâche pas d'une semelle ! Lucien ? le pauvre ! Joseph ? plus maintenant... Il n'y en a qu'un, c'est Giuseppe, le bel étranger à l'exotisme troublant, l'enchanteur qu'elle attend depuis toujours... Ils ne semblent pourtant pas se rencontrer... Alors, Aline se languirait d'un beau mal d'amour romantique ? Peut-être ; elle traverse les jours sans rien voir, lointaine et alanguie... mais les femmes comblées sont aussi, lointaines et alanguies ! » Elle fit part à Joseph de ses doutes : « J'y ai pensé aussi à Giuseppe ; on saura, un jour ou l'autre... »

Alfred Bodin trouvait le long des rotes, au bord de l'étang, les simples dont il avait besoin pour ses tisanes, mais beaucoup de plantes, si l'on voulait qu'elles soient efficaces, devaient être cueillies dans certaines conditions, notamment l'herbe-au-beurre et l'herbe de Saint-Jean : il fallait, d'après lui, les couper dans un cimetière, une nuit de pleine lune, tout de suite après minuit. Sa musette de toile sur le dos, il s'était glissé cette nuit-là hors de chez lui : ses vieilles savates de toile à semelles de caoutchouc étouffaient ses pas et lui permettaient aussi d'approcher les perdrix blotties dans les haies ou de happer le lapin à la sortie de son terrier. Il passa derrière l'église, prit la rote Chèneveau, arracha trois pieds de chélidoine dans les pierres, au pied de la Croix-Maurepas, et fila vers le cimetière. Sur sa droite, la maison de Giuseppe l'attira : habitué à rechercher une plante parmi cent autres, à guetter le gibier dans les fourrés et le brochet dans les mouilles, la curiosité était devenue chez lui une seconde nature. Il s'approcha, sans idée de découvrir du sensationnel, seulement pour voir il ne savait trop quoi. Les volets mal joints laissaient passer un filet de lumière jaune diffusée par la lampe à pétrole mais trop haut pour qu'on pût voir à l'intérieur. Derrière les volets, la fenêtre était ouverte et il entendit un chuchotement : une voix d'homme, chantante, à la fois basse et chaude, et une voix plus haute, vive et joyeuse, qui retenait difficilement un rire prêt à fuser.

« Non, Giuseppe, tu es fou, tu vas me faire crier et on va nous entendre !

— Qui va nous entendre, bellissima mia ?

— La grand-mère Bureau dans le cimetière !

— Et pourquoi pas la gran'mamma qui dort dans lé cimetière dé San Giovanni ? »

Les mots s'évanouissaient et faisaient place à une douce plainte, grave et lumineuse qui coulait, fraîche comme la source où Maria Carlotta allait puiser l'eau pour ses frères, dans la pierraille de San Giovanni.

Été 1925

Alfred n'en croyait pas ses oreilles !

« Vingt Dieux de nom de Dieu ! C'est donc lui, ce sacré putassier qui fait breuiller l'Aline ! J'aurais dû m'en douter qu'il était pas loin ! Ben, mon salaud ! c'est comme chez les chiens, c'est l'darnier arrivé qu'a l'droit d'baiser ! »

Il s'éloigna et retrouva la rote à Bigournet' qui le conduisit au cimetière. Tout joyeux de sa découverte et sans respect pour les morts dont il disait que « l'meilleur valait pas un bon chien vivant », il enjamba les tombes en s'accrochant aux croix et souleva les couronnes de perles aux couleurs délavées : il trouva assez « d'herbes-fortes » pour garnir sa musette.

Il sortit en fredonnant, sur l'air de *C'est la fille de la meunière*, une gigouillette bien adaptée aux ébats d'Aline :

C'est les filles du bourg d'Auverse
Qu'ont les talons tellement courts
Qu'à s'en vont à la renverse
Au moins deuss'-trois foés par jour,

Il avait récolté une jolie nouvelle, de quoi « s'faire payer quéq'lit'de blanc » par ses deux acolytes habituels.

Dès sept heures du matin, il quitta sa bauge et entra chez Clarisse, l'œil vif et la mine réjouie :

« I'sont pas'core là ?

— Non, mais i'vont pas tarder à v'nir se décrasser la goule ; j'te sers quoi ? Un coup d'blanc comme d'habitude, c'est encore c'qui réveille le mieux !

— Pas besoin de m'réveiller, ce s'rait putôt pour me rafraîchir la langue qui va en avoir besoin…

— C'est i'qu't'as vu le Diab', c'te nuit, qui t'as mis déjà en *émouvette*[1] ?

— Pas l'Diab'non,… putôt… l'Paradis. »

Il n'ajouta rien, réservant ses révélations aux deux autres compères. Lucien était alléché par cette énigmatique image et se promettait bien de ne pas quitter la salle pour obtenir, espérait il, des explications claires. Il traînait derrière son comptoir, il essuyait des verres qui n'en avaient pas besoin, en guettant par la porte ouverte, l'arrivée des autres « zouaves ». Alfred avait du mal à tenir en place ; il vida brusquement son verre : « Je r'viens ! » Il courut presque jusque chez Lumeau qui finissait de boire son café et de manger, avec un gros quignon de pain, une gousse d'ail, indispensable le matin pour se « fombrayer la tripaille ».

« Te v'là déjà ! t'as l'feu au cul !

---

1. En émouvette : en émoi.

— Pas moi, non, mais j'en connais qu'ont pas'core eu l'temps de se l'referdir !... Tu devrais des fois t'prom'ner la nuit.

— Quand j'vas pêcher les anguilles, à la *vermée*[1], su'l'coup d'minuit...

— Non, pas su'l'iau où qu'à la nuit, y a ren à apprend' ! Faut t'promener dans les rotes... Allez, viens donc, le Chopinet' a déjà eu l'temps de s'mouiller la gourgamelle ! »

Quand ils entrèrent au café, Chopinet' était là en effet devant sa chopine bien entamée. Ils rapprochèrent leurs chaises et Alfred raconta ce qu'il avait entendu et évoqua seulement ce qu'il aurait bien voulu voir. Les deux autres ne purent retenir leur joie : enfin un peu de sel dans la soupe trop fade de tous les jours !

« T'es sûr que c'était Aline ?

— Sûr, mêm'qu'à un moment, i'y a dit : "écoute, Aline", alors tu vois ben !

— J'comprends maint'nant pourquoi al'était toujours là ! Al'avait pus besoin d'courir après les mariniers : quand on a d'la *bouilleture*[1] qui mijote à

---

1. La vermée : une façon de pêcher l'anguille. On enfile de gros vers de terre sur deux mètres de laine et on en fait une pelote où s'accrochent les fines dents de l'anguille.

2. La bouilleture : la matelote.

journée su'son feu, c'est pas la peine d'aller à la pêche ! »

Un gros rire bien gras fit sursauter le Lucien :

« Eh ben, les gars, la journée est ben enrayée ! Qué donc qui vous faire rire comme ça ?

— On y'i'dit ou on y'i'dit pas ? »

Ça le démangeait, Alfred ! Garder un secret, ce n'était pas drôle tandis que là ! Sitôt Lucien au courant, Clarisse allait tellement le cuisiner qu'il finirait par lâcher le morceau et alors, la nouvelle envahirait le bourg, ce serait la chasse à courre : la Renée qui aurait bien voulu s'offrir Giuseppe sauterait sur Aline, Armand serait bien capable de prendre sa fourche pour embrocher l'Italien ! Un beau cirque en perspective !

« C'est donc ça ! s'exclama Lucien, qu'elle était toujours fourrée chez Cailleau ! c'était pas pour voir la Renée !... Clarisse ! » Elle n'eut pas besoin de lui tirer les vers du nez. Elle prit des airs offusqués, les yeux au ciel et les mains jointes : « C'est-i'pas Dieu possible ! À deux pas d'chez elle ! » En somme, tant qu'Aline partait chercher son plaisir loin du village, ses escapades n'étaient pas intéressantes. On connaissait vaguement les hommes qu'elle retrouvait et les orages qu'elle pouvait faire lever n'atteignaient pas le Plessis. On était sevré du spectacle ; on disait seulement : « V'là l'Aline partie », ou « tiens, v'là l'Aline rev'nue ! » En somme, rien ne s'était passé tandis qu'aujourd'hui, le feu avait pris à la Croix-Maurepas et les flammèches ne tarderaient pas à voler autour des maisons.

Clarisse enleva son tablier de cuisine, prit un panier pour se donner une contenance et fonça vers l'église où elle savait qu'elle rencontrait Joséphine qui balayait et alignait les chaises pour la messe du lendemain. Elles ressortirent toutes les deux en trottinant mais, à la vue de Pierre et de Giuseppe, ralentirent le pas devant le portail ; elles entrèrent même lentement dans la cour en montrant les massifs fleuris : « C'te Renée, a's'y connaît en fleurs ! Mon Dieu, qu'c'est joli ! »

Pierre et Giuseppe pointaient un bordage et les coups de marteau couvraient le crissement des pas sur les graviers. C'est Pierre qui les vit le premier et trouva tout de suite louches leur sourire sirupeux et leur bouche gourmande.

« Qu'est-ce qu'a'viennent fout'toutes les deux, à neuf heures du matin ?

— … Elle est là, Renée ? On a quét'chose à y'i'dire…

— Eh ben ! entrez, vous connaissez l'chemin !

— … T'as vu, Giuseppe, ces deux belettes ? Al'ont déjà les dents aiguisées et dans pas longtemps, y'aura un lapin d'saigné !

— Le padre, à San Giovanni, i dijait toujours : *"La lingua tagliata, la pace sicura"*, "tou coupes la langue et tou as la paix."

— L'avait raison, ton padre ! la langue, c'est un sale outil. »

Les deux femmes ne restèrent pas longtemps : la graine empoisonnée avait été vite semée, elle commençait à germer ! Les portes claquèrent dans la maison, Solange sortit en hurlant : elle avait pris une calotte au passage pour avoir voulu attraper un bout de la conversation. Renée sortit à son tour, jeta un coup d'œil rapide et noir aux deux hommes et remplit son arrosoir à grands coups de balancier qu'elle faisait exprès de laisser retomber sur le butoir de fer. Elle ronchonnait en arrosant ses fleurs : « Belle salope, oui, une belle salope ! » Elle était vexée de ne pas avoir elle-même démasqué Aline et d'avoir été trompée par ses visites. « Elle se moquait bien de mes fleurs et de ma cuisine, disait-elle, elle ne venait que pour se rincer l'œil avec son Giuseppe et se réchauffer avant la sarabande de la nuit ! »

Elle se demandait maintenant comment agir. Clarisse et Joséphine étaient bien trop peureuses et hypocrites pour dire son fait à Aline mais assez rouées pour avoir fait tomber la nouvelle dans la bonne oreille : elles savaient que Renée faisait les yeux doux à Giuseppe et n'en finissait pas d'énumérer ses qualités, « si poli, si intelligent, toujours bien propre » ; elles comptaient sur elle pour dévoiler le secret. Elle était embarrassée maintenant par ce fardeau. Aller chez Aline et tout lui dire ? C'était trop risqué : elle pourrait toujours nier et se moquer d'elle : « Ma pauvre Renée, comme tu l'as pas eu, Giuseppe, et que tu en crèves de dépit, pour te venger, tu avales comme de la brioche de Pâques les racontars de trois vieux soûlards ! » Elle se ferait même mettre à la porte avec la promesse de tenir Pierre au courant. Non, décidément, il faut trouver un autre moyen… peut-être… Oui, voilà, comme ça ! Elle irait chez Lucie dès le lendemain.

Les deux femmes ne s'aimaient pas : Renée n'arrivait pas à vaincre son humilité devant Lucie qui la dominait de sa beauté, de son intelligence et dont la franchise la désarçonnait ; Lucie supportait mal la bêtise et la méchanceté de Renée, toujours à l'affût des ragots.

Dans la cuisine, Lucie dénoyautait des mirabelles ; elle vit arriver Renée qui s'était composée une mine de circonstance : elle soupirait et s'essuyait les joues avec un grand mouchoir à carreaux, comme si le chagrin couvrait son visage de larmes. Elle fut tout de suite sur ses gardes : « Elle joue une comédie à grosses ficelles, mais là-dessous elle cache encore une jolie médisance ! ».

« …Te v'là après faire des confitures, ça sent rudement bon !

— Comme tu vois ; c'est la saison. »

Elle désigna la chaise libre de l'autre côté de la table et laissa s'installer le silence : « Tu es venue, se dit-elle, c'est à toi de parler, ne compte pas sur moi pour te tendre la perche ! »

Renée admira les mirabelles « qui font de si bonnes confitures », le chaudron de cuivre où elles allaient cuire, la cuisine si bien exposée au soleil, le matin. Le silence de Lucie l'accula à parler :

« J'suis venue… euh… parce que, ce matin, j'ai appris quéq'chose et j'voulais qu'tu soyes au courant… C'est pas facile à dire parce que c'est pas ben plaisant. Enfin, voilà ! »

Et elle déballa toute l'histoire : la découverte d'Alfred, les confidences de Clarisse, son embarras d'être dépositaire elle aussi de ce fragile secret… elle avait besoin de conseils :

« Tu comprends, avant, elle avait des aventures au loin, tandis que là, ça risque de faire du vilain : Armand, c'est le bon gars mais i' pourrait prendre un coup de sang ! Toi qu'es ben amie avec Aline, tu pourrais p'têt' lui parler. »

Lucie ne pensa qu'à une chose, protéger François ; les adultes régleraient la situation comme ils le pourraient mais l'enfant ne devait recevoir aucune éclaboussure ; il fallait agir vite et étouffer l'incendie dès le premier feu.

Elle alla se laver les mains à la fontaine d'émail, les essuya lentement. Renée, la bouche ouverte et les mains tremblantes, attendait la décision que Lucie était en train de concevoir : elle souhaitait surtout qu'Aline se fasse chapitrer et soit obligée de cesser ses relations avec Giuseppe.

Toute menue et frêle qu'elle fût, avec son regard clair et sa tresse blonde de pensionnaire du Sacré-Cœur, Lucie en imposait à tous et Renée qui élevait la voix chez elle, ici, n'en menait pas large.

« Il s'agit d'abord de savoir ce qu'il y a de vrai dans tout ça ; ensuite d'arrêter les commérages : François comprend tout et il aurait vite fait de deviner qu'on parle de sa mère et qu'il se passe dans le village, des choses… Bref ! Tu vas aller chez Bodin et chez Lumeau, leur dire que je veux leur parler et vous, les femmes, vous fermez votre bec pour éviter de semer la nouvelle dans toute la commune et, écoute-moi bien, je mets évidemment Joseph au courant et tu sais ce qu'il avait promis naguère à ceux qui auraient la langue trop longue. Aline, je m'en charge. Tu diras aussi à Pierre que Joseph veut lui parler, ils verront comment agir auprès de Giuseppe. C'est tout pour le moment. »

Elle mit la main sur la poignée de la porte et Renée comprit que l'entretien était terminé :

« Oui, t'as raison, on va faire comme ça.

— Et tu dis bien aux deux zouaves que c'est tout de suite que je veux les voir ! »

Quand Joseph rentra pour déjeuner, il remarqua les sourcils froncés de Lucie et son air préoccupé.

« Toi, ma petite, il y a quelqu'un ou quelque chose qui t'a chagrinée.

— Oui, quelque chose en effet.

— C'est peut-être ce "quelque chose" que Lucien m'a raconté…

— Ah ! lui aussi, incapable de se taire ! Ça les démange tous, les histoires croustillantes !

— Et toi, qui t'a renseignée ? »

Elle raconta la visite de Renée.

« Tu as bien fait : on va chapitrer les deux arsouilles en espérant qu'Armand travaille loin dans ses champs ! Je passerai chez lui après déjeuner : s'il est déjà renseigné, il me crachera son mal de cœur et on avisera. Je ramènerai François chez nous pour qu'il n'en entende pas plus qu'il ne le faudrait, dans son tour habituel du village. »

Le repas fut bref et silencieux. Joseph dit simplement : « J'y vais. » Lucie mit en scène son intervention : les recevoir dans la salle à manger pour les impressionner ; elle sourit à l'idée de leur demander de quitter leurs sabots et de s'asseoir sur les hautes chaises capitonnées : mal à l'aise, ils seraient déjà à demi matés. Elle leur parlerait surtout de François qu'ils aimaient bien : éviter de lui faire du tort serait l'honorable raison de leur silence, une noble action qui les flatterait et un bon argument pour faire taire les bavards, avides de meubler la monotonie des jours mais braves gens, en somme.

Son plan réussit pleinement. Assis sur le rebord de la chaise, la casquette sur les genoux et leurs chaussons à peine posés sur le tapis, ils hochaient la tête d'un air sérieux et flatté.

« … Vous comprenez bien que le petit ne doit pas faire les frais de l'aventure de sa mère, aventure d'ailleurs sans lendemain, sûrement… Vous avez su déjà vous taire quand il le fallait… Tenez, je crois que ce serait bien que vous vous en occupiez un peu, du petit : vous, Aristide, vous l'emmèneriez avec vous sur la Loire et vous, Alfred, vous lui montreriez les plantes et les bêtes que vous connaissez si bien ; ses parents ne demanderont pas mieux, je leur parlerai. »

Elle les caressait dans le sens du poil : eux qui s'attendaient à une semonce, se voyaient investis d'une mission qui les flattait :

« On s'en occup'ra ben, soyez tranquille, et les ceuss' qui sont au courant, on leur f'ra la leçon.

— Et Armand, est-il au courant ?

— J'sais pas ! En tout cas, nous, on y a ren dit ! »

Ils ne remirent leur casquette sur leur tête qu'une fois le portail franchi et Lucie soupira de soulagement : elle avait au moins deux alliés auprès de François. Mais la partie engagée ne mettait pour l'instant pas en cause les principaux intéressés : aborder le sujet avec Aline n'était pas une entreprise facile. Elle était indépendante, impulsive ; si on l'attaquait de front, elle était capable de mettre le village en révolution en allant, devant tout le monde, se jeter au cou de Giuseppe et clamer son amour. La corde sensible, c'était François, mais il fallait en jouer avec prudence, donc attendre un soir où elle viendrait chercher François et guetter le moment favorable.

Joseph revint de la Blinière avec, toujours quand ils étaient tous les deux, la main gauche de l'enfant dans sa main droite et les questions accompagnaient leur marche.

Depuis que Giuseppe vivait au Plessis, c'était à lui que François s'intéressait : « C'est où l'Italie ? Pourquoi Giuseppe est-il venu ici ? A-t-il une femme, des enfants en Italie ? »

Lucie avait installé Marie et ses jouets sur la pelouse que Joseph avait semée au printemps. Sitôt qu'elle les vit arriver, elle accapara François : « Marie t'attend, cours vite la rejoindre ! » Elle avait hâte de savoir.

« Non, je crois qu'Armand ne sait rien ; je dis "je crois" parce que, tu le connais, avec lui, les confidences... Il s'aperçoit bien évidemment du changement d'Aline ; son calme, ses rêveries l'intriguent mais il ne semble pas en avoir trouvé la cause.

— Ah ! j'ai demandé à Pierre de passer nous voir, ils s'entendent bien Giuseppe et lui, il saura lui parler.

— J'ai peur seulement que lui et Aline, ça ne soit sérieux ! »

« ... Tu sais, Joseph, ça fait un moment qu'j'ai des doutances ; pas à cause de Giuseppe ; lui, il est toujours pareil, ben sérieux, ben capab', mais à cause d'Aline : jamais avant, a'v'nait comme ça, voir la Renée ! bientôt tous les jours et en arrivant et en partant, a'jett'toujours un coup d'œil vers l'hangar. Je m'suis dit : "Toi, ma fille, tu voudrais ben que l'Giuseppe, i't'chant'la romance", mais d'là à penser qu'i faisaient la bête à deux dos !... J'sais pas comment on va s'sortir de là !

— Essaie de lui parler : il te respecte, il t'écoutera ; il aime beaucoup François ; joue là-dessus, l'éveil du gamin qui comprendra forcément, un jour ou l'autre ; le trouble dont il souffrira...

— Futé comme il est, le François, i'va pas tarder à attraper des bouts de conversation et monter dans sa tête tout un théât' ! Dès demain, j'y cause, au Giuseppe, faut pas laisser traîner les gerbes dehors quand y a d'l'orage. »

Dès que Pierre était arrivé à la Guitonnerie, Lucie avait tout de suite envoyé François chez Giuseppe pour prendre sa leçon de chant. Il avait trouvé l'Italien assis devant sa porte, les mains sur les genoux et les yeux dans le vague ; il sursauta quand François fut à quelques pas de lui : « Ah ! te'voilà, zé souis content ! » Il l'embrassa plus fort que d'habitude et sa main trembla en caressant les cheveux de l'enfant : « Ce soir, on fait des révijions. »

Depuis quelques jours, il lui chantait des pages célèbres du répertoire que François fredonnait avec lui, certaines en italien qu'il lui avait traduites ; ce soir-là, sa voix de ténor s'était faite plus tendre, plus intime, comme s'il ne chantait que pour lui même, elle sanglota presque sur la phrase de *La Tosca* : « *E non ho amato mai tanto la vita, tanto la vita* ! » Il avait assis François sur un de ses genoux et le serrait contre sa poitrine que l'enfant sentait vibrer quand les notes étaient longtemps tenues.

Quelques jours plus tôt, quand Giuseppe avait chanté des extraits d'*Othello* et de *La Bohème*, François lui avait demandé ce qu'était un opéra. Giuseppe avait réfléchi un moment et dit :

« C'est oune histoire qu'elle commence bien et qu'elle finit mal.

— Et il y a des morts ?

— Oui, presque toujours !

— Pourquoi ?

— Perqué, y a des gens qui s'aiment et d'autres qui veulent pas qu'ils s'aiment… allora, c'est toujours ceux qui s'aiment qui meurent.

— C'est pas juste ça ! Mais l'opéra, c'est pas une histoire en vrai ?

— Non, aie pas peur, c'est comme un conte. »

Quand François partit, Giuseppe le suivit longtemps du regard et agita la main pour lui dire au revoir jusqu'au moment où il disparut derrière le mur de la cure.

Il était triste. Il sentait depuis la veille peser sur lui des regards inhabituels, gênés, vite détournés ; chez Clarisse, les hommes l'avaient rapidement salué et avaient tourné leurs chaises pour continuer à voix basse leur conversation. Renée le servait à table en n'utilisant que les mots indispensables. Il supportait mal cette nouvelle indifférence, cette hostilité qui ne disait pas son nom ; il avait avalé d'un coup son verre de vin blanc et retrouvé sa solitude inquiète.

Jamais, la nuit suivante, Aline ne fut aimée avec autant de tendresse.

Le lendemain matin, quand Giuseppe arriva dans la cour, il aperçut Pierre, assis sur le bout de l'établi, les mains croisées sur les genoux et la tête penchée ; ce n'était pas son habitude de rester ainsi, inactif et rêveur, lui qui avait des fourmis dans les jambes pendant les repas et qui allait souvent manger son fromage et son pain, debout dans la cour, en examinant le détail d'un bateau.

« Vous êtes malade, patron, ce matin ?

— Oui, c'est un peu ça... une sorte de maladie...

— C'est la tête ou c'est l'estomac'... pét'êt'avec la tijane.

— Non, "la tijane" y fera ren.

— Allora, i'faut voir le doctor...

— Non, Giuseppe, ni docteur, ni mégeilleux... Ah ! et puis merde, i'faut qu'ça sorte, à la fin... Giuseppe... Aline et toi, ça va vous mener où ? »

Giuseppe s'appuya sur l'établi et baissa la tête : « ainsi, c'était donc ça, tout le monde savait ! »

« Zé né sais pas, patron, zé souis sour qu'on s'aime, c'est tout.

— On s'aime ! on s'aime ! c'est tout, tu dis ? Ah non, c'est pas tout ! Cette fois, c'est grave. Avant, Aline partait quéq'jours, on savait pas trop avec qui ; elle rev'nait, la vie r'prenait, on parlait d'aut'chose ; tandis qu'là ! Vous allez pas vivre tous les deux dans l'village ! alors ? Armand, c'est l'bon gars, mais faut s'méfier des faibles : les coups d'fourche, c'est souvent eux qui les donnent… Et François, tu y'as pensé, à François ? P't'êt, tu penses te sauver d'ici avec Aline ? Et lui, dans tout ça, il devient quoi ?

— François, patron, zé né pense qu'à loui, zé l'aime comme mon fils.

— Oui, mais c'est pas ton fils, il a un père, une maison, il a Lucie, Joseph et Marie et moi… Moi aussi, je l'aime comme mon fils ! Tu vas lui offrir quoi ? La route et les hasards de l'embauche, un'chamb'noir'dans un'vill' noir' ? avec au bout du compte, Aline qui va s'lasser d'attend', sans ren faire de la journée !

— Tout ça qué vous mé dites, z'y ai pensé !

— J'espère ben, mon gars, que tu y penses même tous les jours ! Pense surtout que l'malheur, i'nous tomb' dessus pus vite qu'une ageasse su'un hérisson crevé et qu'c'est pas utile d'aller l'chercher. Réfléchis ben, mon gars, mets d'l'ordre dans ta tête mais écoute-moi ben : si jamais François était malheureux à cause de vous deux, j'te mordrais aux fesses comme un griffon après un blaireau et j'ai la gueule solide. »

Pierre sauta de l'établi et alla examiner le gouvernail du fûtreau qu'il était en train d'ajuster. Il fit comme si la conversation n'avait pas eu lieu :

« Tu vois, là, j'trouv' que l'ajustage de l'*ânille*[1] sur l'*taugourt*[1] est pas réussi, faudrait qu't'arranges ça…

— Oui, il faudrait raboter jusqué-là.

— C'est ça, Giuseppe. »

Le rabot se mit à siffler.

Les martinets rayaient le ciel de leurs cris torturés. Clarisse balayait le seuil de son café. Alfred, la musette sur le dos, partait vers la Davière pour soigner les vaches d'Honoré Chaumier qui avaient l'enflume. Le village, assoupi dans sa routine, donnait l'image de la paix.

À huit heures, Giuseppe n'était pas arrivé et la Renée tenait un bon prétexte pour lancer sa première flèche empoisonnée de la journée :

« C'monsieur, i's'croit tout permis ! les nuits doiv' êt' trop courtes ! Faut aller l'réveiller maintenant ! Moi, à ta place,… »

Elle eut tout juste le temps de pousser un piaulement de souris et le bol du café au lait s'écrasa sur le mur au-dessus de l'évier.

« Rent'ta langue de vipère, nom de Dieu ! Si jamais j't'entends parler à moi et à d'aut', de Giuseppe et d'Aline, j'te foutrai une roustée qui

---

1. L'ânille, le taugourt : parties du gouvernail (ou gournâs) des anciennes gabares du XIXe siècle.

donnera des couleurs à ta face de coing ! Et fais la commission aux aut'vermines si al' veul' pas que j'leur réchauffe leurs cotillons… Y en a qui sont pus bêt'que méchants mais toi, t'es les deux… Ramasse les morceaux au lieu d'brailler ! »

Il repoussa la chaise du pied, sortit dans la cour et fila à grandes enjambées dans la rote Chèneveau… « Pourvu qu'il ait pas fait l'andouille ! » Tout était calme autour de la petite maison. Les volets étaient fermés. Il appela plusieurs fois, il frappa à la porte : rien ne bougeait. Il souleva le loquet et poussa la porte : la pièce était rangée, le lit défait, les draps et les couvertures pliés, la table nette sauf une feuille détachée d'un carnet avec quelques mots : « Je m'en vais, c'est mieux pour tout le monde. Merci pour tout. » La clé était posée sur la feuille.

Pierre ne pouvait s'empêcher de lire et de relire le message et répétait à voix basse : « Mon pauv' gars ! Mon pauv' gars ! Mon pauvre Giuseppe, Aline et toi, vous étiez faits pour être ensemble, avec François en récompense, mais pas ici, pas comme ça à cause d'Armand et des autres… Et cette pauvre Aline elle aussi, qui courait après le bonheur, qui le trouve et qui le perd… C'est pas juste. Et toi aussi, mon pauvre Pierre, qui avais trouvé un vrai compagnon, un homme, un vrai ; un ami, je peux bien me le dire, qui me changeait des soiffards, des imbéciles et des mauvaises langues… Heureusement que j'ai François ! »

Il se surprit, lui, le solide, l'homme aux éclats de rire, aux histoires et aux devinettes, à sentir deux larmes mourir dans sa moustache.

« Allons bon ! v'là que j'vais m'mett à vézer comme un queniot qu'a cassé sa toupie ! »

Il prit la clé, sortit, referma la porte et revint, tout triste, vers la maison aux bateaux, vers ce hangar où les romances napolitaines n'allaient plus résonner. Renée se garda bien de questionner ; elle n'eut, d'ailleurs, pas besoin de le faire ; elle comprit, en voyant Pierre entrer seul dans le hangar, que Giuseppe était parti et trouva que les affaires prenaient une tournure intéressante : qu'allait faire Aline quand elle saurait ? Sûrement courir après ! Quand et comment apprendrait-elle le départ de Giuseppe ? Ce soir, en allant le rejoindre, ou avant ? Elle cherchait un moyen d'ébruiter la nouvelle sans être responsable : c'est Solange qui le lui offrit.

« Il est pas là, Giuseppe ?

— Ben non, tu vois, j'crois ben qu'il est parti pour de bon ! (Et elle tournait entre ses doigts, la grosse clé de maison.) Tiens, quand t'auras fini ta tartine, va donc chez Clarisse, tu me rapporteras une livre de café. »

Été 1925

Toute petite qu'elle était, Solange, avec son museau de souris et ses yeux fureteurs, guettait, comme sa mère, les allées et venues dans le village : elle savait que Lumeau était à la pêche, que Bodin soignait le père Meslier qui s'était démis le coude, que Chopinet' venait de sortir du café. Elle revenait de chez Clarisse quand elle rencontra François qui avait porté des œufs à madame Émeriau.

« Eh ben, tu sais pas, Giuseppe, il est parti !

— Bah ! pourquoi Giuseppe serait parti ? et où ?

— J'sais pas, mais, à matin, il a pas venu travailler et mon père, il a rapporté la clé de sa maison, je l'ai vue, c'est pas des menteries. »

François serra plus fort l'anse de son panier : « Giuseppe parti ? pour toujours ? » Il repensa à sa visite du soir : l'opéra qui finit mal, ses yeux tristes, sa main longuement agitée comme pour un adieu ; la petite maison fermée, alors ? Et l'*Ave Maria* qui ne caresserait plus les voûtes de l'église ? Non !

Il posa son panier vide sur les marches de l'école et courut vers la Croix-Maurepas et la petite maison. Pas de chaise dehors. Les volets fermés. Il secoua le loquet, fit le tour de la maison en appelant Giuseppe mais à voix basse : une sorte d'incantation pour briser un envoûtement et faire surgir devant ses yeux, le Prince qu'une mauvaise fée aurait transformé pendant la nuit, en crapaud ou en lézard, comme dans les contes que 'Man Lucie lui lisait. Il resta quelques instants devant la maison qui avait perdu son âme et son charme ; brusquement, il se sauva dans la rote à Bigournet' pour rentrer chez lui en évitant la place. Il se rua dans la cour de la Blinière et, le visage brillant des larmes qu'il n'arrivait plus à refouler, il se jeta contre le tablier de sa mère en sanglotant, sans pouvoir dire un mot. Aline comprit que les pleurs de François avaient une cause grave : ce n'était pas le garçon à pleurer pour un genou écorché ou un jouet cassé.

« Allons, calme-toi ! qu'est-ce qui t'arrive ?

— Giuseppe…

— Quoi, Giuseppe ? il a eu un accident ?… Parle, mon chéri, vite !

— Giuseppe… il est parti !

— Qu'est-ce que tu racontes ? »

Elle prit la tête de François dans ses deux mains pour capter son regard :

« Il est parti aujourd'hui mais il va revenir ?

— Non. »

Entre deux hoquets, il raconta : Solange, la clé que Pierre avait rapportée, la petite maison fermée et silencieuse. Elle dénoua les doigts qui s'accrochaient à sa robe.

« Reste là, sois bien sage, je reviens. »

Elle traversa la place en courant. Elle entendit sous le hangar la plainte sauvage de la scie qui attaquait les planches. Elle s'y précipita sans voir Renée qui guettait derrière sa fenêtre. Pierre se dit seulement : « La voilà » et il coupa le contact. Le chant du ruban qui n'avait plus rien à mordre descendit la gamme en glissando et s'éteignit.

« Giuseppe ?

— Parti ! »

Aline avait repris son expression d'« avant » : les yeux de feu sous les sourcils froncés, la bouche crispée, les poings serrés dans les poches de son tablier.

« Mais pourquoi, Pierre ? »

Et Pierre répondit que Giuseppe avait bien analysé la situation : il n'apporterait que l'aventure et le drame, à Aline comme à François ; il fallait voir dans son départ non une lâcheté mais un acte lucide et courageux qui le torturait.

« Sois raisonnable, Aline, comme lui…

— C'est cela ! être raisonnable, rester bien sagement attachée à mon piquet, ruminer mon bonheur passé et remercier le Bon Dieu de me l'avoir donné. »

Elle tourna les talons sans rien ajouter et quitta le hangar. Pierre eut envie de lui dire : « Ne fais pas de bêtises, pense à François », mais il sentit la dérision de ses conseils dans une situation où la raison ne commanderait pas Aline ; seuls, son corps et son cœur imposeraient leur volonté.

Le repas de midi se déroula comme à l'ordinaire, mieux même : Aline écouta avec un intérêt inhabituel et bien simulé, les commentaires d'Armand sur les travaux et les récoltes. Elle débarrassa la table, lava sans bruit la vaisselle. Elle donna un coup de peigne à François avant de l'envoyer chez Lucie.

À la Guitonnerie aussi, on savait. Pierre avait prévenu Joseph qui, d'emblée, ne pensa qu'à François : comment prendrait-il le départ de Giuseppe ? Il ne laisserait rien voir de sa peine, donc l'entourer encore plus que d'habitude mais Lucie saurait le faire.

En effet, dès le déjeuner terminé, elle prépara les activités de l'après-midi : les albums de contes, des catalogues nouveaux qu'elle sacrifiait volontiers, le dictionnaire prêt à servir, ouvert à la page où était photographié l'intérieur de l'Opéra de Paris : depuis quelques jours, l'opéra l'obsédait ! Elle sortit une grande boîte plate qui avait contenu des chocolats de Noël et qui maintenant était remplie de coquillages rapportés d'une journée au bord de la mer. Elle avait retrouvé au grenier un autre cahier de chansons de sa mère, des chansons que François ne connaissait pas : « De quoi l'occuper, se dit-elle, et de le faire penser à autre chose, sauf l'Opéra qui lui rappellera son Giuseppe ; mais si je ne le lui propose pas, ce sera la première chose qu'il va réclamer ! »

Marie, enchantée de tout ce déballage, courait sans cesse au portail et faisait ses yeux d'ardoise, impatiente, presque irritée d'avoir tant à attendre. Elle lui saisit la main dès son entrée dans la cour et le soûla de ses commentaires :

« Maman, l'a mis sur la table, les coquillages, les chansons et puis le gros livre avec le lopéra, tu vas voir, viens vite ! »

Il voulut bien tripoter un peu les coquillages et s'amusa des mélanges que Marie faisait encore dans les couleurs : elle voyait du vert partout !

Il abandonna vite le jeu ; il rapprocha une chaise de la table, s'agenouilla dessus et se mit à contempler l'Opéra, ce palais rouge et or où les gens qui s'aimaient venaient mourir.

« C'est là que les gens viennent s'asseoir ?

— Oui, tu vois, il y a plusieurs étages : le parterre, les balcons…

— Et ceux qui chantent, où sont-ils ?

— Là, devant. »

Elle lui montra le croquis de la scène, la fosse d'orchestre, les décors. Il restait attentif et silencieux. Elle devinait ses pensées et voulut l'intéresser à d'autres activités mais il gardait la main sur la page et caressait les baignoires et les fauteuils.

« Tiens, j'ai retrouvé un nouveau cahier de chansons... des drôles... Celle-là, par exemple... »

Elle fredonna :

Quand j'sortis de mon village
J'avais seize ans
J'avais un biau chapiau de paille
Large et pointu
Sapristi !
Je l'coiffais dessus l'oreille
En lustucru

Il avait l'air d'écouter mais il pensait visiblement à autre chose.

« Et celle-là, ma maman ne la chantait que pour Noël, elle...

— Je crois que je vais jouer à l'opéra avec Marie.

— Oui, oui, le lopéra ! le lopéra ! on joue comment à le lopéra ? »

Lucie referma le cahier : il valait mieux entrer dans le jeu.

« Je ne sais pas moi non plus comment on joue à ça !

— Je vais vous montrer, c'est très facile ; mais, pour l'instant, c'est comme à cache-cache, il ne faut pas regarder, ça ne va pas être très long.

— Ça y est ! »

Il avait ouvert le livre des Contes de Perrault à la page du château de la Belle au Bois dormant et l'avait appuyé au dictionnaire pour le faire tenir debout : c'était le décor. Devant, il avait aligné quelques-uns des personnages découpés, ceux qui servaient à jouer à Napoléon et aux Anglais dont il avait pincé la base avec des pinces à linge couchées sur la table : il y avait à gauche, un gentleman avec chapeau melon et canne ; près de lui, à droite, un petit garçon avec costume marin et béret Jean-Bart, une dame aux cheveux ondulés, une autre, visiblement plus âgée, coiffée d'une capeline à fleurs et un sac de voyage à la main.

« C'est le papa, la maman, le…

— Non, Marie ; attends ! je t'explique… Mais j'enlève les dames maintenant que vous les avez vues ; elles reviendront tout à l'heure. Le monsieur, il est venu de très loin,… en bateau… il a rencontré un petit garçon et comme il est content, il lui chante des chansons de l'opéra. Comme ça… »

François rapprocha l'enfant de l'homme à la canne et tourna les deux silhouettes l'une vers l'autre. Et il chanta, mettant bout à bout des morceaux de ce que Giuseppe chantait et qu'il avait retenus en l'écoutant, il y ajoutait les romances qu'il savait bien : *La Fleur que tu m'avais jetée...* s'enchaînait avec *Anges du Paradis*, *Salut, ô mon dernier matin* avec *Retour à Sorrente*.

« Maintenant, comme le petit garçon est content, il chante aussi. » Et il entonna avec sa voix de soprano : « Il était un roi de Thulé... » Lucie le regardait avec effroi : lui d'habitude si réservé, timide même — le faire chanter tout seul n'était pas facile — il s'était lancé dans un récital enflammé, il oubliait son public, son regard se perdait au-delà de la fenêtre ouverte, vers les peupliers de l'île de l'Alleu et la route que Giuseppe avait prise. Il s'arrêta brusquement, comme tiré d'un rêve :

« Maintenant — il poussa les deux femmes sur la scène — sa sœur et sa maman viennent le chercher parce que... le papa est malade, alors, elles font la prière. » Il prit sa voix la plus haute, claire comme celle du verre de cristal qu'on fait chanter en en frottant le bord avec le doigt mouillé, mais l'*Ave-Maria* se brisa bientôt dans un toussotement qui s'étranglait dans sa gorge serrée.

« Voilà, c'est fini, mon opéra : le monsieur s'en va avec sa sœur et sa maman. » Il fit glisser les personnages derrière le décor ; seul, le petit garçon resta sur la scène.

« Et le petit garçon, il ne l'emmène pas… va pleurer !

— Eh non ! »

Il eut le geste, le mot et l'accent de Giuseppe — les mains écartées, les paumes tournées vers le haut, quand il énonçait une évidence : « Ecco ! cé n'était pas son pétit' garchon ! »

Lucie était bouleversée devant tant de chagrin contenu, transposé dans une scène tragique et inquiétante qui montrait combien le passage de Giuseppe marquerait l'enfant pour toujours. Dans son opéra, il avait mis tout l'opéra : l'amour, la fatalité, le devoir ; et cette précocité à avoir déjà tout compris lui donna, plus que jamais, le désir de protéger François. Elle rompit vite le silence qui s'installait, le trouble de Marie habituée aux histoires baroques qui finissaient dans les rires.

« Eh bien, Marie, tu vois comme nous sommes impolies : à l'opéra, on applaudit le chanteur et même, on a le droit de l'embrasser. » Elle tendit les bras en avant, planta deux baisers rapides sur les joues du ténor. Marie, selon son habitude, le fit asseoir dans le grand siège à deux places et se colla contre lui.

« On le fera encore, le lopéra ?

— Non, plus jamais…

— Pourquoi ?

— Tu as bien vu, ils sont tous partis, alors… »

Ce jour là, le goûter fut silencieux, presque grave ; même Marie garda longtemps ses yeux d'ardoise.

François eut une nuit agitée, pleine de chants barbares, de poursuites au ralenti où il ne pouvait pas rattraper Giuseppe qui fuyait. Il ne se réveilla que tard dans la matinée. Il eut besoin de voir tout de suite sa mère pour effacer les traces des rêves qui s'effilochaient et qui, en s'estompant, laissaient un vide où s'engouffra l'obsédante et réelle image de Giuseppe.

C'est son père qu'il trouva dans la cuisine, assis devant la table, avec son visage terreux des mauvais jours, le visage des jours de fugues quand Aline sautait sur sa bicyclette et s'élançait dans sa quête d'aventures incertaines d'où elle revenait abattue et humiliée. Il chercha sa mère du regard, ouvrit la porte sur la cour :

« Ne cherche pas, mon François, elle est partie… mais pas pour longtemps ; tu sais, comme elle faisait quelquefois. Je vais te préparer ton déjeuner. »

Armand savait pourtant que, cette fois, le départ d'Aline était différent : la valise marron que sa mère lui avait donnée quand il s'était installé à la Blinière avait quitté le placard où il ne restait plus que le gros manteau d'hiver et deux robes défraîchies. La boîte aux économies, cachée, comme dans toutes les maisons, derrière les piles de draps, ne contenait plus que deux billets de cent francs. Ce n'était donc pas une fuite animale et impulsive mais une traque précise et résolue vers le but unique et lumineux : retrouver Giuseppe et ne plus le quitter.

François se dit seulement que la vie reprendrait comme avant, avec les départs et les retours de sa mère dont il préférait les colères soudaines et les embrassades fougueuses à cette indifférence insipide qui ternissait les plus beaux jours. La Guitonnerie, heureusement, redeviendrait plus que jamais, le centre de sa vie, dans la tendresse permanente et joyeuse.

Lucie comprenait bien, elle aussi, que le départ d'Aline n'avait rien de commun avec les fugues précédentes. Elle en parla à Armand, à qui elle en voulait de ne rien entreprendre ; les jours passaient et il se contentait d'attendre.

« Si elle a pris une valise, c'est qu'elle veut se fixer quelque part d'où elle sillonnera les routes des alentours pour retrouver les traces du passage de Giuseppe. Il faut la chercher, Armand ! »

C'est Joseph qui proposa son projet : atteler Brillant à la petite charrette et enquêter dans les villages ; savoir si on l'avait vue — tout le monde la connaissait, depuis le temps ! — demander dans les hôtels. Ils partirent dès le lendemain matin. La recherche fut décevante : ou bien ils n'obtenaient aucun renseignement ni sur Aline ni sur Giuseppe : « Non, on n'avait rien remarqué... Un Italien ? non, ça nous aurait frappés... » Non, on n'avait loué aucune chambre depuis quelques jours... ; ou bien, ils entendaient dans leur dos, des remarques ironiques : « C'te fois, l'cocu s'décide à courir après sa femme ! » et Joseph retenait Armand par le bras pour l'empêcher de sauter de la voiture. Ils descendirent vers les cales où les bateaux chargeaient du sable et interrogèrent les mariniers qui plaisantèrent :

« C'est ta femme que tu cherches ? Si la mienne foutait le camp, j'prierais le Bon Dieu qu'a'r'vienne pas, j'y courrais pas après ! » Les charpentiers n'avaient embauché personne, aucune femme n'avait demandé un nommé Giuseppe.

Fatigué, humilié, Armand abandonna : « On rentre, Joseph, c'est trop pénible ! »

Il préféra attendre, seul chez lui. Il se persuada qu'elle s'épuiserait dans cette chasse, qu'elle subirait elle aussi des affronts, des humiliations, qu'elle ne supporterait pas d'être si longtemps privée de son fils. Il se promit, quand elle serait revenue, de lui accorder ce qu'elle aimait : ils retourneraient ensemble dans les fêtes, elle remettrait une belle robe comme dans les beaux jours de juillet 1914. Il se surprenait à rêver devant son assiette vide, à la fin de son repas. Il repartait au travail et s'y épuisait ; la fatigue vidait sa tête : le chagrin comme l'espoir le quittaient.

Il n'avait pas de souci à se faire pour François : il partait dès le matin à la Guitonnerie et Armand venait le reprendre le soir. Lucie préparait leur dîner dans un grand panier à couvercle ; elle évitait ainsi une trop longue coupure entre le père et le fils. Malgré sa fatigue, Armand expliquait ses travaux, racontait ses rencontres insolites avec les bêtes : le lièvre au gîte, dans les guérets, sur lequel il avait failli marcher ; en montant vers la Loire pour vérifier le niveau de l'eau dans les molles où bientôt il mettrait le chanvre à rouir, le brochet à l'affût entre les racines d'un saule-têtard. François racontait les jeux qu'il inventait pour Marie, les contes de Lucie, les explications de Joseph qui ouvrait pour lui ses grands livres mystérieux, pleins d'images et de dessins, « des livres qui savent tout », disait-il. Pendant cette connivence du soir, tous les deux oubliaient l'absente un moment, la peine se dissipait. Les coassements mécaniques des grenouilles donnaient à la naissance de la nuit sa paix naïve et simple et son « tempo » qui hâterait l'arrivée du sommeil.

VIII

Octobre 1925

FRANÇOIS NE TENAIT PLUS EN PLACE. Lucie comptait sur ses doigts écartés :

« Aujourd'hui, c'est jeudi, disait-elle en montrant son petit doigt ; le suivant, c'est vendredi ; le majeur, c'est samedi ; l'index, dimanche et le pouce, c'est lundi : c'est ce jour-là que tu iras à l'école. Compte à ton tour !

— C'est long ! 1, 2, 3, 4, 5… c'est comme quand on attendait Marie ! »

La semaine précédente, Joseph les avait conduits à Montjean, faire les achats de la rentrée, chez Pétard, une boutique féerique, presque orientale, pleine d'odeurs et de reflets : le hareng luttait contre le café, l'anis contre le poivre ; les bonbons brillaient dans les bocaux comme des pierreries, les casseroles et les poêles éclairaient le fond du magasin, les robes et les pantalons, raides dans leur apprêt, sentaient le neuf et le chaud. La mère Pétard avait débarrassé un comptoir pour y exposer les objets dont les écoliers auraient besoin : des plumiers noirs dont le couvercle représentait, en couleurs, le défilé de la Victoire avec, à chaque bout, dans un médaillon, les portraits de Foch et de Joffre ; des boîtes de crayons vernis et chatoyants comme des arcs-en-ciel ; des porte-plumes à manche d'os ciselé ; des éponges en forme de lapin ou de canard et même, quelques cartables marron qui s'accrochaient dans le dos grâce à de longues courroies. François n'avait rien osé réclamer, mais Lucie avait décidé de lui offrir au moins cette compensation, un attirail complet qu'on avait rangé dans un cartable à boucles nickelées. Marie voulait tout acheter ; elle montrait les objets d'un doigt impérieux : « et ça… et puis ça… » On lui acheta un sac de toile bleue et une boîte de crayons ; elle voulait, elle aussi, aller « à l'école de monsieur 'Mériau ».

Octobre 1925

Depuis, chaque jour, François se réservait un moment privilégié où, posément, tout était sorti du cartable : il vérifiait la bonne fermeture du plumier, « le pointu » des mines des crayons, la qualité d'absorption de l'éponge.

Le lundi matin — « le lundi du pouce » comme il l'appelait — il n'en menait pas large. Il quittait un monde connu et protecteur pour un autre dont il soupçonnait les pièges : les autres garçons qu'il ne connaissait pas — ils venaient tous des fermes dans lesquelles il n'avait fait que passer, au hasard de promenades ; la classe, les tables qu'il n'avait jamais vues et surtout, le maître sur lequel il ne parvenait pas à se faire une opinion : il le rencontrait souvent dans le village et lui disait bonjour ; mon grand-père répondait toujours : « Bonjour, mon mignon », aux enfants qui le saluaient et François trouvait la formule affectueuse et rassurante ; et puis, c'était l'homme à la flûte et aux chansons ; mais, dans ses jours de colère, sa mère en avait révélé un aspect inquiétant : « Tu verras, avec sa règle, il va te dresser, lui, quand tu iras à l'école ! »

Malgré ses appréhensions, il n'accepta pas d'être accompagné ; il avait emporté son matériel à la Blinière pour partir de chez lui, comme les autres, sans tuteur. Lucie le guetta derrière ses vitres. Il jeta un bref coup d'œil vers la maison et passa ses pouces sous les courroies de sa gibecière qu'il remit en place d'un coup de fesses vigoureux. Lucie éclata de rire : « Quel sacré petit bonhomme ! »

À onze heures et demie, elle s'assit sous son marronnier pour guetter la sortie des élèves ; elle ne les manquerait pas : mon grand-père les faisait sortir au pas cadencé, de la porte de la classe jusqu'au portail, après un tour de cour où résonnait *Le Chant du départ* ou *Le Chevalier du guet*. Ceux qui habitaient loin restaient manger à l'école. Ma grand-mère faisait la soupe : les élèves apportaient, à tour de rôle, poireaux, carottes, pommes de terre ou haricots secs qu'elle faisait mijoter, dans un haut faitout émaillé, sur le poêle de fonte cylindrique de la classe, pendant les mois d'hiver. Si bien que, dans l'odeur de la soupe aux légumes, mon grand-père trouvait qu'on imaginerait mieux le bivouac sous les murs d'Orléans assiégé et que le fumet des haricots secs donnait de l'énergie aux chercheurs de problèmes. Ceux qui habitaient plus près rentraient déjeuner chez eux.

François était le seul garçon du bourg et Solange Cailleau, la seule fille de l'école car la coutume était établie : les filles fréquentaient l'école des sœurs à Montjean mais Pierre n'aimait guère les curés et trouvait que ce serait faire affront à l'instituteur, « un homme si convenable », en ne lui confiant pas sa fille.

Octobre 1925

François galopa jusqu'à la Guitonnerie. Il voulait tout raconter à la fois, ce qu'il avait vu, ce qu'il avait fait :

« Eh bien, tu sais, dans la classe, il y a de grandes tables à six places avec des trous pour les encriers mais nous, on n'en a pas encore ; sur le mur, il y a des cartes comme sur le livre de monsieur Terrien mais bien plus grandes, et des tableaux noirs. Ce matin, on a fait des bâtons sur notre ardoise et après, on a appris le "i comme ça" — il traçait une rangée de "i" sur la table avec son doigt ; et aussi des "1" comme ça ; lundi prochain, on aura un cahier et on écrira dessus avec un crayon, pas encore à l'encre et puis… » Il fallut l'arrêter, il en oubliait de manger et n'avait qu'une hâte, repartir, on allait l'après-midi faire connaissance avec le livre de lecture ! Marie le regardait, comme en extase, voulait le suivre à l'école et ne comprenait pas pourquoi elle était exclue de cette fête.

Ce furent des jours exaltants, féeriques : à peine le goûter fini, il ouvrait son livre de lecture et ne se contentait pas de relire la page du jour, il essayait d'aller plus loin. Lucie lui indiquait seulement le nom de la lettre nouvelle — r, m, p… — et, tout seul, il reconstituait les syllabes sur le modèle de celles qu'il connaissait ; il claironnait ses découvertes et Lucie devait convenir qu'il ne se trompait pas. Il découvrit seul les merveilles de l'addition : puisqu'un bouton plus un bouton, cela faisait deux boutons, deux boutons plus un autre, cela devait en faire trois ; il ne s'arrêta qu'à cinq plus six, opération qui le conduisait à un nombre inconnu. Lucie ne trouva qu'un argument pour freiner son zèle : les autres petits garçons qui apprenaient moins vite, seraient fâchés d'être ainsi dépassés ; il ne fallait pas leur faire de peine. Il jura qu'il ferait comme s'il n'en savait pas plus qu'eux.

L'automne n'en finissait pas d'arriver. Les vents d'ouest n'apportaient que des nuages légers, des vapeurs blanches qui ne ternissaient le ciel que le matin et qui se dissolvaient dès que le soleil prenait de la vigueur. Les peupliers et les saules des îles gardaient le vert brillant de l'été et la Loire traînait sa langueur entre les grèves. Les molles proches de la rive — la molle à Chenoir en amont de la cale du Mulet et la molle au *chambe*[1] en aval — avaient reçu les bottes de chanvre et le rouissage exhalait sur les berges son odeur de pourriture, aigre et écœurante. Les bateaux noirs encore à flot tiraient mollement sur leur chaîne — François les appelait « les bateaux punis ».

---

1. Chambe : ou chanvre.

Octobre 1925

Lumeau n'avait pas oublié sa promesse. Le jeudi, il venait chercher François dès le matin et l'emmenait relever les nasses posées la veille. Assis sur la planche du fond, le dos appuyé à la *côme*[1], il admirait la lenteur gracieuse, inattendue d'Aristide pour pousser la *bourde*[2] et amener son bachot juste là où la nasse était immergée, souvent à la sortie d'une molle, cachée dans les herbes, ou au cœur de la Mouille Noire, là où le courant plus rapide brasse dans ses tourbillons les herbes pourries et où guettent le brochet et la perche : attirés par le frai qui joue entre les brins d'osier de la nasse, ils s'y précipitent et s'y font prendre.

« Tu vois, les molles, c'est pas dangereux, y a pas d'courant, pas d'tourbillons, ça s'srait comme une mare mais la Mouille Noire, c'est aut'chose. Regarde ben l'courant, il arrive à tout'vitesse, il affouille sous les racines des saules, ça fait des ragannes profondes où qu'l'iau fait la toupie ; après, l'courant r'part et s'en va couri' jusqu'à la tête de l'île Bourdin. Tiens, r'garde ben ! » Il amena son bateau au bord de la mouille et l'arrêta en laissant descendre à bout de chaîne, l'ancre à trois griffes ; il coupa une branche de saule et la jeta dans l'eau ; elle fila quelques mètres et se mit à

1. Côme : réserve à poissons.

2. Bourde : longue perche pour pousser le bateau.

tourner, à demi noyée, comme aspirée par une force mystérieuse ; elle disparut même quelques minutes et François la montra du doigt, cinquante mètres plus bas : revenue à la surface, elle fila vers le large et vint mourir sur la langue de sable qui précédait l'île.

« Et si quelqu'un tombait dans la mouille ?

— Eh ben, i'f'rait comme la branche sauf que pus qu't'es lourd, pus qu'tu restes longtemps dans l'iau : cui-là qui tombe, i's'neye ! »

La pêche fut bonne : les nasses dans les molles avaient capturé deux anguilles, grosses comme le bras, qui tordaient leur viscosité verte et noire. Aristide ouvrit le couvercle de la côme et elles glissèrent dans l'eau de la réserve.

Comme il avait le temps, il refit le trajet de la branche de saule ; le bateau, avec la seule force de son *ébrive*[1] se mit à *baisser*[2] vers l'aval et vint s'engraver dans un raclement sourd. Ils sautèrent sur la grève, François courut pour faire s'envoler les mouettes. Il fut tout étonné de ne voir du village que le clocher de l'église et le toit de la Guitonnerie, les autres maisons plus basses étaient cachées par la levée.

---

1. Ébrive : la vitesse acquise par l'élan du bateau.
2. Baisser : descendre.

« Où qu'on est, c'est un bon coin pour le goujon : t'avances un peu dans l'iau, tu t'mets l'dos à l'amont, tu ratouilles avec les pieds, le sable fin et le pourri part'dans l'courant, y a pus qu'à laisser filer ta ligne avec un p'tit ver rouge à l'hamecon et t'en prends des goujons, t'en prends ! On y reviendra, un d'ces jours, tu verras. »

Étourdi par le grand air et la fraîcheur qui montait, François ferma les yeux et écouta le clapotement du flot sous la levée avant du bateau et le « ploc » régulier de la bourde qui crevait la surface avant chaque poussée.

« Es-tu content, mon p'tit gars ?

— Oui, on reviendra.

— Sûr ! la prochaine fois, on emport'ra une ligne et j't'apprendrai à pêcher… Fais attention en descendant : quand on a été un moment su'l'iau et qu'on a pas l'habitude, ça fait comme si qu'on l'tait un peu soûl, on manque de dévirer. »

Le soir, Armand décrocha son panier à pêche et en vida le contenu sur la table : on trouva un bouchon rouge et trapu, quelques mètres de soie verte et une pochette d'hameçons.

« Demain, j'te trouv'rai au guernier une gaule de bambou. »

Sous la lampe, l'hameçon fut monté sur le bas de ligne, le bouchon enfilé sur la soie et François imaginait déjà la bourriche pleine du frétillement électrique des goujons…

Marie grandissait. Elle était maintenant capable de suivre François dans ses expéditions autour du bourg. Elle attendait avec impatience la sortie de quatre heures et, sitôt le goûter expédié, voulait toujours aller se promener, pas tellement pour réclamer un bonbon à Clarisse : elle n'aimait guère ces femmes doucereuses qui cherchaient toujours à la « bijer » et lui piquaient la peau des joues avec les poils de leur menton. Non, ce qu'elle aimait — et c'était garanti avec François — c'était l'insolite : il lui avait déjà raconté l'histoire du père Bigournet' et elle s'était, ce soir-là, souvent retournée, en revenant vers la Guitonnerie, croyant entendre le bonhomme leur courir après.

François transformait le banal en merveilleux et Marie réclamait les délicieux frissons de la peur. Devant les peaux de taupes qui séchaient, épinglées sur leur planche, il avait écarté la banalité de leur destination :

« C'est pour le père Bigournet' ; il vient les chercher ; quand il y en a assez, il les coud les unes aux autres et s'en fait une voile pour son bateau. Comme elles sont noires, il avance sur l'eau sans qu'on le voie et il attrape mieux ceux qui désobéissent. »

La chouette que Bodin avait clouée sur la porte de son appentis à bois avait eu une dramatique destinée :

« Pourquoi monsieur Bodin l'a mis l'oiseau sur sa porte ?

— Oh ! mais ce n'est pas lui ! Figure-toi qu'une nuit, — et là il sentait la main de Marie se crisper sur la sienne — la chouette a mangé les petits corbeaux dans le nid de leurs parents, tous !

— Tous ?

— Oui, tous !... quatre petits ! Il a guetté la chouette, il l'a attrapée et à grands coups de bec, il a enfoncé les plumes de ses ailes dans le bois de la porte. Il lui a dit : "Tu ne pourras plus venir voler les petits des autres oiseaux, tu mangeras seulement ce que je t'apporterai et je ferai exprès de t'apporter ce que tu n'aimes pas."

— Du tapioca et du céleri ?

— Oh ! là, là ! plus mauvais encore : des cailloux, de l'herbe pourrie, des crapauds. Elle était obligée de manger... Un jour, elle a éclaté ! voilà ! »

Il fallut aussi expliquer « la rote à Lusseau » et la « Boire aux Fées », la sombre histoire d'un nommé Lusseau qui avait désobéi aux fées et avait, malgré leur interdiction, quand même pêché dans leur étang. Elles l'avaient transformé en poisson-chat et on ne l'avait plus revu ; depuis, plus personne ne s'était risqué à pêcher dans la boire de peur d'attraper ce pauvre Lusseau.

Au retour, dans la sereine clarté de la salle à manger, son imagination continuait à bouillonner. Il aimait les contes traditionnels mais ne les écoutait guère qu'une fois, il aimait surtout les modifier ; il rectifiait les plus cruels et les mélangeait aux autres pour créer des dénouements heureux, rien que pour voir les yeux de Marie rester au bleu de lin et sa fossette se creuser comme un nombril de bébé. Ainsi, personne n'était mangé dans *Le Petit Chaperon Rouge*, les femmes de Barbe-Bleues s'étaient sauvées et réfugiées chez la Grand-mère où le loup, aidé du Chat Botté, mettait Barbe-Bleue en fuite. Et Marie criait : « oui, oui, oui ! » quand François décidait que le Petit Chaperon Rouge épousait le marquis de Carabas. Lucie elle-même se prenait au jeu et riait comme une gamine ! Le Chat-Botté que François avait mimé avec entrain, séduisit tellement Marie qu'elle décréta vouloir un chat « avec des moustaches et un chapeau à plumes ».

« Avec des moustaches sûrement, pour le chapeau… »

Mélanie Plumejeau, la couturière qui venait « à sa journée » chez Lucie, promit d'en apporter un, « la chatte de sa voisine venait de chatonner ».

Octobre 1925

L'automne s'installa et son alchimie transforma les îles : les pointes des peupliers flambaient dans le soleil levant et restaient longtemps dorées alors même que le soleil avait plongé derrière les collines de la Varenne. Les oies sauvages naviguaient haut dans le ciel et cacardaient longuement, comme si elles appelaient, dans le sillage de leur triangle, les pluies de l'océan.

Jusqu'alors, Armand avait espéré que la fin de l'été ramènerait Aline ; maintenant, il ne croyait plus à son retour ; il imaginait son destin : elle avait retrouvé Giuseppe et ne le quitterait plus, ou elle errait, de village en village, dans une quête désespérée et, son idéal perdu, elle retombait dans ses amours insipides. Plusieurs fois, Joseph lui avait conseillé de demander une enquête mais il y répugnait, ne serait-ce que pour épargner à François la venue des gendarmes à la Blinière. Pourtant, cette vie sans Aline, même si Aline, c'était aussi les fugues et les colères, il ne la supportait plus. Il s'accusait toujours de n'avoir pas su la garder et recommençait à vivre dans un conditionnel heureux : on irait le dimanche dans les fêtes, on achèterait un gramophone et des disques, la belle robe bleue sortirait plus souvent de l'armoire…

À la pensée d'un hiver solitaire où l'inquiétude ne le lâcherait pas, il se décida : les gendarmes savaient la disparition d'Aline et, sans chercher vraiment, avaient recueilli de vagues renseignements, auprès des mariniers qui se déplaçaient d'un port à l'autre : le patron du *Saint-Jacques* l'avait vue, un matin, pousser sa bicyclette dans une rue de Chalonnes et quelques jours plus tard, épier les allées et venues des ouvriers, dans les chantiers de réparation de bateaux, sur les quais de Rochefort. Ils préviendraient leurs collègues des autres brigades des bords de la Loire et espéraient bien aboutir.

François, lui aussi, attendait, mais maintenant sans anxiété. Pour lui, une fois passée la violence du départ, l'absence était facile à expliquer : Giuseppe était parti, fâché avec quelqu'un pour une raison qu'il ignorait ; sa mère le cherchait, elle le retrouverait et la vie reprendrait avec des romances nouvelles et le rire de Pierre résonnerait sous le hangar.

Comme promis, Mélanie arriva un après-midi avec, au bras, un panier noir à deux couvercles et posa sur la table un chaton un peu marron, un peu gris, déjà merveilleusement tigré : des rayures presque noires, comme dessinées au pinceau. Il avait encore ses yeux bleus et son piaulement aigu de poussin. Il lui fallut tout de suite un nom ; on élimina les Minou et les Pompon.

Octobre 1925

« Puisqu'il a des rayures, on n'a qu'à l'appeler "Chat-Rayures" tout simplement ! » Et du moment que c'était François qui l'avait nommé !…

IX

Hiver 1925

DEPUIS L'OCÉAN, le vent de *galerne*[1] s'était mis à galoper en longues chevauchées humides et poussait devant lui d'énormes moutons gris qui, en arrivant au-dessus des terres plus froides que les bords de mer, coulaient en longues stries obliques ; les feuilles qui ne tenaient plus aux branches que par le fil ténu de leur pétiole, accompagnèrent la pluie

1. Vent de galerne : dans cette région, vent d'ouest.

dans sa chute : les molles se couvrirent de gros confettis dorés, comme les rues après une fête et la Mouille Noire les fit valser dans son chaudron avant de les étaler en une épaisse frange, au bord de l'île Bourdin. En quelques jours, les eaux noyèrent les bancs de sable de l'été ; passèrent alors des branches, des troncs d'arbres entiers que le fleuve avait cueillis sur les berges submergées. Les gros bouchons d'écume sale, piqués de brindilles, s'agglutinaient dans les anses paisibles et les coups de vent en arrachaient des flocons qui s'accrochaient aux herbes.

Quelques jours avant Noël, le vent de galerne céda ; Aristide l'avait prédit : « Ça va pas durer, le vent va virer à la *haute-soulaire*[1] et la fret'alors, c'est dans pas longtemps. » Il avait raison : en quelques jours, les troncs des arbres immergés furent étranglés dans un anneau de glace translucide, les molles se figèrent et les premières galettes givrées tournoyèrent dans le courant.

Le village se recroquevilla sous les fumées bleues des cheminées, les portes se fermèrent. Lumeau rentra dans son hangar ses dernières peaux séchées et remonta son bateau tout en haut de la cale du Mulet.

---

1. Vent de haute-soulaire : vent du nord-est.

Hiver 1925

Malgré l'absence d'Aline, il fallait fêter Noël. Lucie invita Armand et François au repas traditionnel. Ils s'étaient fait beaux tous les deux : le père avait sorti son *nocial*[1] noir et son chapeau des enterrements, il avait même donné un coup de fer à sa chemise et à sa cravate. François avait mis un pantalon et une veste bleu nuit, des chaussettes blanches et des bottines vernies ; il n'en finissait pas de se prendre, en se regardant dans la glace de l'armoire, pour le Prince Charmant.

La gaieté fut un peu factice mais on se réfugia dans le ronron apaisant des nouvelles locales, des travaux à venir ; Lucie et les enfants chantèrent les romances de la grand-mère ; les hommes chauffèrent dans leur main, leur verre d'eau-de-vie de prune. On attendait le « père Noël », si l'on peut dire, parce que Lucie avait rompu avec la coutume et les cadeaux étaient distribués quand on décidait que c'était le moment. En effet, elle aimait bien les contes et mettait tout son cœur à en animer la lecture, mais elle mettait les choses à leur place : dans le monde du merveilleux, on avait le droit de tout faire à condition de bien séparer le vrai et l'inventé ; les Belles ne dormaient cent ans, les chats ne parlaient, les loups ne mangeaient les grands-mères que dans les contes ; François aussi respectait la règle et après

---

1. Nocial : costume de noce qui sert pendant toute une vie.

avoir donné à Marie le frisson de la peur, il éclatait de rire et faisait un sort au père Bigournet' et au poisson-chat Lusseau. Le père Noël la gênait parce que les cadeaux apportés étaient « vrais » et le bonhomme « faux » ; cette confusion des genres sentait trop le mensonge : il fallait dire ensuite aux enfants qu'on les avait trompés. Aline et elle avaient donc expliqué la légende à François, dès qu'il eut deux ans, et il avait bien ri à l'idée de ce bonhomme qui devait sortir tout noir de la cheminée ; quelques jours avant la fête, Marie écouta l'histoire à son tour mais elle eut du mal à douter de l'existence du bonhomme barbu : elle s'approchait du feu à quatre pattes et essayait, en se tordant le cou, d'apercevoir des jambes dans le conduit tout noir.

Chacun avait fait sa commande et Marie, évidemment, n'avait voulu que des livres, « comme François ». Le grand fauteuil à deux places les accueillit et Marie s'endormit, la tête sur les genoux de son prince, après avoir proclamé dans la douceur de sa joie :

« François, c'est mon “fancé” ; quante je sera grande, je me mariera avec lui. »

Pendant les vacances de Noël, monsieur Émeriau vint voir Armand.

« Je viens vous voir pour vous parler de votre petit garçon »

— Y a quéqu'chose qui va pas ?

— Au contraire, soyez rassuré ! François est un élève exceptionnel ! J'ai eu déjà de bons élèves, mais des élèves comme lui, jamais. Pensez que pratiquement il sait lire et non seulement son propre livre de lecture mais les livres du cours élémentaire qu'il vient me réclamer quand il a fini ses exercices. À part quelques mots difficiles, il comprend tout ! Et pour écrire, c'est pareil : il invente sur son ardoise de petites histoires qu'il me donne à lire et trouve que les grands ont de la chance d'avoir un gros cahier.

— Je me suis apeçu de ça à la maison : il écrit des phrase sur le “blanc” du journal mais i'veut pas que j'regarde.

— Voilà ce qu'on va faire : je lui donnerai un cahier pour la maison, il écrira dessus ce qu'il voudra, il nous le montrera s'il le veut, on le laissera libre, mais je crois qu'il viendra me confier ses inventions parce qu'il n'aime pas faire de fautes, même sur son ardoise !

— Vous êtes ben aimab'de vous en occuper com'ça.

— Comment prend-il le départ de sa mère ?

— Comme moi ; il ne parle jamais mais j'vois ben qu'il rumine. Heureusement que les Terrien s'en occupent, i'm'enlèvent un gros souci !

— Il y est sûrement bien heureux. Pour en revenir à l'école, je peux dire dès maintenant qu'il ira loin : il passera son certificat sans difficulté, mais ce serait bien qu'il passe aussi les bourses pour entrer au collège ; qu'en pensez-vous ?

— Vous m'prenez d'court, on n'en est pas'core là ! mais ça coûte de ren d'y songer… Moi, j'voudrais ben qu'il irait aux écoles pas'que la vie de pésan c'est pu d'suées que d'écus et icit', j'ai pas assez de terre pour deux. S'il apprend ben, j'suis pas contre, ce sera surtout à lui d'voir quand il aura l'âge… on a l'temps, faut pas pousser les années au cul, a'déval'ben la pente tout'seules !

— C'est vrai, chaque chose en son temps…

— M'est égal qu'i soye pas un monsieur, j'voudrais surtout qu'i soye heureux. »

Le froid redoubla. Les glaçons glissaient, ronds et serrés, venaient s'écraser contre les piles du pont d'Ingrandes et se chevauchaient dans un crissement de verre pilé. Bientôt ce fut l'emblâcle : entre le cale du Mulet et les îles, ils s'écrasaient les uns contre les autres et s'immobilisaient en une banquise cristalline et lumineuse. Les riverains ne manquaient jamais le spectacle mais leur curiosité était moins forte que leur crainte : cette masse qui s'enflait, les levées la contiendraient-elles ? Les vieux évoquaient les années terribles où le fleuve, dans une inexorable poussée, avait ouvert des brèches et s'était engouffré dans ces trouées, noyant la vallée et obligeant les habitants à fuir, quand ils en eurent le temps, vers les coteaux.

Ce dimanche-là, mes grands-parents montèrent

eux aussi vers la Loire par la rue à Vaslin, longèrent le fleuve sur la levée et admirèrent ce spectacle polaire ; la douceur angevine était loin ! Ils revinrent par une rote étroite qui débouchait devant le cimetière, puis par la rote à Bigournet'. En passant devant la maison de Giuseppe, ils tournèrent machinalement la tête et mon grand-père serra le bras de sa femme :

« Regarde, Marie, il y a quelqu'un ! »

Une masse informe, comme un paquet de vêtements empilés, remuait faiblement ; un bras à demi-levé s'appuyait à la porte et un poing fermé la frappait à coups faibles et réguliers. Ils s'approchèrent en courant : une voix étouffée, sous une chevelure noire pleine de brins de paille, répétait une litanie sanglotante et obstinée : « Giuseppe ! Giuseppe ! Giuseppe ! » Mon grand-père jeta sur les épaules d'Aline sa vaste cape noire : « Occupe-toi d'elle, je cours à la Blinière. » Il prévint Joseph en passant : il fallait une charrette, elle ne ferait pas la route à pied. Armand se jeta dans la rue comme un fou.

… « Aline ! Aline ! c'est moi, Armand ! » Il essaya de la prendre sous les bras pour la mettre debout, mais, de toutes ses forces, elle résistait, s'écrasait un peu plus et continuait à marteler la porte en appelant Giuseppe. Il fallut la force des trois hommes pour la hisser dans la charrette ; elle hurlait et se débattait comme une possédée qu'on aurait voulu exorciser. On traversa la place au grand trot et la voiture s'arrêta devant la porte de la cuisine. À bout de forces, Aline ne fut plus qu'une forme inerte et docile qu'on allongea sur le lit. Armand remit des bûches dans le poêle à bois qu'il allumait dans cette chambre où François et lui couchaient depuis le départ d'Aline. Lucie arriva à son tour, sortit de l'armoire des couvertures qu'elle étala sur Aline dont le visage et les mains étaient bleus de froid. Elle gardait les yeux fermés. Seule, la mélopée qu'elle soufflait faiblement prouvait qu'elle n'était pas morte.

Joseph était tout de suite parti pour Montjean chercher le docteur Merlet ; une heure après, il était là. Il souleva les paupières pour vérifier le regard, glissa un thermomètre dans la bouche d'Aline et lui prit le poignet ; il fixait sa grosse montre d'argent en hochant la tête :

« Le pouls est très lent… La température : trente-cinq-huit ! Je vais lui faire une piqûre pour soutenir le cœur ; elle a eu très froid et ne s'est pas alimentée depuis quelques jours. »

Elle retrouva une respiration régulière et le nom de Giuseppe ne fut plus qu'un soupir ténu, répété à chaque expiration. Elle finit par s'endormir.

« Ça devrait aller. Elle va dormir. Maintenez un bon feu et laissons-la. »

Ils passèrent tous dans la cuisine où le médecin rédigea une longue ordonnance.

« Je reste un moment : le cœur a besoin d'être surveillé. Filez tout de suite chez le pharmacien, c'est dimanche mais je sais qu'il est là, dites bien que c'est urgent. »

Joseph repartit. Lucie revint chez elle où elle avait laissé les deux enfants. Elle se demanda comment annoncer à François le retour de sa mère : elle se dit qu'avec lui, il ne fallait pas tergiverser, il s'apercevrait vite que chacun n'avait pas son comportement habituel. Elle prit son air le plus naturel :

« Une bonne nouvelle, mon François... devine !

— Maman est revenue ! »

Il s'élança vers la porte mais Lucie l'arrêta :

« Tu as deviné mais attends un peu... Viens t'asseoir là... Elle est très fatiguée, le docteur Merlet est auprès d'elle. Il ne faut aucun bruit, aucune émotion. Joseph est parti chercher les remèdes ; quand elle les aura pris et qu'elle sera plus vaillante, on ira la voir.

— Et Giuseppe, il est revenu aussi ?

— Non... enfin... je ne crois pas.

— Alors, c'est que maman ne l'a pas retrouvé. »

Il montra qu'il n'en dirait pas plus en reprenant le dessin qu'il avait abandonné sur la table : une scène de théâtre sur laquelle un ténor à la moustache noire chantait, le bras tendu.

Le médecin était resté seul avec Armand. Ils s'étaient installés dans la cuisine, le dos au feu. Les deux hommes se taisaient et chacun hésitait à prendre la parole. Armand se doutait bien que le docteur Merlet était au courant de la fuite d'Aline et de ses causes, mais pourquoi l'évoquer ? La maladie d'Aline était due au froid, au manque de nourriture, à la fatigue : quelles longues pédalées n'avait-elle pas entreprises pendant deux mois ? Dans quelles circonstances avait-elle abandonné sa bicyclette et sa valise ?

Le médecin lui aussi craignait les traces laissées par cette profonde fatigue physique, mais plus encore les blessures indélébiles dans le cerveau d'Aline ; il était désarmé : pas de remèdes capables de faire oublier le chagrin, seulement quelques gouttes pour donner à la jeune femme une paix apparente en la faisant flotter dans une brume artificielle et lénifiante. Il ne savait comment prévenir Armand que le mal essentiel était là. Il se levait de temps en temps pour jeter un coup d'œil sur la malade, écouter sa respiration, prendre son pouls :

« Si elle pouvait seulement se remettre à s'alimenter ! Elle est jeune et solide, les forces reviendraient vite… mais ma véritable inquiétude ne vient pas de son état physique, autre chose me soucie davantage… Ah ! et puis zut… pas la peine de tourner autour du pot : nous autres médecins, nous découvrons beaucoup de mystères dans nos visites et nous recueillons aussi des confidences que nous n'avons pas réclamées : vous me comprenez, Monsieur Bureau ?

— Je m'dout'ben que, pour Aline, vous savez c'que tout l'monde sait !

— Oui, en effet, et j'ai peur du désespoir de votre femme. Quand elle sortira de cette léthargie qui, pour l'instant, l'apaise, la cause de son chagrin réapparaîtra, aussi forte que le jour où elle est partie. Elle n'aura pas la force de reprendre sa recherche et, clouée à la maison, comment supportera-t-elle son impuissance ? Ne vous étonnez pas si, pendant quelque temps, elle vous apparaît… comment dire ?… bizarre dans ses gestes comme dans ses paroles…

— A l'est pas folle, tout d'même ?

— Non ! ne vous mettez pas cette idée-là en tête : je veux dire que dans un corps encore faible, l'esprit n'a pas toute sa fermeté, le raisonnement peut manquer de sûreté. Il faut du temps, des soins ; elle aura besoin d'être entourée, protégée.

— Elle manquera de ren et notre François m'aid'ra : à nous deux, on va la tirer d'là !

— Il vous faudra seulement de la patience, on ne sait jamais à quelle vitesse évolue cette sorte de maladie… Bon, je m'en vais… ou plutôt vous allez être obligé de me reconduire… Demandez donc à madame Terrien de venir veiller sur votre femme pendant notre absence ; pendant ce temps, je fais un dernier contrôle. »

C'est Joseph qui revint avec Armand : il avait attelé à nouveau pour qu'Armand ne s'absente pas.

« Surtout, donnez les gouttes très régulièrement et essayez du bouillon de légumes. Observez bien ses réactions, si elle ouvre les yeux, si elle cherche à parler ; vous me direz demain. »

Il faisait grand noir maintenant. Armand était seul, François couchait à la Guitonnerie. Lucie avait bien proposé de veiller une partie de la nuit pour lui permettre de dormir un peu, mais Armand préférait être le gardien solitaire d'Aline. Le silence de la maison, rompu seulement par l'éclatement du bois dans la cuisinière et le poêle de la chambre, lui permettait de réfléchir : il avait certes déjà tourné et retourné cent fois les mêmes pensées tant qu'Aline était absente : avait-elle retrouvé Giuseppe ? Le cherchait-elle toujours ? Maintenant qu'elle était là, des questions nouvelles le harcelaient : allait-elle guérir ? Le corps guérirait mais la tête ? Quelle serait alors leur existence ? Être présent le plus possible auprès d'elle mais alors, le travail qui exigeait de longues absences, qui le ferait ? Lucie aiderait, elle l'avait déjà promis, mais pas question d'en faire une garde-malade rivée à la Blinière. Et François ? Le désarroi le fit frissonner. Il se leva et alla dans la cave chercher des légumes pour préparer un bouillon. En épluchant les pommes de terre, l'image d'Aline s'imposa, l'image de l'amour simple qui ne l'avait jamais quitté : il l'avait vue, l'avait aimée, ils s'étaient mariés, ils passeraient leur vie ensemble ; et puis, il avait fallu cette guerre… et maintenant, cette passion qui avait tout bouleversé et lancé Aline dans une course, mortelle peut-être ? Quel remède imaginer ? Il essaya d'écarter toutes ces idées qui l'assaillaient pour ne se fixer que sur le moment présent. Il surveilla la cuisson des légumes dans le fait-tout qui soufflait sa vapeur ; il alla plusieurs fois dans la chambre. La veilleuse éclairait faiblement le visage d'Aline : les yeux fermés, elle laissa échapper, comme un gémissement, une bouillie de paroles confuses dont ne se détachait aucun mot qui aurait permis de savoir si elle était dans un rêve délirant ou si elle reprenait contact avec la réalité. À force de vouloir comprendre, il crut entendre « François » et « Giuseppe », mais la plainte redevenait un souffle court et douloureux. Quand le bouillon fut prêt, il en versa un peu dans un bol et essaya d'en glisser une cuillerée entre les lèvres à demi ouvertes. Il réussit à lui faire avaler ce qu'il avait préparé et crut voir naître sur le visage d'Aline l'esquisse d'un sourire, un apaisement qui détendit la crispation de sa bouche.

Il se coucha en chien de fusil sur le lit de François et quand l'aube alluma la fenêtre, il se rendit compte qu'il avait dormi. Aline respirait régulièrement, la plainte lancinante avait disparu. Il remit à chauffer le bouillon de la veille et cette fois, dès la première cuillerée, Aline ouvrit les yeux ; il sembla même à Armand qu'elle soulevait légèrement la tête pour venir au-devant de la cuillère qui s'approchait. Il reposa le bol sur la table de nuit et agita lentement la main devant son visage, mais le regard resta fixe, un regard de poupée, sans pensée, sans joie, sans désir ; pourtant, une preuve de vie qui s'ajoutait aux autres.

La voiture tourna dans la cour. Le docteur poussa brusquement la porte de la cuisine.

« Alors ? » et il jeta son chapeau sur une chaise, enleva son pardessus.

« C'est mieux : elle a bu quelques cuillerées de bouillon, puis, deux heures après, presque un demi-bol et elle a ouvert les yeux.

— Elle vous a reconnu ? parlé ?

— Non, j'crois pas. J'ai r'mué la main d'vant ses yeux mais elle a pas bercillé ; elle parle… enfin, c'est pas vraiment des paroles… ça fait comme les bébés, des espèces de mots *embricochés*[1], on comprend pas.

— Je serais plus inquiet si elle ne disait rien… Continuez à la faire boire du bouillon, toutes les deux heures… Demain, essayez un lait de poule.

---

1. Embricochés : emmêlés, entortillés.

— Ma mère m'en faisait prendre quand j'étais p'tit : le fait est qu'c'est un bon r'montant, ça devrait la r'quinquer.

— Continuez aussi à lui parler, des questions courtes réclamant des réponses courtes, pour voir si elle comprend : si elle répond comme il faut, "oui" ou "non", ce sera bon signe. Si vous la voyez calme, amenez-lui votre petit garçon, mais si elle reste encore dans le brouillard, évitez sa visite... il ne faut pas non plus impressionner le gamin. Je fais ma tournée chez mes malades de la campagne et je reviens vers midi. »

Lucie avait toutes les peines du monde à retenir François qui voulait voir sa mère : « C'est le médecin qui décidera, sois patient ! » Il tournait en rond, délaissait ses occupations favorites, repoussait Marie qui le tirait par la manche pour reprendre les jeux.

Vers midi, Armand vint le chercher :

« Le docteur veut bien qu'tu viennes mais tu rest'ras pas longtemps. Ta mère est fatiguée, elle ouvre toujours pas les yeux et c'est pas sûr qu'elle te r'connaisse ; alors, faut m'promettre d'et'bien mignon. »

Il entra sans bruit dans l'ombre de la chambre aux volets clos et s'approcha du lit, mais n'osa ni la toucher, ni l'embrasser, ni lui parler tellement elle avait changé : ses cheveux embroussaillés qu'on n'avait pas encore peignés, les larges cernes presque noirs sous ses yeux, sa bouche crispée la vieillissaient ; l'enfant était intimidé comme devant une étrangère.

C'est Armand qui prit la main qui serrait doucement le drap et la secoua :

« Regarde, Aline ! »

Elle ouvrit les yeux sur François et un éclair furtif alluma son regard.

« Qui est venu te voir ? »

Elle leva la main vers le visage de l'enfant mais elle n'alla pas au bout de son geste et la main retomba ; mais au bout d'un soupir, on entendit : « … çois ».

« Tu vois, elle va mieux, elle t'a reconnu. Faut la laisser maintenant, tu r'viendras c'soir. »

Il repartit chez Lucie. Les vacances de Noël lui permettaient de se plonger dans les contes qu'il était maintenant capable de lire tout seul. Là, le livre sur les genoux, il savourait le bonheur retrouvé : sa mère l'avait reconnu, elle allait guérir, les sourires reviendraient sur les visages. Marie, elle, savourait ces vacances qui lui donnaient François, pour de longues heures ; dans le grand fauteuil, elle se glissait sous son bras et, les yeux fermés, elle ronronnait.

Le temps de ce mois de janvier fut incertain, incohérent même : le vent tournait tous les trois jours ! Le *dré-haut*[1] apportait le froid et débarrassait le ciel de ses nuages ; le soleil faisait briller les flaques gelées des chemins et les bords des molles ourlées de glace ; puis le vent de *basse-galerne*[2] soufflait des nuées basses, pleines d'un crachin tiède qui avait une odeur de printemps.

Aline variait, elle aussi, comme le temps : certains matins, Armand la trouvait éveillée de bonne heure, ses yeux grand ouverts examinaient la chambre avec une tension volontaire et lucide, comme si son esprit enregistrait et confirmait l'étonnement de son regard : « oui, voilà, c'est bien l'armoire, la fenêtre… » Elle s'alimentait volontiers et semblait apprécier les laitages de Lucie et le bouillon d'Armand. Mais, le lendemain, elle restait prostrée, les yeux clos, les mains immobiles et son souffle court entraînait avec lui des mots étranges, des cris brefs et douloureux.

Pourtant, vers la fin du mois, les jours de clarté prirent le dessus. Armand arrivait à saisir des mots, des bouts de phrase : elle dit, un jour, « François » avec netteté ; un autre jour, « Mon pauvre Armand » et il en pleura de bonheur. Mais revint aussi la mélopée qui assombrit Armand : pendant quelques minutes, elle répéta : « Giuseppe ! Giu-

1. *Le dré-haut : le vent du Nord.*

2. *Vent de basse-galerne : vent du Sud-Ouest.*

seppe ! » et de grosses larmes venaient sécher sur l'oreiller. Puis, des images, des mots, venus des moments du bonheur, de ses nuits auprès de Giuseppe : « …San Giovanni… La Source… Maria-Carlotta… » Armand comprenait qu'elle était partie dans le monde de « l'autre » d'où il ne l'arrachait pas malgré ses efforts pour la ramener vers la famille et les amis :

« Tu te souviens de Lucie ? De Joseph ? Comment s'appelle leur petite fille ? »

Elle faisait « oui » de la tête mais son regard se levait vers la fenêtre et elle souriait, avec dans le fond de ses yeux, l'image d'une autre maison que la Guitonnerie.

L'école avait repris. François « était pensionnaire », comme il disait, chez Lucie mais chaque soir à cinq heures, il venait passer un long moment chez lui. Il approchait du lit sa chaise basse et ce fut lui qui recueillit les premières phrases cohérentes de sa mère : un soir, elle lui saisit la main et l'implora :

« Chante-moi, mon chéri, les chansons de Giuseppe. »

François n'avait pas bien compris le drame vécu par sa mère. Il sentait seulement qu'elle avait cherché Giuseppe jusqu'à la folie et qu'elle n'aurait pas dû : il avait saisi des bribes de conversations, des réflexions de Clarisse et de Renée qui faisaient de Giuseppe un coupable qu'il fallait oublier. Mais il n'osa pas contrarier sa mère et ne résista pas à sa prière obstinée :

« Chante, je t'en prie, mon François… pour me guérir. »

De la cuisine, Armand entendit monter l'*Ave Maria* ; il s'approcha de la porte, eut envie d'arrêter ce chant qui le blessait puis se résigna : « Si ça peut l'aider à guérir… »

Le lendemain, elle réclama un deuxième oreiller et un peigne ; du tiroir de sa table de nuit, elle sortit une glace ronde que Giuseppe lui avait donnée ; elle caressa le dos où brillait comme de l'émail une pensée jaune et violette. Elle s'assit dans son lit et se regarda : elle hocha lentement la tête devant ses yeux creux, son teint cireux, ses boucles emmêlées qu'on avait hâtivement mises en place ; elle essaya de se peigner mais, le bras vite fatigué, elle abandonna.

Un autre jour, dans l'après-midi, quand Lucie vint la voir, elle demanda à se lever : si on la soulevait sous chaque bras, elle irait jusqu'à la cuisine ; elle ne supportait plus ce lit et sa moiteur de maladie, fade et humiliante. Armand et Lucie la portèrent en réalité, et l'assirent dans le fauteuil à siège paillé où, le soir, Armand lisait son journal. Retrouver son horizon familier, la cour, la haie, le toit de la Guitonnerie, lui redonna des couleurs.

« Je voudrais bien aller chez toi », dit-elle à Lucie, comme si franchir cette centaine de mètres qui séparaient les deux maisons symbolisait le début d'une vie nouvelle.

Elle put bientôt se lever chaque après-midi ; elle quittait ses vêtements de lit, Lucie l'aidait à faire sa toilette et lui passait sa robe bleue qu'elle aimait tant ; elle souriait comme une enfant qu'on prépare pour une fête.

« Pourquoi fais-tu cela pour moi, Lucie ? Je ne le mérite pas.

— Tu crois donc qu'il ne faut aider que ceux qui le méritent ? Et encore devrait-on reconnaître les vrais méritants de ceux qui font un effort hypocrite pour sembler irréprochables aux yeux des autres ! Tu parles d'un travail !

— Oui, mais des bêtises j'en ai fait, tout de même, et tu pourrais…

— Que celui qui n'a jamais péché… Allez ! trêve de morale, prends mon bras, cramponne-toi et en route. »

Aline s'installait dans le fauteuil Voltaire et alors commençait un après-midi serein au milieu des tricots, des revues de mode et des catalogues. Marie elle-même participait : elle jouait à la dame en visite avec Aline ou alors Aline était le médecin qui soignait les poupées ; le rose revenait sur ses joues, elle oubliait. Le retour de François ranimait le feu : il racontait sa journée, lisait ce qu'il avait appris de nouveau dans son livre de lecture et sur la marge du journal, il écrivait des « histoires » en tirant la langue.

C'est dans ces moments-là qu'il composa son premier poème. À l'école, il en avait appris quelques-uns et il aimait ces phrases « qui vont deux par deux et qui finissent pareil au bout de la ligne ». C'est Chat-Rayures qui l'inspira : à midi et à quatre heures, le chat venait s'asseoir sur le petit mur de la cour et le guettait ; il lui sautait sur l'épaule, il frottait son museau à son oreille ; il ne quittait plus son perchoir tant que François était assis devant la table ; allongé sur ses épaules, il donnait de temps en temps un coup de patte sur le bout du crayon pour rappeler qu'il était temps d'aller jouer avec sa balle rouge. Ce jour-là, François s'appliquait : il écrivait quelques mots et les gommait ; il fronçait les sourcils si l'inspiration ne venait pas et se souriait à lui-même quand la phrase trouvée lui plaisait. Il oubliait les autres et ponctuait sa recherche d'exclamations : « Zut, ça ne va pas !… Oui, c'est ça… Ça, c'est bien ! »

Quand il eut fini, il donna sa feuille à sa mère : « C'est toi qui vas le lire. » Il se nicha dans le fauteuil d'osier, ému, le cœur battant, comme le compositeur qui, dans le fond d'une loge, attend les premières mesures de sa sonate et le verdict du public. Marie dut sentir la solennité du moment : elle grimpa à côté de François et glissa son bras sous le sien, comme à l'heure des contes et des chansons.

Aline lut le poème des yeux ; elle fut surprise et fière.

« Écoutez ! Ça s'appelle *Le Chat et les confitures* :

'Man lucie a laissé le bol blanc sur la table
Elle ne s'est pas méfiée du Chat-Rayures
On n'a pas entendu ses pas sur le sable
Et il a mangé toutes les confitures. »

Marie sursauta, secoua le bras de François :

« C'est pas vrai ! Chat-Rayures, l'a pas volé la confiture !

— Bien sûr, mais une poésie, c'est comme un conte, ce n'est pas vrai mais on fait comme si.

— L'est minon, Chat-Rayures… Viens… Minon ! Minon !

— Mais oui ; "l'est minon" mais laisse un bout de viande sur la table et tu verras si "l'est minon !" »

Les « yeux d'ardoise » mirent du temps à virer au bleu lin !

Le poème fut relu et récité ; 'Man Lucie donna à François une belle feuille : il voulait le copier pour le donner à son maître. Ainsi *Le Chat et les confi-*

tures est le poème qui figure en tête du cahier de mon grand-père.

Dans ces moments-là, Aline se disait que la vie pouvait se dérouler ainsi, dans la simplicité et la tendresse. Elle se pelotonnait dans cette atmosphère paisible et chaude, somnolait au creux de son fauteuil et comme le nageur, la face vers le ciel et les bras écartés, se laisse porter par le courant, elle s'abandonnait à une rêverie sans objet.

Mais à peine avait-elle glissé dans cette douceur d'ouate et de sucre, que l'image de Giuseppe s'imposait. Elle revivait les nuits dans la petite maison et sa somnolence se brisait dans un gémissement bref de bête blessée. Elle réclamait alors François, les chansons de Giuseppe. Il chantait pour voir revenir sur le visage de sa mère le sourire des jours heureux.

Lucie, elle, restait inquiète : Aline n'oubliait pas ; François lui-même mettait à chanter une application exaltée, au-dessus de son âge ; elle sentait que lui aussi réclamait Giuseppe et qu'il souffrait de ne plus courir chaque soir vers la Croix-Maurepas où le rire sonore et la voix chaude l'avaient transporté dans une féerie dont il ne pouvait plus se passer. Elle qui n'était entrée à l'église que pour son mariage et le baptême de sa fille, elle se surprenait à prier : « Mon Dieu, faites qu'il ne leur arrive rien ! »

X

Printemps-Été 1926

Un matin de mars, on sentit que le printemps s'étirait sous les couvertures et préparait son réveil, imperceptible pour l'homme des villes, où seul le thermomètre indique le recul de l'hiver, mais que l'homme des champs perçoit à des signes plus subtils. Armand sortit sur le seuil de la cuisine et sur sa joue droite, une haleine tiède, à la douceur de guimauve, le fit respirer profondément, plusieurs fois. Il remarqua alors que les roseaux massettes de la mare, qu'il coupait à l'automne, pointaient de courtes baïonnettes pâles et que les bourgeons des troènes avaient gonflé. Le marronnier de la Guitonnerie enduisait l'extrémité de ses branches d'un émail cireux et gluant. Il monta la rue à Vaslin jusqu'à la Loire : oui, c'était bien le printemps ; les peupliers des îles avaient sorti leurs feuilles caramel et, à leur pied, les frênes et les saules entouraient leurs branches d'un brouillard vert tendre, flou comme une aquarelle. Les pluies de février avaient été brèves, la Loire restait étale mais l'eau semblait plus vive, plus légère, débarrassée des épaves et de l'écume charriées par les crues de l'hiver. Les jeunes carex commençaient à cacher l'herbe sèche des rives, « Les taupes commencent à creuser leurs galeries, se dit-il, ça aussi, c'est un signe qui ne trompe pas ».

Les terres réveillées exigeraient les levers à l'aube, l'attelage du cheval à la charrue, les premiers semis dans le jardin. Armand espérait qu'Aline reprendrait une vie plus normale ; déjà, elle retrouvait le train-train des travaux ménagers : elle se levait plus tôt le matin et préparait le petit-déjeuner, faisait la vaisselle, épluchait les légumes ; à midi, le repas était prêt ; Armand pouvait s'absenter, l'esprit plus tranquille. Elle n'avait plus cette agressivité hostile dont il avait tant souffert : elle lui expliquait la recette d'un plat nouveau, le questionnait sur son travail, commentait les progrès de François ; elle lui avait récité le poème sur le Chat-Rayures, s'extasiait sur les petites histoires qu'il écrivait ; ensemble, ils admiraient sa précocité et rêvaient de collège et d'études. Les orages n'éclataient plus et une vie nouvelle, régulière et paisible semblait naître à la Blinière. Le dimanche, Aline n'allait pas chez Lucie. Après le déjeuner, ils partaient vers la levée et marchaient lentement, sauf François qui dévalait la pente des cales pour faire ricocher sur l'eau des cailloux plats, coupait de jeunes branches qui devenaient des sabres ou des fouets et caracolait sur la route dans des chevauchées guerrières où, comme dans les contes qu'il fabriquait, Arabes et Anglais tombaient sous ses coups.

Ce jour-là, elle laissa l'enfant prendre un peu d'avance.

« Je suis fatiguée, on s'assied un moment sur le parapet.

— Attends ! J'étends mon mouchoir pour que tu salisses pas ta robe.

— Merci. Tu sais — et elle posa sa main sur le bras de son mari, geste qu'elle n'avait pas fait depuis des années — il y des choses qu'on ne dit pas et que, pourtant, on devrait dire…

— On les dit si on en a envie, Aline.

— Alors, je voulais te dire… que tu es bon : tu ne t'es jamais fâché ni plaint ; tu m'as soignée et tu es content que je sois guérie.

— Sûr que je suis content !

— Seulement, il y a une chose… »

Elle hésitait à nommer cette « chose » : parler de Giuseppe, elle ne l'avait jamais osé avec Armand.

« Allons, je vais t'aider — et il essaya de sourire pour lui montrer que le sujet ne l'effrayait pas — tu veux qu'on parle de Giuseppe ?

— Oui, je ne peux m'empêcher de le voir, seul, sur une route, avec son sac sur le dos, sans travail peut-être, sans maison. Ça me fait mal, autant que son départ ; je voudrais seulement être rassurée, le savoir à l'abri.

— Et puis quand tu sauras où qu'il est, t'iras le rejoindre.

— Non, Armand, je te jure que non, je ne partirai pas ; j'ai compris beaucoup de choses depuis cet hiver : tu as vécu seul, dans l'attente, en te débrouillant comme tu as pu, ta vie n'a pas été rose ; et puis, François a besoin de moi… !

— Moi aussi, Aline, j'ai besoin de toi, je n'ai pas changé depuis 14 ; c'est cette maudite guerre qui a tout bouleversé.

— Oui, elle nous a blessés, tous les deux. »

Armand évitait toujours de parler de cette période maudite qui avait rompu l'harmonie naissante de sa vie d'homme.

« En somme, tu voudrais qu'on le retrouve, c'est tout ?

— Oui, savoir. Savoir qu'il est à l'abri, qu'il n'a pas faim.

— Tu sais, quand les gendarmes t'ont cherchée, ils ont essayé aussi de retrouver sa trace et ça n'a rien donné. Maintenant, on n'a aucun droit pour relancer une nouvelle enquête.

— Alors, on ne saura jamais rien. »

Il retrouva sur le visage d'Aline le désespoir qui, tout l'hiver, lui avait brouillé le regard, et il eut peur.

« Écoute, je ne sais pas comment je m'y prendrai, mais je m'débrouillerai pour savoir quéq'chose.

— Je te jure que je veux seulement savoir ; après, je ne demanderai plus rien. »

Elle serra le col de son manteau.

« J'ai froid, on rentre… Reviens, François. »

Ils descendirent la rue à Vaslin et Clarisse qui, sur le pas de sa porte, reniflait elle aussi les odeurs du printemps, n'en crut pas ses yeux :

« Ben vrai ! V'là qu'a'y donne le bras ! Les v'là rabibochés ! Pauv'Armand ! Êt'trop bon, c'est êt'couillon ! Enfin, c'est leur'z'affaires ! »

En marchant derrière le brabant que tirait Gamin, Armand avait le temps de penser à la promesse qu'il avait faite à Aline : retrouver Giuseppe.

Il échafaudait des projets qu'il abandonnait bientôt : réclamer une enquête ? mais à quel titre ? Il n'allait quand même pas leur dire : « Je voudrais faire plaisir à ma femme, essayez donc de retrouver son amant ! » Visiter les bourgs le long de la Loire et demander si on n'avait pas vu un Italien du nom de Giuseppe, un grand à moustaches, ouvrier en bateaux… Les nouvelles vont vite à la campagne, l'histoire de Giuseppe, on la connaissait et il se ferait traiter de « cocu-content ». Non, il fallait mettre dans la confidence quelqu'un de sûr dont les activités l'amenaient à voir du monde entre Nantes et Angers, un gars qui faisait les foires et les marchés ou mieux, un marinier : tous sillonnaient la Loire et ses bords ; le moindre étranger, ils avaient vite fait de le repérer. Un marinier, oui, mais lequel ? Armand les passa en revue : pas Honoré Bailly, un soûlard qui avait déjà manqué trois fois la planche en rentrant sur sa péniche ; ni Gustave Lesourd, bavard comme une commère et qui raconterait partout qu'Aline voulait retrouver son « bon ami »… Peut-être plutôt Jean-Baptiste Heurtebise, le patron des *Deux-Frères*, une péniche qui montait du sable depuis le port d'Oudon jusqu'aux quais de la Maine, au pied du château d'Angers ; oui, Heurtebise, c'était un gars sérieux qui ne perdait pas son temps à berdasser ; il saurait garder un secret et fouiner sur les chantiers sans éveiller l'attention. Seulement, il fallait le trouver : le mieux, c'était d'aller à Montjean où il s'arrêtait souvent et savoir quand il y passerait.

Printemps-Été 1926

Le samedi suivant, c'était la foire de printemps à Montjean, les paysans y venaient vendre ou acheter des bêtes et les marchands forains, vendeurs de vêtements, d'outils, de cordages attiraient les mariniers qui, après l'hiver, renouvelaient leur matériel et achetaient des pantalons de velours et des casquettes de toile.

Armand quitta la Blinière dès le lever du jour. Il attacha son cheval à un arbre de la place du Vallon. Il flâna le long des quais où déjà quelques bateaux avaient accosté : il reconnut la *Fille d'Anjou*, l'*Espérance*, la *Belle Angevine*. Déjà, les hommes quittaient les péniches et convergeaient vers le café du Rivage pour « tuer le ver » d'un petit coup de « goutte ».

« Savez-vous si les *Deux-Frères* vont accoster aujourd'hui ?

— Oui, mon gars, il l'tait juste derrière nous, l'temps d'charger à Ingrandes et il arrive dans… Oh ! à peine un' coup'd'heures. »

Il n'avait pas envie de rester là parmi ces hommes à la voix forte et dont les rires puissants faisaient vibrer les verres sur l'étagère. Voir Heurtebise, c'était sa seule préoccupation et pour l'attraper dès son arrivée, il se posta sur le quai, en aval du pont ; il s'assit sur un tas de madriers et attendit en combinant les phrases susceptibles de mieux convaincre le marinier.

Il était là depuis une heure quand il entendit au loin, vers la queue de l'île, le claquement sourd d'un moteur, un « doub, doub, doub » régulier et feutré : « C'te fois, c'est lui ! » Il s'approcha du bord et reconnut, au milieu du chenal, la proue ronde, rouge à liseré blanc qui soulevait une moustache d'écume et la cabine avec ses deux hublots carrés. Quand la péniche s'approcha pour accoster, il lut en effet « Les Deux-Frères » peint en lettres noires ; il regarda les cordes claquer sur le pavé ; un homme accrocha un anneau avec sa gaffe et le bateau frotta son flanc au quai de pierre ; une longue planche glissa sur le bordage et vint s'appuyer sur le sol ; les hommes descendirent et Armand vit sortir de la cabine l'homme qu'il cherchait et qu'il reconnut tout de suite, un grand diable avec une moustache rousse à la gauloise et coiffé d'une casquette bleue à visière brillante. Il le laissa atteindre le quai et faire quelques longues enjambées :

« Ho ! Jean-Baptiste !

— Mais c'est Armand, grand feignant qui devrait êt'dans ses champs et qui traîne les quais… Tu cherches de l'embauche ? J't'engage, tu verras du pays, ça te changera de tes péquenots.

— C'est ben vrai qu'y a des fois, j'irais ben faire un tour… C'est pas pour ça mais c'est quand même toi qu'je cherche.

— Eh ben, tu m'as trouvé… mais t'as pas l'air d'aller ben fort, à matin ; t'as pas la goule d'un gars qu'a trouvé un louis dans son sabot en s'levant… T'as des ennuis ?

— Oui et non. Faudrait que j'te parle mais pas au café au milieu des autres, y a trop d'bruit.

— Censément, tu voudrais qu'on soye comme à confesse ?

— Un peu.

— Alors, c'est simple, on r'tourne au bateau, on s'ra tranquille et à bord, y a à boire et à manger. »

Jean-Baptiste sortit du placard une bouteille d'eau-de-vie et deux verres, toujours pour « tuer le ver » comme les autres au café mais en plus, selon lui pour « fombrayer le chassifiau de la goule », autrement dit pour se nettoyer la gorge et faciliter la conversation. Comme ce n'était pas le gars à tourner autour du pot comme un marchand de bestiaux, il attaqua :

« Alors, mon gars, quoi qui t'tracasse ?

— Eh ben, voilà ! »

Armand évoqua le passage de Giuseppe au Plessis-Étiau, ses qualités d'homme et d'ouvrier, le bon souvenir qu'il avait laissé à tous. Il guettait sur le visage et dans les attitudes de Jean-Baptiste des indices qui lui auraient permis de savoir si le marinier était au courant des amours d'Aline ; mais il ne bronchait pas, il hochait la tête de temps en temps, tirait sur sa pipe à petits coups espacés et chauffait son verre dans son poing.

« … Alors, tu comprends qu'ça m'fait peine de pas savoir où qu'il est ; je m'suis dit qu'toi, tu tracmales partout entre Nantes et Angers, tu pourrais m'le r'trouver.

— C'est pas impossib'. Ton gars, il a dû chercher du travail dans l'bois, la charpente ou les bateaux ; j'connais tous les chantiers et un Italien, un grand fi'd'garce, frisé, avec une moustache, y en a pas toute une guerrouée su'les bords de la Loire. J'vas zieuter ben comme i'faut. J'monte à Angers d'main ; l'temps d'décharger mon sable et d'charger les cordages, i'm'faut ben… deux jours, plus le temps d'chercher… J'devrais *baisser*[1] …Jeudi. J'serai là, à la *ressiée*[2], su'l'coup de cinq, six heures, tu m'trouv'ras là où qu'on est, j'm'amarre toujours su'l'même abord.

— Eh ben, on fait comme ça, j'y serai. »

Armand fit le tour de la foire, acheta une lie pour le foin, un licol pour son cheval et un grand mouchoir de Cholet, rouge à raies blanches dont Aline se ferait un foulard ou un fichu pour la tête ; pour François, un porte-plume à manche d'os.

---

1. *Baisser : descendre le cours du fleuve, on dit aussi* avaler.

2. *À la ressiée : dans l'après-midi.*

Au retour, Aline ne posa aucune question ; on commenta les achats, tous trois étaient contents.

Armand compta les jours de dimanche à jeudi et se dit, qu'étant en avance dans les travaux des champs, il entreprendrait une tâche qui l'accaparerait plus que la marche derrière la herse.

« Ça te plairait, François, d'avoir une chambre pour toi tout seul ?

— Ah ça oui !

— Alors, voilà ce qu'on va faire : je vide le débarras à côté de la cuisine, je r'mets d'aplomb les carreaux qui sont bancals et j'passe les murs à la chaux. Jeudi, faut que j'retourne à Montjean, j'commande une table et deux chaises au père Vigneron ; on met ton lit juste derrière la porte, la table devant la fenêtre : tu verras la rue à Vaslin et un bout d'la place ; d'vant la cheminée, un poêle à bois ; tu verras, le trou pour le tuyau, il est déjà fait ! »

La pièce était sombre, on maintenait les volets fermés pour mieux conserver les pommes de terre et les oignons ; on y mettait au rebut les balais usés mais dont le manche, un jour, pouvait servir, les bouteilles vides, les corbeilles à fraises ; on accrochait aux clous du mur de vieux vêtements, une chemise, une veste et un pantalon qu'Armand mettait quand il entreprenait le grand nettoyage de l'écurie et des clapiers. Aline ouvrit la fenêtre et repoussa les volets.

« Tu auras une jolie chambre, je mettrai de beaux rideaux et je te donnerai ma petite lampe…

— La rose qui est sur la table de nuit ?

— Oui, je n'en ai guère besoin. »

Pendant trois jours, Armand fit le carreleur et le peintre. Il oublia Jean-Baptiste ou plutôt, il n'y pensa qu'en brefs éclairs, « encore deux jours », vite éteints tellement sa tâche l'absorbait. Le jeudi matin, tout était prêt : le blanc des murs éclatait, les rideaux bleus tamisaient le soleil levant et les carreaux d'argile cuite, lessivés et frottés, retrouvaient, comme ceux de la cuisine, leur couleur pelure d'oignon. Le lit cage mis en place, Aline y étendit une couverture piquée rouge à dessins cachemire.

« La table et les chaises, je les aurai quand ?

— Ça dépend du père Vigneron ; des fois, i'lui faut un an pour faire une armoire… J'vas lui passer la main dans l'dos et si j'lui paye une fillette de rosé, il pourrait ben s'y mett'dès vendredi ! »

Aline souriait en regardant François ouvrir et fermer la fenêtre, s'asseoir sur le lit et caresser le dessus en tuffeau de la cheminée. L'émotion chez lui ne se traduisait guère par les mots : le coin de sa bouche tremblait à petits spasmes brefs qu'il ne pouvait contrôler ; alors, il venait appuyer sa tête contre le ventre de sa mère et attendait les mains qui caresseraient ses cheveux. Aline sentit que ce moment était venu et tendit les bras. Armand, debout sur le seuil de la chambre, n'eut qu'un rapide bonheur : « une belle journée oui, qui commence bien mais ce soir, si jamais on sait quelque chose ?... » Il sentit tomber sur ses épaules une chape de drap, humide et froide.

L'après-midi, dès quatre heures, il partit pour Montjean ; il commanda au père Vigneron la table et les deux chaises : le vieux menuisier se laissa attendrir quand Armand lui expliqua que c'était pour son petit garçon et, le coup de rosé aidant, il promit qu'il s'y mettrait dès le début de la semaine suivante. Il retrouva sur le tas de madriers, sa place du samedi précédent et guetta le claquement sourd du moteur. Ce n'est qu'au crépuscule qu'il fut surpris par l'arrivée de la péniche qui, moteur au ralenti, silencieux, poussée par le courant, passa sous le pont et vint accoster, en froissant les rouches, à sa place habituelle. Heurtebise et son aide jetèrent la passerelle et le patron des *Deux-Frères* fit signe à Armand de monter à bord. Il ne lui laissa pas le temps de poser des questions.

« Y a du nouveau pour toi ! »

Sans marquer d'impatience, Armand s'assit en face de Jean-Baptiste et attendit, irrité de le voir déboucher lentement la bouteille et remplir les verres en marquant des pauses que rien ne justifiait ; sauf, peut-être, que le marinier avait une belle histoire à raconter et qu'il prenait son temps.

« Figure-toi que j'me suis arrêté trois fois. Une fois à Chalonnes. Là, j'ai d'mandé à Guimbretière, le menuisier... Mais si ! tu l'connais, un p'tit gros qu'est tout tordu, qu'a une épaule pus basse que l'aut'... "Penche-en-Mar" qu'on l'appelle... Ah ! tu vois ! Il avait ren vu, pas d'ouvrier, pas d'Italien, ren que des gars qui travaillent là d'puis des années. J'ai monté en l'bourg, au café des Mariniers, su'la place. Y avait l'patron d'l'*Espérance* qui descendait en paricit' : "Un Italien ? Un grand avec une moustache ? Ah non ! mon gars, qu'i'm'fait, j'ai point vu ça su'ma route". Bon, j'continue. J'm'arrête une deuxième fois à Rochefort. Y'avait justement Ploquin, l'charpentier, qui chargeait des madriers... des beaux, ma foi, du sapin qu'avait ben séché... bref, j'y d'mande s'il avait pas vu un Italien par là : "Un p'tit, avec une 'cassiette' à carreaux ? Il avait ben un drôle de parler mais dame ! c'était-i'un Italien ? — Non, qu'j'y dis, pas un p'tit, un grand ! — Ah non ! qu'i'm'répond, c'était pas un grand". Bon. J'repars. À Bouchemaine, c'était la fête des bateaux : un monde ! une vraie foire ! J'ai traversé tout ça, deuss' trois fois,... ren ! Pas d'Italien à moustache ! Même le gars René Bénéteau, l'patron d'l'*Aventure*, qui voit tout, i'n'avait ren vu ! Je m'dis : "C't'enfant d'garce d'Italien, j'y verrai don jamais l'musiau !" »

Jean-Baptiste se ménageait des pauses dans son récit ; il buvait lentement une longue gorgée de vin blanc, s'essuyait la moustache et rallumait sa pipe. Armand, obligé d'attendre la suite, buvait un coup lui aussi et se contentait d'un « Alors ? » discret pour relancer la machine.

« Alors, je m'dis : y a pus qu'à filer à Angers, su'les quais ; y a des chantiers où qu'i'z'embauchent à tour de bras. Bon, que je m'dis, à Angers, j'verrai ben. J'arrive su'l'quai d'la Savate… tu connais pas ?… C'est juste en-dessous du château mais su'laut'rive, rive droite. Je m'gare toujours en amont du bateau-lavoir. J'accoste. J'descends et je m'dis : si t'allais voir les laveuses, a'savent tout, ces fumeles-là ! Bon. J'y vas. Y a une grosse, tu l'aurais vue ! al'avait deux bossoirs gros comme des citrouilles ! La grosse, donc, à m'demande si j'veux d'la compagnie pour ce soir parc'que, a'm'dit : "icit', si tu cherches, tu trouves ! — Non, que j'y dis, moi j'cherche un Italien, un grand avec une moustache noire, d'mandez donc aux aut'laveuses si, des fois, al'l'auraient vu…" A's'met à crier : "Les filles ! Y en a-t i' une par là, qu'aurait vu un Italien, un grand avec une moustache noire…" Eh ben, mon vieux Armand, y en a une, tout au fond, qu'a dit : "Dame oui ! Je l'connais, un nommé Giuseppe ; mais y a pas moyen d'en approcher ! i'soulève sa cassiette, i'dit : 'Bonjour

Madame' et le v'là parti ! Pourtant, un sacré joli morceau de gars que j'aurais ben envie d'*chandorler*[1]" — Où qu'il est ? que j'y fais. — I'travaille chez Peneau, çui-là qui répare les bateaux... Tiens, là-bas, juste au-dessus du Pont de la Basse-Chaîne. »

Armand n'en pouvait plus ; il buvait son verre à grandes lampées, espérant ainsi faire avancer plus vite le récit, mais Jean Baptiste s'arrêtait pour remplir son verre !

« Alors, tu l'as vu ?

— Attends, attends ! Je m'suis approché et j'ai ben vu un grand fort gars, comme t'as dit, frisé, la moustache. Pour êt'sûr, je m'suis caché derrière un bateau à sec ; j'ai appelé : "Giuseppe !" Il a arrêté de donner des coups de marteau, i's'est mis tout dret', il a r'gardé autour de lui et s'est r'mis au boulot. Je m'suis dit : "C'est ben lui !" Pour un beau gars, c'est un beau gars ! Alors j'm'suis approché et j'y ai dit : "C'est ben toi qu'a nom Giuseppe et qu'a travaillé au Plessis ?" I'm'a drôlement r'gardé et il a s'ment dit oui ; il avait l'regard noir si ben que j'savais pus quoi y dire ! J'y ai quand même dit qu'Armand Bureau l'cherchait. I'm'a dit ; "S'il veut me voir, je l'attends". Et pis il a r'pris son marteau et i's'est pus occupé d'moi. J'sais pas pourquoi qu'tu veux r'trouver

1. *Chandorler : cajoler.*

c'gars-là, il est guère agrâlant... mais, c'est tes affaires.

— J'sais ben, il est un peu ombrageux mais faut l'connaître. Merci, Jean-Baptiste, tu m'as rendu service... v'là la nuit, faut que j'rentre mais on s're-verra bentôt, on boira une bonne bouteille. À nous r'voir et encore merci. »

Dès qu'elle entendit les pas du cheval et le craquement des roues sur le gravier, Aline ouvrit la porte de la cuisine et un grand rectangle de lumière éclaira Armand qui descendait lentement de sa carriole.

« Tu rentres bien tard, je commençais à m'inquiéter. Qu'est-ce qui t'arrive ?

— J'suis passé chez Vigneron ; j'ai fait qué-qu'commissions et pis, j'ai rencontré Heurtebise, tu sais, le patron des *Deux-Frères* ; on a causé et j'ai pas vu passer l'temps, i'm'a payé la goutte et le vin blanc, j'ai faim !

— La soupe est sur le feu ; je t'ai attendu pour manger.

— Je dételle Gamin et j'arrive ! »

François était couché et dans la grande cuisine silencieuse, Aline s'inquiéta : jamais Armand ne rentrait si tard et cet Heurtebise dont il ne parlait guère, qu'avait-il bien pu lui raconter pendant tout ce temps ? Elle eut le pressentiment que cette rencontre n'était pas fortuite, qu'il s'était noué entre les deux hommes une connivence pour l'instant secrète mais qu'elle se promit d'éclaircir…

« Alors, comme ça, tu es resté avec Heurtebise ? Vous deviez en avoir à raconter, surtout que vous ne vous voyez pas souvent.

— I'connaît tellement d'monde ! et du monde que j'connais aussi mais que j'vois pas souvent, des gars de Chalonnes, de Rochefort… Il a même fait des connaissances… »

Aline sentit qu'il approchait des aveux, il ne tiendrait pas longtemps ; elle le tenait au bout de sa ligne, le poisson épuisé serait bientôt sur le pré.

« … Y a dans la vie, des rencontres curieuses, des fois. »

Il avait posé sa cuillère dans son assiette et regardait Aline qui continuait à manger sa soupe sans lever la tête. Il aurait bien voulu que, par une question, elle lui facilitât la tâche, mais elle ne bronchait pas, elle attendait qu'il fût à bout de patience, il finirait par donner des détails : « les rencontres curieuses » dont il venait de parler, elle était persuadée que Giuseppe en faisait partie. Mais elle avait présumé de ses forces, la hâte de savoir la fit capituler.

« Alors, ces rencontres curieuses, c'est qui ?

— Sur les quais, à Angers, un gars…

— Ouvre donc ton sac et qu'on en finisse !

— J'savais pas comment te l'dire... J'y avais d'mandé d'chercher au long d'sa route. Il a trouvé.

— Où est-il ?

— À Angers, dans une entreprise de réparation de bateaux, sur le bord de la Maine. »

Elle s'arrêta de manger, posa les deux mains sur la table et par-dessus l'épaule d'Armand, fixa le balancier de l'horloge comme pour contraindre les battements trop rapides de son cœur à s'adapter au tic-tac lent et régulier. Ses belles résolutions du dimanche précédent volèrent en éclats : elle se vit prendre le train à Champtocé, courir de la gare jusqu'aux quais de la Maine et se jeter contre la poitrine de Giuseppe. Mais voudrait-il encore d'elle, lui qui l'avait fuie, elle et la grande aventure qu'elle représentait ? En la voyant, ne fuirait-il pas de nouveau et cette fois, on ne le retrouverait plus... Alors, c'est une nouvelle folie qui naquit en elle de nouveau : il fallait le faire revenir au Plessis et se contenter de sa présence dans le village, de sa silhouette aperçue, de quelques mots échangés ; elle chassait l'image des nuits passées auprès de lui et se persuadait qu'elle serait heureuse ainsi dans une amitié ambiguë qu'il accepterait.

« Si tu pensais tout haut, Aline, ça nous aiderait !

— Oui, je pensais à ce qui serait bien : il reviendrait ici, on oublierait le passé, je serais heureuse de le voir quelquefois, même de loin. François reprendrait le chemin de la petite maison, je ne partirais plus…

— Tu t'rends compte de c'que tu dis ? Ma pauv' Aline, tu rêves ! Tu l'aurais à peine revu que tu ne résisterais pas deux jours et tout recommencerait, son départ un jour ou l'aut' et toi !… Dans quel état tu t'retrouverais ! Tes idées, c'est d'la vraie folie qui nous f'rait tous tourner en bourrique. Et François, tu y penses ? Il en a jamais parlé chez nous mais le départ de Giuseppe, ça y a déjà fait mal ; alors, si ça r'commençait, l'pauv' gamin… Et moi, dans tout ça ? J'me suis jamais plaint mais tes fugues, ton Giuseppe et… aut'chose que tu sais, j'ai avalé tout ça sans ren dire mais j'me suis quand même *guémanté*[1] plus qu'mon soûl ! Les gens, je l'sais ben, i' m'prennent icit' pour un *adlési*[2], ça aussi, j'l'ai avalé sans broncher et maintenant, tu trouves que l'tonneau est pas ben plein, alors tu veux l'avouiller par-d'sus la bonde ? T'oublies surtout l'principal, c'est que Giuseppe, i' r'viendra pas icit', parce que, ça va p'têt t'étonner c'que j'vas te dire, c'gars-là, il a d'la conscience : il a vu qu'il avait fait entrer la fouine dans l'poulailler et il a eu l'courage de s'en aller ;

---

1. *Se guémanter : se tourmenter.*
2. *Un adlési : un niais.*

c'est pas à c't'heure pour ressortir les cartes et rejouer une partie ! »

Armand n'avait sûrement jamais parlé aussi longtemps ; il en avait chaud et s'épongeait le front avec son mouchoir à carreaux. Curieusement, Aline ne l'avait pas interrompu parce que chaque argument faisait mouche et brisait l'image idyllique mais invraisemblable de ses projets.

« Mais, reprit-il, maintenant que l'feu a r'pris dans la maison, c'est pas en l'regardant qu'on va l'éteindre, faut j'ter de l'eau dessus.

— Il faudrait rencontrer Giuseppe et savoir s'il voudrait revenir… »

Comme dit le proverbe local, « Y a ren de plus brave qu'un poltron échauffé » : Armand ne voulut plus entrer dans l'utopie d'Aline et pour une fois, il lui opposa une détermination calmement résolue.

« Si tu comptes sur moi pour aller faire la commission, tu te trompes. T'as voulu savoir où qu'il était et j'ai déjà été ben faible de t'avoir aidée ; maintenant c'est fini… T'imagines les gens d'icit' : “Où qu'il est donc parti, Armand ? — Il est parti chercher Giuseppe pour qu'i' r'vienne et qu'Aline soye contente. — Il a pas peur ? — Oh non ! Aline a promis qu'elle y toucherait pas !” C'est ça qu'tu veux entendre ?

— Alors, j'irai.

— J'peux pas t'empêcher : on n'avertit pas ceusses qui s'brûlent. Penses-y quand même si tu dors pas. »

Avant l'aube, Aline se glissa hors du lit ; la veille, Armand avait réintégré son grenier, elle ne risquait pas de le réveiller ; elle avait préparé ses vêtements et son sac sur une chaise et pour ne pas réveiller François, elle évita de moudre du café et d'allumer le feu ; elle coupa seulement un morceau de pain qu'elle mangerait en route. Elle avait décidé de partir à pied pour la gare de Champtocé, avant que le village s'éveillât ; par la levée, elle en avait bien pour deux heures ; le train n'était qu'à neuf heures, elle attendrait dans la gare.

La route fut longue et monotone, le vent d'ouest n'était pas encore levé, l'eau couleur de plomb, sans une ride, semblait immobile ; seuls bruits, le saut d'un chevesne, les appels encore feutrés des grèbes qui sortaient des rouches, le cliquetis d'une chaîne de bateau qui se détendait. La salle d'attente était triste et froide, malgré les deux affiches qui invitaient à des vacances à La Baule et à Quiberon. Le trajet lui avait donné tout le temps de ressasser ses mêmes pensées contradictoires et successivement victorieuses : Giuseppe disait oui et revenait ; miroitait alors l'enchantement d'une vie idéale dans la paix retrouvée mais vite elle sentait se rallumer la passion qui bousculerait le joli rêve. Ou

Giuseppe disait non : le désarroi brouillait ses décisions ; elle reviendrait sans Giuseppe… mais alors, la vie… ? Et s'il voulait qu'elle ne reparte pas ? Le souvenir du plaisir lui chauffait les reins mais le visage de François surgissait, son beau regard grave l'implorait de revenir.

Il fut bientôt neuf heures ; la sonnerie hésitante et fêlée annonça que le train quittait Ingrandes. Elle passa sur le quai et fut bientôt enveloppée dans le brouillard échevelé de la locomotive.

Elle demanda plusieurs fois son chemin dans les rues autour de la gare ; elle déboucha enfin sur le boulevard du Château qui descendait vers la Maine ; elle voyait déjà le pont et le bateau-lavoir, avec les fumées bleues des chaudières à lessive, qui s'échappaient des tuyaux, au-dessus du toit ; elle entendit le claquement des battoirs et leur écho sous les arches du pont. Entre les deux, le chantier était là : une cabane de bois et des bateaux de toutes sortes, couchés sur le côté ou complètement renversés. Des bruits de scies et de marteaux ; des appels ; les jurons des charretiers qui déchargeaient planches et madriers.

Les ouvriers se ressemblaient tous, dans leurs pantalons de velours serrés aux chevilles, leurs vestes noires et leurs casquettes bleues. Elle s'approcha et s'apprêtait à demander si on connaissait

Giuseppe quand elle fut accueillie par des sifflets et des commentaires :

« Ho ! les gars ! J'viens d'toucher une cantinière, a'm'apporte la "goutte" !

— Moi aussi, j'la toucherais ben, comme tu dis !

— Ayez pas peur, on vous f'ra qu'du bien, on à la main douce comme un copeau d'peuplier ! »

Elle bifurqua vers la cabane.

« Faut pas aller voir le contremaître : il est pas plus "queuté" qu'un lizard ! »

Au-dessus de la porte de la cabane, une pancarte : « Direction du chantier Peneau et fils ». Elle frappa et entra :

« Je voudrais parler à un ouvrier, monsieur Giannini.

— Giuseppe ? I' doit êt' par là mais il est bientôt midi, les gars vont casser la croûte, vous n'avez qu'à l'attendre…

— Oui mais j'aimerais qu'il sache que je suis là…

— Ben alors, attendez là, j'vas lui dire qu'y a une dame qui l'attend. C'est comment, vot' nom ?

— Madame Bureau. »

Le contremaître se faufila entre les groupes et disparut derrière une péniche. Debout et immobile devant la fenêtre, Aline fixait le bateau et attendait de voir surgir Giuseppe : elle le voyait déjà courir, faire un geste du bras, sourire…

L'homme revint seul, lentement, en tirant machinalement sur la visière de sa casquette.

« Il n'est pas là ?

— C'est-à-dire… si !… enfin, non, il vient d'partir. Assisez-vous donc.

— Il va revenir pour le déjeuner ?

— Non… j'crois pas.

— Mais cet après-midi, il va revenir travailler ?

— Non, j'pense pas. »

L'homme était embarrassé, il souleva sa casquette et se gratta la tête :

« Il est là et… il est pas là, si vous m'comprenez ! »

Il se leva brusquement et alla jusqu'à la fenêtre en jurant :

« Sacré Bon Dieu d'Bon Dieu, vot' Giuseppe ! Si j'avais su… Une aut' fois, i' fera lui-même ses commissions… I' m'a dit comme ça : "Tu diras à la dame que je veux pas la voir, ni aujourd'hui, ni plus tard" et il a 'core dit : "Y a qu'François qui compte, dis-lui bien ça surtout" ; i' m'a d'mandé son congé pour deux jours et comme j'sais pas où qu'i'reste… Ça va pas, ma p'tite dame ? Voulez-vous une 'tit' goutte su' un sucre ? »

Aline se retrouva sur le pont, elle remonta le boulevard comme une automate ; devant l'église Saint-Laud, elle s'affola : toutes ces rues semblables où elle se voyait déjà perdue ! La gorge nouée, elle ne demanda pas son chemin et c'est par hasard qu'elle déboucha sur la place de la gare.

Le train ne partait qu'à seize heures. Elle retrouva une salle d'attente sombre et maussade ; elle s'assit et fixa une affiche qui, cette fois, invitait à connaître la Côte d'Azur : un couple élégant s'appuyait contre une voiture de sport ; au loin, à travers les pins maritimes, des yachts blancs attendaient dans une rade d'un bleu grec. Elle fixait l'image, mais d'autres, brutales et précises, se bousculaient dans sa tête : la petite maison, Lucie et sa tresse blonde, Marie avec son chat sur les genoux, François chantant l'*Ave Maria*, Maria-Carlotta avec sa cruche sur l'épaule, l'île Bourdin et ses mouettes et Giuseppe qui revenait toujours se glisser entre elles. Un contrôleur remarqua son air égaré et la conduisit sur son quai de départ. Elle monta dans son compartiment et ne reprit conscience qu'en entendant : « Champtocé ! Champtocé ! » crié par le chef de gare. Le soir tombait quand elle traversa le pont de Montjean ; elle vit sur le quai, le tas de madriers sur lequel Armand s'était assis. Les jambes coupées par la fatigue, elle s'y laissa tomber. Les mains sur les genoux, elle regardait l'eau couler : les grands peupliers de la rive opposée se reflétaient en taches noires et tremblées dans l'eau déjà vert sombre du crépuscule naissant ; les bateaux tiraient sur leur chaîne comme des fantômes allongés dans le courant léger de la berge. Aline ne fut bientôt plus qu'une silhouette tassée : le menton sur la poitrine, elle pleurait sans bruit, comme un enfant perdu, épuisé d'avoir trop longtemps appelé.

Le lendemain matin, au bord du brouillard qui noyait les berges, Jean-Baptiste Heurtebise qui remontait de Nantes, aperçut, accrochée au bout d'un épi — cette digue de pieux et de pierres qui barre le fleuve pour retenir le sable et laisser libre le chenal — une femme en robe bleue, les bras écartés et dont la bouche ouverte semblait encore crier.

François

La Loire retrouva dès le mois de juin, son visage de « fleuve de sable quelquefois mouillé ». Les épis fixaient les grèves en amont de l'île de l'Alleu et en aval de l'île Bourdin si bien que le chenal, au nord des îles, poussait toujours ses eaux sombres et profondes et que les courants annexes qui, sur la rive gauche alimentaient les molles et les mouilles, gardaient le même tracé : la Mouille Noire roulait ses eaux tourmentées et s'en allait toujours mourir en tête de l'île Bourdin. Les herbes aussi fixaient les grèves : d'un été à l'autre, on reconnaissait les mêmes repères et les pêcheurs pouvaient, sans surprise, planter les longues perches auxquelles ils amarraient leur bateau ; ils retrouvaient les mêmes courants, les fonds à la même profondeur ; seuls, quelques arbres échoués créaient de modestes tourbillons aux vaguelettes miroitantes où frétillaient les alevins du printemps.

Tous les soirs, en sortant de l'école, c'était un rite indispensable à la qualité de sa journée, François montait à la levée, s'asseyait sur le parapet qui dominait la rive et regardait les îles. Les voyages accomplis en compagnie d'Aristide jusqu'à la grève aux goujons lui donnaient l'envie d'y retourner pour explorer les jeunes bouillées de peupliers qui pointaient hors du sable et attirer les alevins en ratouillant dans l'eau avec les pieds. Mais il rêvait d'une exploration solitaire pour approcher les mouettes criardes et le héron à l'immobilité hiératique qui pinçait les ablettes, d'un coup de bec rapide. Il avait bien compris les explications d'Aristide : le bateau poussé sur la Mouille Noire et entraîné par le courant devait s'échouer en tête de l'île Bourdin. Chaque soir, il refaisait le trajet des yeux puis il fixait longuement le bachot noir de son père dont le nez plat s'enfouissait dans les carex et dont la chaîne s'enroulait autour d'un tronc de saule : ce bateau, c'était la clé dorée de l'évasion, la nef de la solitude et de la liberté.

Depuis la mort de sa mère, François cherchait chaque jour un moment pour s'isoler : la contemplation de la Loire avant le goûter chez Lucie et après, le besoin de s'enfermer un moment dans sa chambre ; il n'avait pas supporté ces murs blancs et nus et avait cherché des décorations : depuis quelques mois, le journal local, *L'Ouest-Éclair* consacrait une page par semaine à l'histoire de la batellerie ; on y racontait la vie des mariniers au XIXe siècle et les articles étaient illustrés : dessins de gabares, de fûtreaux et de galiotes, gravures évoquant le passage des bateaux sous les ponts et dont les mariniers devaient abattre le mât, reproductions de girouettes qui tournaient à la cime des clochers. Il découpait les gravures qui lui plaisaient, obligeant Lucie à fouiller ses placards pour y trouver des cartons, souvent d'anciens calendriers des postes, sur lesquels il collait les dessins et qu'il accrochait au mur.

Sur sa table, à côté des livres reçus à Noël, s'empilaient de minces cahiers qu'à l'époque offraient les commerçants : des « cahiers-réclame » offerts par le cirage Lion Noir, les semelles Wood-Milne ou les cycles Météore. Il s'y exerçait à écrire ses premières histoires ; c'est sur l'un d'eux qu'il avait recopié les quatre lignes du poème sur le chat. Il n'osait pas encore se lancer à écrire sur le beau cahier à couverture bleue donné par son maître ; comme s'il savait porter en lui des œuvres dignes d'y figurer, il attendait ce moment émouvant et solennel.

Même dans le fauteuil d'osier, il lui arrivait de s'isoler. Marie posait une poupée sur une chaise : elle était malade, disait-elle, François était le médecin ; il se prêtait mal au jeu, avec une distraction qui n'échappait pas à Marie ; elle le secouait en tapant du pied : « François, tu joues pas ! » Il sortait de son rêve et se forçait à la comédie ; il collait son oreille sur le ventre de la poupée en imitant d'affreux gargouillements, coupés de : « Oh là ! là ! ma pauv' dame ! » L'air sévère, il donnait son diagnostic et prescrivait des remèdes qui s'inspiraient plus d'Alfred que du docteur Merlet.

« Votre fille a “les coliques du *Miserere*”, elle a mangé trop de choux-verts, vous lui ferez boire trois litres de vin blanc et manger sept crapauds que vous irez ramasser la nuit, je dis bien : la nuit ! à la Boire aux Fées. »

Le rire de Marie éclatait, la fossette se creusait, les yeux devenaient clairs comme des bleuets ; puis, la frayeur la faisait crier : « Non, pas la nuit ! pas la nuit ! » Alors il proposait des potions plus humaines et, pour un moment, les mauvais souvenirs s'estompaient.

Un jour, il n'y tint plus. Il prétexta qu'il avait une histoire à écrire sur son cahier et, sitôt le goûter avalé, il monta à la levée. Le vent berçait le bateau noir qui tirait sur sa chaîne comme un chien qui voit son maître approcher pour la promenade. Il descendit la cale du Mulet. La chaîne n'avait pas de cadenas, elle était seulement enroulée une fois autour du saule, un fil de fer passé dans deux maillons l'empêchait de se dérouler.

Il défit l'attache, tira le bateau le plus près possible des herbes et sauta sur le chef où il amena toute la chaîne : le bateau était libre. Il s'assit dans le fond et attendit. Il n'y avait à bord ni rames ni bourde, on ne pouvait compter que sur le courant et le vent. Pendant quelques secondes, le bateau hésita puis le nez se dégagea des herbes et s'éloigna de quelques pieds ; l'arrière toucha le bord du courant, le bateau pivota et l'avant, poussé à son tour, pointa vers la Mouille Noire ; il y arriva bientôt, tourna plusieurs fois sur lui-même, sortit du remous et fila vers la grève de l'île Bourdin. François n'en menait pas large ; il voyait au loin, devant l'épi, les eaux sombres qui glissaient sous le pont d'Ingrandes : si jamais les prévisions d'Aristide étaient inexactes, où allait-on le retrouver ? Heureusement, entre les îles et la rive gauche ne passait qu'un chenal secondaire au courant faible et sinueux. Le bruit sourd du fond qui raclait les graviers le rassura : il était arrivé ! Il sauta dans l'eau, déroula la chaîne et enfonça dans le sable l'ancre courte à trois griffes.

Il se mit à courir comme un fou le long de la grève en faisant jaillir l'eau ; il frappa dans ses mains et les mouettes crièrent leur indignation mais ne le prirent pas au sérieux : elles se posèrent à quelques mètres seulement. Il rampa vers le héron qui s'était seulement redressé et qui s'envola lentement, comme à contre-cœur. Il explora surtout l'autre versant de l'île, le côté nord, dont le bord abrupt, chargé de grosses pierres, descendait vers le grand chenal, la grande Loire des péniches qu'il n'avait jamais vue. Il s'allongea sur l'herbe du bord et, les mains sous la tête, regarda passer les nuages, floconneux comme la bourre des fleurs de peuplier. Le temps n'existait plus. Il se raconta des histoires de fées et de bateaux merveilleux, les chansons de Giuseppe vinrent sur ses lèvres sans qu'il le voulût.

Il entendit des appels, loin dans son dos ; il revint vite vers la pointe de l'île et vit, sur le bord de la cale du Mulet, son père qui faisait de grands gestes et qui criait :

« Surtout, bouge pas d'où qu't'es, j'viens t'chercher ! » Armand sauta dans le bateau d'Aristide et à grands coups de bourde, il vint se garer au nez de la grève.

« Mais t'es fou, mon gars, qu'est-c' qui t'a pris ?

— Je voulais voir.

— Tu t'rends pas compte : en bateau ! tout seul, sans ren pour te guider ! Et si l'courant t'avait pris en travers, où qu'tu s'rais à c't'heure ?

— À Nantes… ou sur la mer…

— Ou néyé oui ! Tu sais pas nager ! Tu connais pas la Loire, elle t'emporte et te tire au fond, par les pieds, tu sais pas ça ?

— Si, je sais, Aristide m'a expliqué.

— Recommence pas, François, j'ai eu trop peur : ta mère, ça suffit donc pas ?

— Je recommencerai pas mais je voudrais bien apprendre à nager.

— De toutes façons, icit', faut savoir nager. Allez, viens-t'en ! »

Armand accrocha son bateau à celui de Lumeau et on débarqua sur la cale :

« Et d'là-bas, t'as vu quoi de plus que d'icit' ?

— Les goujons, les mouettes, le héron… et puis, je voulais être sur l'eau, tout seul, pour voir comment ça fait. »

La peur passée, Armand souriait : « T'es quand même un drôle de citoyen, t'as pas les idées d'tout l'monde ! » Le dimanche suivant, il décrocha du mur de l'écurie, la longue lie de chanvre qui servait à serrer le foin sur la charrette et l'empêchait de *s'ébouéler*. Derrière la porte, il prit la bourde à deux dents et deux longs piquets.

« Allez, viens, on y va !

— Où ça ?

— Apprendre à nager, pardié ! »

François ne comprenait pas l'utilité de tout ce matériel.

« Tu ne vas pas m'attacher ?

— Sûr que si ! C'est comme ça qu'j'ai appris, tu vas voir. »

Ils montèrent dans le bateau qu'Armand éloigna du bord ; il tâta le fond de l'eau avec sa bourde et quand il jugea « qu'il y avait assez creux », il ficha dans le sable les deux piquets, un devant chaque « levée » du bateau et les attacha au bordage. François enleva ses vêtements, Armand passa la corde autour de sa taille ; il coucha la bourde en travers du bateau, s'assit dessus et fit glisser la corde dans la fourche.

« Maintenant, tu t'laisses glisser dans l'eau. »

L'affaire était bien menée : la bourde ne bougeait pas, la corde, solidement tenue, coulissait dans la fourche et soutenait François à bonne hauteur. Il essaya de retrouver les mouvements qu'il avait vus faire aux nageurs pendant les vacances précédentes.

« T'as l'air d'une guernouille ! Va pas si vite, tu vas t'essouffler et dans cinq minutes, tu s'ras pus bon à ren ! Fais marcher tes bras et après, tes jambes… Mais non, pas comme ça, tu nages comme un chien ! »

François, en effet, avait abandonné la méthode classique et trouvé plus efficace la nage des bêtes : il pédalait des bras et des jambes et aurait vite avancé sans cette maudite corde qui l'entravait.

« Enlève la corde de la bourde ! »

Armand se contenta de le soutenir légèrement : avec sa « nage à la chien », il fit le tour du bateau.

« Tu vois que ça marche !

— Oui, ça va vrai ben !

— Quand je nagerai tout seul, j'apprendrai l'autre manière, celle des gens de la ville ! »

Huit jours après, il fit trois fois le tour du bateau sans être soutenu et le dimanche suivant, il nagea jusqu'à la molle à Chenoir et revint en soufflant des bulles et en jappant comme un chiot.

« C'est pas pour ça qu'faut faire le malin : le courant, même çui-là du p'tit ch'nal, c'est aut' chose. Rhabille toi pour pas prendre la fret. »

Ce soir-là, il n'arrivait pas à dormir ; l'île Bourdin l'obsédait, il cherchait la route à prendre : « pas par la Mouille Noire, c'est dangereux ; alors, la molle à Chenoir, le petit chenal… là, il faudra pédaler dur ! La courbe au bout de l'île de l'Alleu et après, on se laisse porter, on doit finir à pied sur la grève. »

Il s'endormit, porté par des vagues dont le clapotis l'appelait à petits coups de langue et crut, en se réveillant le lendemain matin, qu'il était allongé sur le sable sous l'œil dédaigneux du héron.

I

Été 1930

LE PLESSIS-ÉTIAU SOMNOLAIT. Loin du chemin de fer, à l'écart des grandes routes, il continuait à vivre comme au début du siècle, au rythme du pas des hommes et des chevaux. Le passage de l'automobile du docteur Merlet tirait les gens hors de chez eux, celui d'un « aéroplane » rassemblait sur la place autant de curieux qu'un jour de mariage ; la TSF n'était entrée que chez les Terrien et les nouvelles du monde à la première page de *L'Ouest-Éclair* laissaient les lecteurs indifférents ou goguenards :

Lindbergh avait traversé l'Atlantique ? Bodin trouvait que les « aéros » brassaient le ciel et que la *pié*[1] s'en irait chez les « sauvages » ; on se battait en Chine : « I' grouillent comme des poués su' la tête d'un *coureux*, dix-mille de plus ou d'moins ! » Quant au sport, n'en parlons pas ! On pouvait bien avoir remporté la coupe Davis et figuré honorablement aux Jeux olympiques de 1928, c'était de l'hébreu et « tous ces gars-là, des vrais feignants qui passaient leu' temps à taper dans une balle et à s'courir les uns après les autres. » La première page était donc vite lue sauf le jour de la mort de Clemenceau, « un rude bragard qu'avait foutu la pile aux Boches ».

Autrement, on se consacrait aux nouvelles locales, les morts de la veille, ce qui permettait de faire le tour de la famille : « Ce Léon Sautejeau, c'était ben le beau-frère à Amélie Gueugnon, du Fuilet ? » ; les mariages aussi, quelle aubaine ! « Combien que l'gend' avait d'bien ? Et la fille, son père i'y avait-t-i' donné son champ d'la Buronnière ? Comben d'temps la noce al'avait-t-i' duré ? » ; les catastrophes naturelles les touchaient au cœur : la grêle avait haché les vignes au-dessus de Chalonnes, le feu avait brûlé toute la récolte d'Auguste Malinge,

1. La pié : la pluie.
2. Un coureux : un bohémien.

au Puiset-Doré. Quant aux naissances ! Dans les yeux des femmes, la réprobation et, dans ceux des hommes, des éclairs égrillards : « La Rose Malécot, a's'tait pas mariée juste après les vendanges ? Et la v'là avec un quéniot à c't'heu-re qu'on est s'ment en janvier ! La Rose et son bon ami, i'z' avaient joué aux quat'sabots sous l'lit ben avant que l'curé les bénisse ! »

L'arrivée de Giuseppe et la mort d'Aline resteraient les grands événements pendant des années. Les mémoires s'imprégnaient des dates : le jour exact de l'arrivée et du départ de Giuseppe, de la fugue d'Aline, de sa mort, pour pouvoir les rappeler sans faille dans les veillées.

Les enfants essayaient d'échapper à ce ronron monotone en se bâtissant un monde autonome. Ceux qui habitaient la campagne traînaient, après quatre heures, sur le chemin du retour : ils grappillaient dans les vignes, secouaient les pruniers, dénichaient les nids ; ils y laissaient des morceaux de culotte et le père leur flanquait une « fouaillée » ; mais l'hiver rassemblait la famille autour de la cheminée, ils entraient eux aussi dans le cercle ; ils s'occupaient à écosser les haricots ou à trier les lentilles et si le père était de bonne humeur, ils se taillaient au couteau un *moine*[1] dans un nœud de frêne.

---

1. Un moine : une grosse toupie.

Après la mort d'Aline, Lucie, en accord avec Armand, décida de prendre François complètement en pension, mais Joseph se montra plus réticent :

« Ne va pas si vite ! Tu connais le gamin, assure-toi d'abord que ton système lui convienne.

— Il ne voudrait pas, même si Marie le lui demandait ?

— Dis-lui tes projets mais n'impose rien. »

Après les premiers jours de trouble et de chagrin où François accepta tout, Lucie lui fit donc part de ses projets :

« Oui, 'Man Lucie, je veux bien mais on va faire comme à l'école, un emploi du temps.

— Un emploi du temps ?

— Oui, voilà : le matin, je fais chauffer mon lait, je sais le faire, et je mange mes tartines ; à midi, je viens manger ici et aussi à quatre heures ; je reste jusqu'au souper mais je ne mange pas chez vous, je m'arrangerai avec papa pour la soupe ; un œuf c'est facile à faire cuire, le fromage c'est tout prêt. Le soir, je veux être dans ma chambre avec mes affaires. »

Il accompagnait ses phrases de gestes secs de la main qui semblaient découper la journée en tranches ; le ton était aimable mais Lucie sentit inutile toute discussion et abonda dans son sens :

« C'est parfait, mon chéri ; c'est bien naturel que tu sois un peu avec ton père et que tu bichonnes tes petites affaires. »

Été 1930

Et depuis, la vie s'était déroulée ainsi.

Comme prévu, quand elle eut cinq ans, Marie alla au Sacré-Cœur de Montjean. Joseph la conduisait chaque matin et la reprenait le soir. Maintenant qu'elle savait lire, elle suivait les contes en même temps que François qui s'appliquait à ralentir la vitesse de sa lecture. Il ne lui racontait plus que les histoires qu'il inventait et dont elle raffolait parce qu'elle était toujours surprise par les personnages hors du commun et les rebondissements imprévisibles des aventures.

Mais cet été-là, Marie s'était mis en tête d'apprendre à nager.

« Toi, tu sais nager, alors tu vas où tu veux.

— Il faudra que tu manges de la soupe pour engraisser tes mollets si tu veux traverser le petit chenal ! D'abord, apprendre à te tenir sur l'eau.

— Dis, maman, tu veux que j'apprenne ?

— Sûrement, c'est utile mais pas question d'aller faire les fous tout seuls. Elle pourrait apprendre dans la molle à Chenoir.

— Oui, c'est là que je voulais qu'on essaie : Marie n'aura de l'eau qu'à la ceinture. Je commence les leçons demain si tu veux, 'Man Lucie.

— JE commence ! NOUS commençons ! Tu ne te figures pas que vous partirez seuls au bord de l'eau… Oui, je sais, tu es raisonnable et prudent ! Au lieu de goûter ici, jeudi, on emportera le panier et on mangera sur l'herbe. »

La première leçon faillit tourner mal.

« Le mieux, ma petite fille, c'est d'enlever tous tes vêtements pour être bien à l'aise !

— Ma culotte aussi ?

— Évidemment ! Tu retrouveras tout bien sec.

— Non, je veux pas.

— En voilà une idée ! on n'est pas sur une plage, personne ne te verra.

— Si ! je veux pas que François voie ma “fendure” !

— Tu parles ! Ta “fendure”, comme tu dis ; il y a longtemps que je la connais : quand 'Man Lucie changeait tes couches, je l'ai même vue de près.

— C'est pas vrai !

— Si !

— Non !

— Et après ? Je vois bien ton nez, ta bouche, tes doigts de pied, alors, ta petite tirelire…

— Alors, regarde seulement quand je serai dans l'eau.

— C'est ça ; tiens, je me retourne. »

La pudeur était sauve et la leçon put commencer ; elle aussi, elle adopta la « nage à la chien » et en reprenant pied de temps en temps, elle traversa toute la molle.

« Tu vois, ça marche ! C'est ta "fendure" qui doit être contente de se baigner dans la Loire !

— Tourne-toi, que je me rhabille ! »

Après quelques leçons, Marie traversa la molle sans toucher le fond.

En arrivant à l'école, le lundi matin, François trouva cinq ou six garçons rassemblés autour de Solange qui, à voix basse, la tête en avant et les mains agitées comme une commère, leur racontait quelque chose de passionnant : les garçons, tous ensemble, poussaient des oh ! d'indignation en secouant une main à hauteur de visage pour montrer que pour une nouvelle, c'était une nouvelle ! Trop occupés à écouter, ils n'entendirent pas François approcher si bien qu'il saisit quelques bouts de phrases :

« … toute nue qu'al'était !

— C'est des menteries ! si sa mère al'était là…

— J'y étais, alors ! J'm'avais cachée dans une bouillée d'saules.

— Eh ben, mon vieux, ma mère, al'aurait pas voulu… »

François posa son sac sur les marches et revint vers le groupe ; les garçons firent semblant de chercher des billes dans leurs poches et l'appelèrent : « Tu viens, on a le temps de faire une partie avant que le maître siffle ! »

À l'école, François était le cygne au milieu des canards. Grand et fort pour son âge, le regard noir sous ses cheveux bouclés, il en imposait : c'était l'organisateur des jeux et l'arbitre respecté pendant les récréations ; en classe, il savait tout faire et par plaisir, le maître lui confiait l'explication d'une règle de grammaire ou la correction des problèmes.

« Dis donc, Émile, ta mère, elle n'aurait pas voulu quoi ?

— Ren, ren, j'sais pas !

— Tu perds la mémoire maintenant ? Veux-tu un remède ?

— Non, non ! C'est la Solange qui disait comme ça que…

— Oui, ça aussi, je l'ai entendu : “toute nue qu'elle était”, de qui parliez-vous ?

— Moi, j'sais ren, j'y étais pas… C'est la Solange qu'a vu la Marie Terrien dans l'iau, t'as qu'à y demander.

— Bonne idée ! Alors, Solange, t'as vu quoi ?

— Tu m'fais pas peur, le gars Bureau ! Oui, même qu'on y voyait tout !

— Et alors, on ne se cachait pas, nous ; je lui apprenais à nager et sa mère était là ; tu vois du mal dans tout ça ? Tiens, pendant qu'on y est, on pourrait parler de tes promenades, le jeudi, au bord de la Loire, avec le gars Mauvoisin, ta mère n'est pas avec toi, il me semble ? »

Les gars commençaient à rigoler franchement : ils allaient en apprendre de belles ! Ce pauvre Charles Mauvoisin qu'ils appelaient « Douzil de rat », il n'avait pas dû lui montrer grand-chose à la Solange !

« Pourquoi que y a toujours que Marie qui compte ? Moi aussi, j'voudrais apprendre à nager… t'as qu'à m'emmener, tiens, jeudi si tu veux.

— Sûrement pas ! Berdasse comme tu es, tu raconterais partout que je t'ai fait de mauvaises manières.

— Berdasse ! berdasse ! Pas tant qu'tu crois ! Si j'voulais, j'en dirais des choses et des vraies !

— Ma pauvre fille, tu ne fais qu'écouter aux portes, tu ramasses des bouts d'histoires, tu les mets ensemble n'importe comment et tu prétends savoir "des choses" ! Tiens, voilà le maître ; tout à l'heure, en calcul, ce sera le moment de "savoir des choses" et de les dire ! »

Solange ne répliqua pas ; elle s'assit à sa place, sortit bruyamment ses affaires et marmonna : « J'me r'vengerai, tu verras, le gars Bureau, j'me r'vengerai ! »

François, à force d'en parler, avait donné à Marie « la maladie de l'île Bourdin ». À son tour, elle voulait voir les bancs de goujons frétiller dans le courant, courir elle aussi après les mouettes et observer de près ce fameux héron, célébré même dans la fable que François lui avait récitée. Elle imaginait une vie insulaire mystérieuse, mélangeait la Loire et l'Amazone des livres documentaires qu'elle feuilletait : elle s'attendait à trouver sur les berges des crocodiles affamés et, dans les peupliers, des singes à longue queue ; l'imagination de François y ajoutait des monstres : des chauves-souris à plumes, des crabes à douze pinces ! Mais Marie ne se décourageait pas et réclamait sa croisière.

Un dimanche, Armand les emmena tous dans son bateau en prenant la route préférée de François. Il sauta dans l'eau quelques mètres avant le bord et poussa le bateau vers le sable pour que Lucie ne se mouillât pas les pieds.

L'exploration de l'île prouva à Marie que les monstres étaient morts depuis longtemps, mais elle trouva une sorte de galet, marron et vert, qui laissait derrière lui un sillon dans le sable ; elle le prit dans sa main et le lâcha en poussant un cri : la pierre vivait et ses deux valves venaient de se fermer.

« C'est une grosse moule ; ici, on l'appelle un "laboureur" parce qu'en avançant, il trace un sillon, comme une charrue. »

Le héron n'était pas à son poste et les mouettes s'étaient envolées.

Les deux enfants s'assirent et François expliqua d'où venait le sable, l'origine des crues, la formation des glaces en hiver, les culs de grève et leurs dangers. Marie vit au loin le long épi en face de l'île de l'Alleu.

« C'est ça, un épi ?

— Oui.

— C'est là qu'on a trouvé ta maman ?

— Oui… tout au bout.

— Comment elle a fait pour se noyer ?

— Elle a dû glisser et le courant l'a emportée.

— Elle ne savait pas nager ?

— Non, mais même si elle avait su, avec ses vêtements mouillés…

— Alors, elle avait marché au bord de l'eau et pas sur la route : pourquoi ?

— Je ne sais pas. … allez, viens, c'est l'heure du goûter. »

Ils revinrent dans l'ombre des saules. Joseph tailla de longues et fines branches pour Marie qui voulait tresser des couronnes à tout le monde.

François s'allongea et ferma les yeux. Les questions de Marie avaient avivé la tristesse qui le tourmentait chaque soir et l'empêchait de s'endormir vite. Il n'arrivait pas à expliquer la mort de sa mère. Pourquoi était-elle allée à Angers ? On lui avait dit : pour demander à Giuseppe de revenir au Plessis. Mais pourquoi elle et non pas son père ou Joseph ou Pierre ? Et pourquoi revenir le long du fleuve au lieu de prendre la route comme tout le monde ? Il sentait confusément qu'entre sa mère et Giuseppe un lien secret s'était tressé qu'il n'arrivait pas à nommer : le mot « amour » l'effrayait. Il rapprochait ce drame de ceux que les livres lui offraient mais ne croyait pas que le sort de sa mère pût ressembler à celui des héroïnes qui se jetaient du haut d'une tour ou qu'on brûlait vives, comme les femmes des chefs barbares tués au combat.

Au Plessis, on avait parlé de la « folie » d'Aline et il avait accepté, mais en grandissant, il s'était dit : « On ne devient pas fou, comme ça, sans raison, quand on est jeune ; les vieux, oui, ils perdent la tête comme la mère Daburon qui échappe à sa fille et qu'on retrouve assise, au diable, dans un pré ! »

Ses obsessions restaient secrètes : il semblait accepter « l'accident », le mot revenait d'ailleurs pour dater un événement : « C'était avant “l'accident” d'Aline. »

Il espérait qu'en quittant l'enfance, il éclaircirait le drame dont il n'acceptait pas l'apparente simplicité : Giuseppe lui, devait savoir, un jour, Giuseppe lui dirait… Giuseppe dont l'image lui faisait, le soir, trouver la paix et le sommeil.

« François, on s'en va ! » Le visage de Marie se pencha vers lui, la fossette se creusa ; ses cheveux courts moussaient comme du duvet de caneton. Du bout de son index, elle lui caressa doucement la joue :

« Tu dormais ?

— Non, je rêvais sans dormir.

— C'était un beau rêve, avec des bêtes gentilles ?

— Non… C'est bien que tu sois venue. »

Le soir même, il composa deux courts poèmes, les premiers qu'il copia sur le cahier. Il attendit le silence dans la maison, il avait besoin, comme dans une cérémonie initiatique, d'une certaine solennité : il enleva de sa table tous ses livres et n'y laissa que la bouteille d'encre, le porte-plume, le buvard et le cahier ; sur la première page, il écrivit « Poèmes pour Marie », comme s'il était sûr qu'il n'en composerait pour personne d'autre. Avec une application de moine copiste, il calligraphia les deux poèmes : la sueur de ses mains mouillait le buvard rose qui protégeait la page ; il s'arrêtait au bout de chaque ligne tellement il avait peur de faire une erreur.

Il copia aussi les deux poèmes sur une feuille arrachée à un cahier-réclame, qu'il donnerait le lendemain à son maître, « comme un cadeau » se disait-il, un hommage à celui qui lui prêtait ses livres et jouait sur sa flûte les chansons de Giuseppe.

Ce soir-là, il s'endormit dans la félicité céleste d'une église remplie d'angelots qui chantaient ses poèmes !

Donner ses poèmes à son maître fut facile, naturel : il entra dans la classe où mon grand-père finissait d'écrire au tableau la phrase de morale du matin. Il les lui tendit et dit seulement : « C'est pour vous. » Son maître lut les poèmes : « Tu me fais grand plaisir, je les garderai précieusement. » C'est ainsi que les deux poèmes de François occupèrent la deuxième page du cahier du grand-père. Curieusement, alors qu'ils étaient destinés à Marie, François ne savait comment s'y prendre pour les lui offrir : ce n'était pas son style d'arriver tout flambard, son cahier à la main et de déclarer qu'il allait lire ses « œuvres » ; sa sensibilité et sa réserve naturelles lui commandaient d'apporter à l'offrande, une retenue un peu guindée, une discrétion timide : « Le mieux, se dit-il, c'est de donner le cahier à Marie et de la laisser faire : elle ouvrira le cahier, découvrira le titre, lira les deux poèmes et après… Après, on verra bien ». Quel serait le moment favorable ? après le goûter, croyait-il, juste avant de rentrer chez lui, au moment où le soleil commence à descendre vers les collines, où le marronnier assombrit la salle à manger, quand Chat-Rayures abandonne ses chasses et revient sauter sur les épaules de Marie : il lui fallait la pénombre des confidences, le silence de l'affection.

Lucie ne posait jamais de questions quand les yeux de François erraient sur les choses sans s'y fixer et que son front se barrait d'une ride : elle l'appelait alors « son François de la Lune » en opposition avec

« son François du Soleil », le François des contes merveilleux et drôles.

Ce jour-là, c'est un « François de la Lune » qui arriva ; il posa son cartable sur une chaise et sortit le cahier.

« C'est quoi, ce cahier ?

— Tout à l'heure, après le goûter, je te dirai. »

Il voulait attendre encore : il faisait trop jour, ses camarades de classe criaient encore sur la place, Chat-Rayures n'était pas là.

Marie le harcela mais n'osa prendre le cahier : elle sentait qu'il n'était pas un objet ordinaire. Comme elle n'arrivait pas à ses fins, elle employa sa méthode infaillible :

« Oh si ! mon François que j'aime, sois "minon", ouvre le beau cahier, et elle lui frottait la joue du bout de ses doigts.

— Toi ! quand tu veux quelque chose ! »

Il fit glisser le cahier vers elle : elle l'ouvrit et lut le titre des yeux sans rien dire ; elle tourna la page qu'elle fixa longtemps, lisant et relisant à voix basse les poèmes. Elle regarda François avec une admiration étonnée, comme si elle découvrait en lui un être nouveau, plus riche encore que celui des légendes ou des fous rires. La fossette se creusa, le coin des lèvres frissonna, mais les mots ne passaient pas.

Elle tendit le cahier à sa mère qui, muette elle aussi une fois sa lecture faite, rendit le cahier à Marie.

Les deux enfants rejoignirent le fauteuil d'osier — « fauteuil refuge », « fauteuil-tendresse », comme l'appelait 'Man Lucie, selon les circonstances. Marie passa son bras sous celui de François et dit seulement à voix basse :

« Merci. C'est beau. Je suis bien. » Puis, quelques secondes après, elle ajouta : « Moi aussi, je veux te faire un petit cadeau : je vais te les réciter, je les sais presque. » Elle ouvrit le cahier et récita le premier :

Dans l'île Bourdin
Y a plus de moulins
Sont tous partis
Pour le Plessis
Moudre le grain
Pour faire le pain de Marie
Dans l'île Bourdin
Y a plus de lin
Il est parti
Pour le Plessis
Mouiller le bleu
Qui peint les yeux de Marie.

Elle toussota et lut le deuxième :

Été 1930

Du chanvre blond qui sent le miel
Deux perles bleues en opaline
Un menton rond que je taquine
Le rire heureux de l'arc en ciel
C'est toi, Marie.

Elle referma le cahier.

« Pourquoi tu as écrit *Poèmes pour Marie* ? Tu en écriras pas pour d'autres petites filles ?

— Non, je ne crois pas. »

Il y avait dans les yeux de Lucie comme une inquiétude : « Mon Dieu ! Ces enfants !... » se dit-elle seulement en les regardant. Ils étaient perdus dans un bonheur silencieux, une communion troublante qui les coupait du monde.

Quand, le soir, Joseph entendit Marie, blottie dans le fauteuil, se réciter les poèmes, il reprit curieusement la formule de Lucie : « Mon Dieu ! ces enfants ! ces enfants ! »

II

Automne-Hiver 1930

MALGRÉ SON EXPÉRIENCE, mon grand-père n'en revenait pas ! Chaque soir il faisait à ma grand-mère le compte-rendu, de sa journée et c'était toujours de François qu'il parlait d'abord :

« Tu te rends compte que ce gamin de dix ans travaille sans peine avec les grands du certificat ! Il ne fait jamais de brouillon : il lit l'énoncé du problème, réfléchit sans rien écrire pendant quelques minutes ; il pose sur son ardoise les opérations qu'il ne peut résoudre mentalement et hop !

Sur le cahier ! Et jamais une erreur. Heureusement, nous sommes convenus qu'il pouvait fouiller librement dans la bibliothèque et il ne s'en prive pas, tout y passe : les atlas, les livres d'histoire, de sciences, mon gros Larousse en deux volumes ; hier, il m'a même demandé un livre d'algèbre et s'est plongé dedans comme dans un roman ! Et bien sûr, les poètes : en ce moment, le favori c'est Vigny, il sait par cœur La Mort du loup ! Jamais vu ça ! Je voudrais qu'il se présente aux bourses : quel lycéen il devrait faire ! »

Il en parlait comme un entraîneur d'un *yearling*, il prévoyait les victoires et l'imaginait à Normale Supérieure ou à l'école de médecine.

« Tu ne trouves pas que "Docteur François Bureau", ça sonne bien ?

— Pourquoi pas ? Il a tout pour lui, ce gamin. »

François, lui, était loin de ces ambitieux projets. Il était heureux à l'école où tout le passionnait, heureux avec son père dont la bonté chaude et simple le rassurait, heureux à la Guitonnerie où il était bichonné par « ses femmes » et par Joseph qui prévenait tous ses désirs : il lui avait promis pour l'été suivant un vrai matériel de pêche et commandé en secret à Pierre Cailleau la construction d'un bateau léger et maniable. Seuls, tous les soirs, des éclairs d'orage traversaient le trouble qui précédait son sommeil, l'apparition fulgurante de sa mère et de Giuseppe, toujours ensemble dans un halo lumineux où ils se souriaient.

Septembre était revenu mais, cette année-là, dans le vent maussade et rageur qui faisait tomber les feuilles à peine jaunies et crevait les nuages, de gros édredons gris sale qui se poursuivaient, se chevauchaient dans un désordre échevelé ; le crépitement oblique de la pluie harcelait les feuilles du marronnier et cirait le gravier de la cour.

Marie restait le nez collé à la vitre puis, de temps en temps, ouvrait la porte de la cuisine et appelait, exigeante et pourtant, déjà résignée :

« Chat-Rayures ! Chat-Rayures ! reviens !… Maman, pourquoi il ne revient pas ?

— Tu sais, mon petit, les chats, c'est très indépendant ; il reviendra quand il sera décidé. »

Mais elle savait bien que le chat ne reviendrait pas : il chassait les campagnols dans les prés mais il craignait la pluie et s'ébrouait pour quatre gouttes sur les oreilles ; s'il n'était pas revenu, c'est qu'il pourrissait déjà, étranglé par un piège ou par un chien. Marie accepterait tout doucement l'idée de sa disparition et, du même coup, son remplaçant. Mais quand il lui fallut bien admettre que son chat était mort, elle refusa un nouveau chaton : « Non, j'en veux pas, il y en aura jamais d'autre, de Chat-Rayures ! »

Pourtant, le chat revint mais sous la forme imaginée par François : il avait lu une histoire de marionnettes où les bateleurs glissaient leur main à l'intérieur d'une poupée de chiffon et l'animaient avec leurs doigts, ils lui prêtaient leurs voix et créaient la vie.

« Pour Chat-Rayures, 'Man Lucie, il faut faire pareil : tu trouves du tissu, tu fais un chat, un beau avec des moustaches et tu laisses une ouverture pour que je passe la main. Je fabriquerai une belle histoire… Peut-être même une chanson, si j'y arrive. Tu gardes le secret, hein ?

— Tu penses ! Du tissu, j'en ai dans mes réserves, un pantalon de velours marron du grand-père, sûrement. Comment fera-t-on pour les rayures ?

— Ah ça !… de la peinture peut-être… ou alors coudre des bandes de tissu plus foncé ?

— Ben, mon vieux, on voit que ce n'est pas toi qui couds !

— Alors, des bandes collées ?

— Oui, je préfère. Je m'y mettrai le soir quand la petite sera couchée… Elle sera bigrement contente, surtout si tu fais la petite chanson.

— J'y arriverai ! »

« Je n'en doute pas, se dit-elle, si tu l'as décidé, la chanson, c'est comme si elle était faite ! »

Il s'enferma dans sa chambre sitôt le dîner fini et Armand l'entendit chantonner un refrain qu'il reprenait, modifiait, coupait de réflexions impatientes ou satisfaites. Armand s'approchait de la porte et comprenait qu'il s'agissait du Chat-Rayures. « Qu'est-ce qu'il est encore en train d'inventer ? »

Trois soirs de travail intense et la poésie fut écrite ; la chanson, il l'avait dans la tête mais s'il la perdait ? Un seul moyen : demander à son maître.

Un soir, à quatre heures, il fit exprès de traîner dans la classe, attendant que tous ses copains soient partis. Mon grand-père se disait : « Toi, mon bonhomme, quelque chose te tracasse » !

« Tu couches là, mon François ?

— Non, mais je voudrais vous demander quelque chose.

— Je m'en doutais, figure-toi !

— J'ai fait une chanson sur le Chat-Rayures de Marie, j'ai écrit les paroles mais la musique, comme je ne sais pas l'écrire, j'ai peur de la perdre.

— En somme, tu voudrais me chanter ta chanson et que j'écrive les notes ?

— Voilà !

— Eh bien, il n'y a rien de plus facile. »

Il sortit la flûte de son étui, du papier à musique de son tiroir et fit signe qu'il était prêt.

« Je vais vous chanter le refrain d'abord et après, le premier couplet. »

Sa voix trembla au premier essai, devint plus sûre au second ; à la troisième reprise, l'enfant et la flûte avancèrent à l'unisson, sans se quitter. Mon grand-père fredonna l'air lentement et écrivit les notes à mesure ; il reprit sa flûte et François entendit renaître sa chanson telle qu'il l'avait voulue ; il se pencha sur le papier à musique et s'étonna que « toutes ces petites fourmis » qui s'accrochaient aux lignes de la portée, pussent représenter le son de sa voix.

« C'est comme l'écriture des mots : les lettres, se sont aussi des fourmis, comme tu dis, qui s'accrochent les unes aux autres et qui font les mots grâce auxquels tu exprimes tes idées… Tiens, regarde comment ça fonctionne. »

Et il lui expliqua la portée, la place des notes selon la hauteur des sons, leur forme et François, après le monde des lettres et des nombres, voyait s'ouvrir un autre langage merveilleux dans lequel il eut tout de suite envie de s'aventurer ; son maître l'avait compris :

« Si tu le veux, on travaillera le solfège, un ou deux soirs par semaine ; ça te plairait ? »

Il était tellement heureux qu'il ne put que faire « oui » de la tête.

« Pour ta chanson, je recopie les notes au propre, tu n'auras plus qu'à écrire les paroles au-dessous, une syllabe pour une note.

— J'ai compris. Je copierai les paroles pour vous si vous voulez bien me donner une feuille de musique, vous n'aurez plus qu'à écrire les notes… si ma chanson vous plaît. »

C'est ainsi que la *Chanson pour Chat-Rayures* trouva sa place dans le cahier du grand-père :

Refrain

Ô mon petit Chat-Rayures
Je veux que mon amour dure
Qu'il dure toujours pour toi
Et il durera
Oui, je t'aime Chat-Rayures
Pour le brun de ta fourrure
Et pour tes yeux de velours
Mon amour

Couplets

Tu te couches dans la plume
Là où la chaleur s'allume
Et tu rêves aux petits rats
que tu n'attraperas pas

Au fond de tes yeux de verre
Je vois le monde à l'envers
Sur le feutre de ton nez
J'aime à poser des baisers

Dans ta fourrure de soie
J'ai glissé trois de mes doigts
Toi qui tombais de sommeil
Tu applaudis le soleil

« Tu goûteras tout à l'heure, viens vite avant que Marie revienne de l'école ; tu m'as embarquée dans un travail ! »

Elle tira du bas du buffet une boîte en carton d'où elle sortit deux morceaux de velours bizarrement découpés ; elle les étala sur la table : on aurait dit deux chats qui seraient passés sous le rouleau des cantonniers !

« On dirait les taupes d'Aristide ! »

Elle mit les deux peaux l'une sur l'autre et maintint les pattes écartées avec des épingles.

« Tu vois le travail ! Coudre les deux ensemble et bourrer avec de la laine mais ne pas trop serrer pour que tu puisses passer la main ; après, quand tu auras fini avec ton jeu de marionnettes, je coudrai le fond définitivement.

— Et tu colleras les bandes plus foncées avant de coudre ?

— Voilà ! Tu vas me faire coucher tard avec tes inventions ! Allez, on ramasse tout en vitesse si on ne veut pas se faire surprendre par la petite. »

Automne-Hiver 1930

C'est le dimanche qu'eut lieu la cérémonie. François avait rédigé des invitations sur des morceaux de carton :

DIMANCHE 14 OCTOBRE
aura lieu chez Monsieur et Madame Terrien
une représentation de marionnettes
donnée par le célèbre François Bureau
Séance gratuite à 15 heures.

Lucie, Joseph, Marie et Armand reçurent un bristol sous enveloppe. Lucie descendit le paravent de la salle de bains derrière lequel François devait se cacher ; seul, Chat-Rayures apparaîtrait.

Armand arriva à trois heures pour le café. François frappa les trois coups avec la canne de Joseph, Chat-Rayures apparut, les pattes de devant croisées sur la poitrine ; il s'agita au rythme de la chanson, frappa ses pattes l'une contre l'autre quand la chanson dit : « Tu applaudis le soleil. »

Marie était subjuguée, inquiète et ravie à la fois du retour d'un Chat-Rayures insolite, avec ses gestes d'enfant et cette vie nouvelle retrouvée. Elle dit seulement « encore » ! et François donna une deuxième représentation, mais cette fois devant le paravent car Marie voulut voir comment ce chat de velours était animé. La chanson terminée, François entreprit une conversation avec le chat qui se déclara ravi d'être revenu et jura qu'il ne se sauverait plus.

Quand François mit la marionnette dans les bras de Marie, elle comprit qu'elle la garderait toujours ; elle se blottit dans le « fauteuil-tendresse » et arrondit le chat sur ses genoux, en lui répétant un bout du refrain qu'elle avait retenu :

Je veux que mon amour dure,
Qu'il dure toujours pour toi.

Lucie traduisit son émotion en gaieté légère et enfantine : elle battit des mains, promit à l'auteur un bel avenir dans la chanson et sortit du buffet une boîte en fer où mûrissait un carré de pâte de coing faite l'automne précédent : « C'est très bon pour la voix », dit-elle.

Les deux hommes étaient plutôt désorientés : habitués aux travaux des champs et des vignes, ils vivaient dans la beauté de la nature sans la voir ; la poésie des feuilles de l'automne, des couchers de soleil et du chant des oiseaux ne leur faisait pas lever la tête de leur travail. Là, brusquement, dans l'inaction d'une belle journée de repos, le charme leur était tombé dessus : ils sentaient qu'à côté du vin et du chanvre, vivait un monde enchanté et subtil que l'enfant leur révélait. Armand chauffait l'eau-de-vie qui dorait le fond de sa tasse ; Joseph bourrait longuement sa pipe ; il toussota et dit seulement : « Ce petit, tout de même, ce petit ! il a de ces idées ! »

Solange n'en démordait pas :

« François, j'veux qu'tu m'emmènes aussi faire un tour en bateau sur la Loire, t'emmènes ben Marie, pourquoi pas moi ?

— Parce que… tu ne sais pas nager.

— C'est qu't'as pas voulu m'apprendre… Et puis, j'resterai assise au fond, y a pas d'danger.

— Ce sera “non” quand même !

— Tout ça parce que ta mère, a' s'est noyée, alors tu crois qu'les aut' i' vont faire pareil, mais moi, j'ai pas envie d'sauter esprès dans l'chenal !

— Parce que ma mère a sauté “esprès” comme tu dis, pour se noyer ?

— Pauv' bégaud ! Y a qu'toi qui l'sais pas !

— Et pourquoi se serait-elle noyée ?

— Pardié ! parce qu'elle a couru après son Giuseppe et qu'il a pas voulu d'elle !

— Tu n'es vraiment qu'une sale vipère ! »

Toute la journée, il fut obsédé par une seule image : Aline avançait dans l'eau, se faisait happer par le courant du chenal et roulait jusqu'à l'épi où on l'avait découverte. Le soir, Armand comprit que l'enfant était soucieux : il mangeait sans appétit, émiettait son pain sur la table, ne parlait ni de Marie ni de l'école. La question éclata sans préambule :

« C'est vrai que maman s'est noyée exprès ?

— Qué qu'tu racontes ? Qui c'est qui t'a dit ça ?

— Quelqu'un… et qui m'a dit aussi que tout le monde le savait. Si c'est la vérité, il faut m'expliquer, Papa.

— T'es quand même ben jeune ! J'voulais pas t'chambarder la tête avec des affaires pareilles, mais maintenant qu'on t'a dit, autant abouter… »

Et il raconta ce que les mariniers avaient su de la rencontre entre Aline et Giuseppe sur les quais de la Maine, comment la nouvelle du refus de Giuseppe avait couru d'un bateau à l'autre jusqu'au Plessis…

Le doute n'était pas permis, Aline n'avait pas à revenir par le bord de l'eau, elle avait donc voulu en finir en se laissant glisser dans le courant.

« Maintenant, tu vas m'dire le nom de l'enfant d'garce qui t'a renseigné.

— C'est Solange… parce que je ne voulais pas l'emmener faire une promenade en bateau.

— La poison ! Un vrai *v'lin*[1] comme sa mère ! Méfie-toi d'elle, mon gars ! al'est toujours dans les jupes des bonnes femmes et a'perd ren de toutes leurs berdasseries, t'en as la preuve.

— T'inquiète pas : moins je la vois et mieux je me porte.

---

1. Un velin : un serpent.

— Pour en revenir à ta mère, la juge pas mal ; aime-la comme quand al' l'tait icit' parce qu'elle savait ben qu'elle quittait tous ceux qu'elle aimait ; al'tait déjà morte de chagrin quand elle a mis l'pied dans l'eau, ma pauv' Aline. »

Cette nuit-là, une robe bleue, prisonnière des remous, n'en finissait pas de tourner dans les rêves de François.

III

Automne 1931

MON GRAND-PÈRE N'HÉSITA PAS : « À ce gamin-là, je dois parler comme à un adulte ; il a déjà une idée de son avenir et, s'il veut aller au lycée, je le saurai tout de suite. »

Quatre heures, c'était pour le maître comme pour les élèves, la fin des contraintes, l'heure de la relâche où le théâtre scolaire se vidait : le metteur en scène fumait sa cigarette dans la cour et les comédiens rentraient chez eux par le chemin des écoliers. Pour François, c'était l'heure de la quête d'un livre, d'une question qu'il n'avait pu poser dans la journée ou, certains soirs, de la leçon de solfège où il jonglait déjà avec les dièses et les bémols. Mon grand-père jugea qu'après le chant, le moment serait favorable.

« La musique, c'est bien agréable, mais tu ne veux pas en faire ton métier !

— Non… Pourtant, diriger un opéra…

— Pourquoi pas ? Tu irais au lycée, tu passerais ton bachot ; après, études supérieures de musique… un beau programme ! Justement, au mois de juillet prochain, tu pourrais passer l'examen des bourses. Quand on y réussit — et toi, tu dois réussir — on entre au lycée et les études sont gratuites : tu es pensionnaire et c'est l'État qui paie ta pension ; ton père n'aurait à sa charge que tes vêtements et tes fournitures scolaires.

— C'est très bien, en effet.

— Imagine ! Tu passes ton bachot et après, tu choisis : l'enseignement, le droit, la médecine ; la musique, pourquoi pas ?

— Mais j'ai déjà choisi.

— Ah ! je savais bien que tu y avais déjà pensé ! alors ?

— J'entrerai en apprentissage chez Pierre Cailleau.

— Oh non ! tu es fou ! tu n'as pas réfléchi, ce n'est pas possible… Que Pierre désire te prendre comme apprenti, je le comprends, mais tu peux faire beaucoup mieux !

— Ça dépend de ce que veut dire “mieux” : vous croyez que ce sera “mieux” pour moi d’être enfermé dans des écoles jusqu’à vingt-cinq ans et après, être encore enfermé dans une classe comme professeur ou enfermé dans un bureau, à remuer des papiers ! Moi, j’ai besoin de grand air, je ne peux me passer ni des bateaux ni de la Loire.

— Mais, toute ton intelligence inemployée ou, du moins, si peu employée !

— Ce n’est pas sûr ! J’ai dans la tête toutes sortes de projets : je voudrais construire des bateaux comme autrefois, de belles gabares, des fûtreaux et des galiotes, organiser des promenades sur la Loire pour les gens en vacances et pour tous ceux dont les parents et grands-parents étaient mariniers ; leur raconter les vieilles histoires de la marine à voile, leur chanter les chansons de la Loire, faire revivre le parler de l’Anjou… »

Tout en parlant, il regardait par la fenêtre les pointes des peupliers qui pliaient sous le vent d’ouest et, dans son esprit, il était déjà sur le fleuve, maître du *gournâs*[1] d’une gabare dont la voile gonflée luttait contre le courant du chenal.

---

1. Le gournâs : le gouvernail.

En l'écoutant, mon grand-père sentit bien que ce n'était pas un enfant qui rêvait à des épopées irréalisables, mais un homme qui voyait, lumineux, le champ de ses actions futures et se préparait à tracer le premier sillon.

« Vous voyez que j'aurai de quoi employer mon intelligence : un bon ouvrier pas trop bête, ce n'est pas mal non plus.

— Mais Pierre est d'accord ? Vous en avez déjà parlé ?

— Pierre ? Il n'attend que ça ! Quand j'avais trois ans et que j'allais le voir à l'atelier, il m'asseyait sur l'établi et m'appelait "son apprenti" ; le jour de mes douze ans, j'aurai une varlope dans les mains. »

Mon grand-père était désarçonné : il avait tellement rêvé de voir son François devenir un « monsieur ! » Mais il se remémorait les confidences de l'enfant sur ses goûts et ses plaisirs et il comprit que François ne pouvait vivre que dans le vent d'ouest, sur les méandres du fleuve entre les grèves, sur les bateaux, baigné dans la poésie de sa province, au milieu de ceux qu'il aimait.

« Je souhaite surtout que tu sois heureux, mon petit, et je t'y aiderai. Alors, si ton bonheur, c'est de faire des bateaux. Tant de gens sont malheureux d'avoir fait toute leur vie un métier qu'ils n'aimaient pas !

— Je ne sais pas si je serai heureux mais je n'ai pas envie de faire autre chose.

— Donc, on oublie l'examen des bourses…

— Oui, mais des livres, je viendrai toujours vous en emprunter et, si je continue à écrire des poèmes, vous les trouverez sur votre bureau.

— Et comme tu travailleras à côté, on se verra souvent… Plus tard, on dira de toi : monsieur François Bureau, "facteur de bateaux" comme on dit "facteur d'orgues" !… Allez, sauve-toi, il est tard… »

Il le suivit du regard ; il y avait en lui plus de joie que de regret : « Bientôt, avoir un fils, comme lui… »

IV

Été 1932

François plaignait ses copains : à part Charles Mauvoisin, dit « Douzil de rat », qui était bon élève, les autres, à partir de Pâques, faisaient connaissance avec ce qu'aujourd'hui, on appellerait « le *forcing* » : travail intense dans la journée pour boucler le programme et, à quatre heures, une fois la *beurrée* avalée, entraînement copieux, une bonne dictée, deux problèmes ; contrôle des leçons données à réviser, récitation au grand galop des dates d'histoire, des noms des affluents du Rhône et autres fleuves. Ils sortaient de l'école, les joues en feu et le Joseph Charruau jurait après « ce Bon Dieu d'çartificat qu'allait y faire péter les boyaux d'la tête ! » Pour ne pas créer de jalousies, le maître imposait le même travail à François qui prenait cela comme un jeu ; il s'amusait à battre des records : après la dictée, les dates d'histoire étaient récitées en cinq minutes, les deux problèmes résolus en un quart d'heure. Il avait donc la permission de partir avant les autres et retrouvait Marie, revenue de Montjean.

Solange les avait vus passer sur la place. Elle était malade de jalousie d'être toujours évincée des jeux et des promenades de François et de Marie. S'ajoutait le dépit de finir l'année scolaire sans être présentée au certificat. Mon grand-père était bien embêté pour Pierre Cailleau, mais celui-ci l'avait tout de suite mis à l'aise :

« Faut pas vous *tabuter*[1], c'te pauv'Solange, al'a la tête vide comme une *nouzille*[2] creuse, sauf pour les cancans ! Là, al'sera forte autant qu'la Renée ! » Elle savait donc qu'elle resterait à aider sa mère et qu'elle ferait peut-être un apprentissage de couturière chez Mélanie Plumejeau ; elle se doutait que François irait « aux écoles », qu'il deviendrait « un monsieur d'la ville » tandis qu'elle aurait le

1. Se tabuter : se tracasser.

2. Une nouzille : une noisette.

sort des filles du pays : attendre dix-huit ans et se marier au gars qui la serrerait mieux que les autres dans les bals.

Elle les laissa prendre de l'avance et les suivit en se cachant derrière les haies. Comme chaque fois qu'ils venaient à la Boire, ils retrouvaient leur place favorite : ils s'asseyaient dans l'herbe et s'adossaient à un saule mort que la tempête avait fait basculer : quand Marie était plus petite, elle avait peur de ces racines enchevêtrées et hirsutes que les pluies avaient débarrassées de la terre et blanchies comme une chevelure de sorcière. C'est là qu'ils s'échangeaient leurs secrets d'enfants, leurs projets ; c'est donc là que François annonça qu'il resterait au Plessis pour faire des bateaux.

« Tu ne veux pas continuer à aller à l'école ? Tu travailles bien pourtant !

— Oui, le maître dit comme toi.

— École ou pas école, on ne se verra plus guère : moi, j'irai en pension quand j'aurai onze ans… et loin ! À Cholet ou à Angers, je ne sais pas encore, mais je ne viendrai ici que le dimanche et pas toutes les semaines ; les études, c'est long, je voudrais bien être institutrice, plus tard… Dis, François… on se mariera quand je serai institutrice ?

— On est un peu jeunes pour parler de ça.

— Non, pourquoi ? Tu voudrais, toi, qu'on se marie tous les deux ?

— Pour l'instant, on aime bien être ensemble mais quand on sera grands…

— Alors, je ne veux pas devenir grande. »

Et François reçut sur la joue un baiser mouillé léger comme une bulle. Solange sursauta : « V'là qu'elle le “bije” maintenant ! C'te fois, j'vas l'dire à ma mère ! »

Lucie éclata de rire quand Renée Cailleau, avec son air patelin et une commisération doucereuse, vint la prévenir qu'« à la Boire, i's'passait des choses et qu'pour les aut'z'enfants, c'était pas un bon exemple ».

« Parce que ta fille était invitée à la cérémonie ?

— Non, mais elle a vu.

— Si elle a vu, ce n'était pas de ta fenêtre ; donc, elle a dû les espionner en se cachant : c'est la preuve de jolis sentiments. »

L'éclat de rire passé, Lucie retrouva le ton cassant qu'elle savait prendre : « Écoute-moi bien, Renée, ces deux enfants s'aiment beaucoup et Marie, c'est la franchise même ; quand elle a envie de faire la bise à François, elle le fait sans arrière-pensée, qu'on soit là ou pas. Je ne suis pas sûre que le jeudi, au bord de la Loire, ta Solange se contente d'un baiser sur la joue ! Va donc y jeter un coup d'œil… Ma mère disait une belle vérité : “Faut pas aller fombrayer chez les voisins quand on a du fumier dans ses sabots.” Alors, tes berdasseries, c’est terminé sur ce sujet… sur ce sujet et sur d’autres, je te le rappelle pendant que j ‘y suis !

— J’voulais seulement te rend’service mais j’dirai pus ren ! »

Lucie mit les deux enfants en garde : « Les gens ici n’ont rien à faire d’intéressant, alors ils regardent si les autres ne leur donneraient pas un beau sujet de roman ; à vous, ils ne diront rien mais à Armand, à Joseph ou à moi, ils ne s’en priveront pas. » Et elle ajouta pour elle seule : « Une revanche de la médiocrité sur la pureté. »

Le certificat d’études primaires — « le çartificat » — c’était un des grands moments de la vie avec la communion et le mariage. Pour participer à la cérémonie, il fallait d’abord avoir de fortes chances d’être reçu ; les parents de l’élève et le maître se rencontraient ; la formule était rituelle : « Alors, allez-vous l’mener ? » Il n’était pas nécessaire de préciser le but, tout le monde comprenait. C’était le maître qui décidait si le gamin était digne d’être « mené » ou pas ; rares étaient les familles qui transgressaient les décisions de l’instituteur.

Le « çartificat », c’était aussi une des rares occasions de la grande toilette. Les jours ordinaires, on ne perdait pas de temps à se laver : la tête au-dessus d’une cuvette à peine plus large qu’un bol, on se frottait vite les mains et le torchon rugueux enlevait l'essentiel. La grande lessive se faisait à Pâques, dans le cuvier à faire tremper le linge, et si c'était l'année du certificat, en plus, au mois de juillet ; ceux qui habitaient près de la Loire se baignaient de temps en temps : c'est pourquoi, à l'époque, une salle de classe était une cornue qui exhalait un curieux et complexe fumet à base de purin rapporté à la semelle des galoches, de sueur rance et de pantalon *emberné*[1] qui l'emportait sur l'odeur de la craie et de l'encre ; au Plessis, l'hiver, seule l'odeur des haricots qui cuisaient sur le poêle arrivait à s'imposer.

Le matin de l'examen, on se levait à l'aube : du Plessis à Saint-Florent, le chef-lieu de canton, il y avait une quinzaine de kilomètres et on appelait les candidats à sept heures trente ! Les enfants déjeunaient copieusement pour tenir le coup jusqu'au midi et après, s'habillaient. Le pauvre candidat ! Après une nuit où il avait vu se dérouler dans sa tête en ébullition, un ballet incohérent — des trains mal aiguillés se télescopaient au lieu de se croiser, des verbes pronominaux se lançaient à l'assaut du Plomb du Cantal le jour de la bataille de Trafalgar — le pauvre candidat donc, devait endurer l'épreuve de la chemise blanche boutonnée qui l'étranglait, du

---

1. Emberné : est-il vraiment utile de préciser ?

costume noir et des souliers souvent trop étroits ! À douze ans, on grandit vite.

Cette année-là, c'est Armand qui emmenait l'instituteur et les cinq garçons : tous avaient rendez-vous à la Blinière et dans l'aube encore noyée de brume, tous ces gens en noir autour de la carriole évoquaient la préparation de quelque exécution capitale, d'autant que les plus farauds habituellement ne pipaient mot.

Toute la journée, comme au cirque, les « numéros » se succédèrent sans répit : un instituteur à moustache et barbiche, solennel comme un juge, fut chargé de la dictée ; il fallut écrire deux pages sur « un objet que vous avez retrouvé dans le grenier et qui vous rappelle de bons ou de mauvais souvenirs » ; compter le nombre de pieux nécessaires à la clôture d'un champ rectangulaire, calculer la longueur et le prix du fil de fer utilisé — évidemment, le paysan prudent en prévoyait quatre rangées — à midi, répit ! Heureusement, les maîtres du canton déjeunaient à l'Hôtel de la Loire, chez madame Rémy qui était la reine du beurre blanc entre Nantes et Angers : ils prirent leur temps ! L'après-midi, nouvelle course d'obstacles : il fallut sauter de Philippe le Bel aux affluents de la Garonne, des leviers à la récitation d'une poésie.

À midi et à quatre heures, les élèves se groupèrent autour de leur maître et chacun vérifia la qualité de ses épreuves : certains arboraient déjà le sourire de la victoire, d'autres étaient sûrs que le beau diplôme n'ornerait pas le mur, au-dessus de la commode de la chambre.

François ne connut pas tous ces tourments : il montra à son maître la dictée qu'il avait eu le temps de recopier, le brouillon de ses problèmes, ses réponses aux questions en histoire, géographie et sciences. Mon grand-père espéra qu'il remporterait la palme, être premier du canton, honneur qui rejaillirait sur la commune toute entière ; si bien qu'il ne fut pas étonné quand l'inspecteur annonça : « Premier du canton, François Bureau. »

Au village, on guettait leur retour : les familles s'étaient groupées sur la place ; on entendit chanter en haut de la rue à Vaslin, la carriole vira et François cria : « On est tous reçus ! » Pour une fois, les pères embrassèrent les fils et Clarisse appela : « V'nez tous, y a un coup à boire, c'est Joseph qui paye le Chaudefonds ! »

Pierre Cailleau ne fit qu'une courte apparition, juste le temps de soulever François, comme quand il était petit, pour lui faire une bise sonore : « Te v' là premier, c'est bien ça ! Tu les as tous "baisés !" » et à voix basse, il ajouta : « Demain, pour le café, tu viens chez moi, avec ton père et les Terrien. »

Il avait fait la leçon à sa femme et à sa fille :

« Tu vas tâcher de pas *faire l'ourbie*[1] et toi, la Solange, de pas prendre ton air de fouine qui guette un lapin. François, c'est maintenant mon apprenti, i'doit s'sentir icit' comme chez lui.

— Mais t'inquiète pas, on va l'amignonner comme un chaton de quinze jours ! Pour demain, j'vas même faire un gâtiau ».

Ils furent accueillis par une Renée avenante et une Solange en robe rose qui jouait la petite fille modèle. Lucie fit des compliments sur les bégonias qui décoraient le bord des fenêtres, mais Pierre frappa dans ses mains.

« J'ai un p'tit travail à finir dans l'atelier, v'nez donc tous m'aider, vous s'rez pas d'trop ! »

Près de l'établi, on aurait dit un long cercueil, recouvert d'une bâche verte, qui reposait sur deux madriers.

« Craignez ren ! c'est pas la boîte pour les *quat'boisselées*[2], mais la bâche, al'est si tellement grande que, tout seul, j'suis pas *en l'cas de*[3] la plier. Armand, Joseph, Lucie, prenez donc chacun un coin,

1. Faire l'ourbie : bouder.

2. Les quatre boisselées : nom donné à leur cimetière par les habitants du Plessis, la boisselée valant environ cinq ares.

3. Dans le cas de... : capable de...

moi, j'prends le quatrième, on va la faire glisser jusqu'au fond de l'hangar. »

La toile glissa, elle découvrit un bateau aux deux levées élégamment cambrées, une galiote, mais plus petite que la galiote habituelle, avec ses deux rames dont les pales reposaient sur le chef avant ; elle n'était pas enduite de goudron mais peinte couleur sable et un liseré bleu roi courait tout autour du bordage.

« Merci beaucoup, vous m'avez ben rendu service !

— Et pour qui est-ce, cette jolie galiote ? demanda Joseph.

—J'ai mis un papier dans l'fond pour pas oublier le nom et l'adresse de mon client. Tiens, François, toi qu'as d'bons yeux… »

Et François lut tout haut :

« Pour Monsieur François Bureau, la Blinière, le Plessis-Étiau, de la part de Monsieur Joseph Terrien.

— C'est ben ça, t'as ben lu, mon gars. »

François regardait le bateau puis Joseph et Lucie, le bateau de nouveau et Marie puis Armand qui n'avait pas l'air d'avoir été mis dans la confidence et qui hochait la tête, ne sachant que répéter : « Pour un joli bateau, c'est un joli bateau ! »

C'est Joseph qui rompit le silence :

« Je ne t'ai pas demandé ton avis, tu aurais préféré une bicyclette, peut-être ?

— Vous savez bien que non, Monsieur Terrien.

— Monsieur Terrien ! On va profiter de l'occasion pour que tu ne me donnes plus du “Monsieur Terrien”, c'est trop solennel. Si tu veux, je serai le parrain du bateau et Marie, la marraine ; alors, tu m'appelleras “parrain”.

— C'est vrai, dit Renée, ça faisait toujours drôle quand i't'appelait comme ça, tandis qu'i disait ben “'Man Lucie !” C'est une bonne idée ! Mais l'bateau, va falloir que tu y donnes un nom !

— Oui, mais pas trop long ; tu vois, j'ai laissé une place : la bordure bleu foncé, a' s'arrête là et a'r'commence là ; entre les deux, y a quoi ? Quarante centimètres…

— Le nom ne sera que pour moi, tant pis si les autres le voient mal. »

Il s'approcha et avec le bout de son index traça rapidement quelques mots.

« Avec des lettres de deux centimètres, plus les intervalles, le nom tiendra.

— Parce que l'nom, tu l'as déjà trouvé ?

— Oui et avec les couleurs que vous avez choisies, sans le vouloir, le nom lui va très bien : je l'appelle : *Ma galiote Marie.* » et il ajouta comme pour s'excuser de donner encore une fois à Marie la place d'honneur : « C'est normal, c'est Marie la marraine… et regardez comme ils s'accordent bien ! assieds-toi sur le chef, Marie, oui, là sur le devant… Vous voyez, la couleur sable avec le blond des cheveux, le bleu avec le bleu des yeux…

— Ma foi oui, tu vois, sans le vouloir, dit Pierre en clignant de l'œil vers François, des fois, on réussit son coup !

— Avec tout ça, dit Armand, t'as même pas dit merci… à ton parrain.

— Mais si, regardez-le, il n'en finit pas de me dire merci. »

François tournait autour de la petite galiote, caressait ses flancs, les tolets où se poseraient les rames, soulevait le couvercle de la côme, flattait la levée avant. Brusquement, il embrassa Marie et dit en riant : « Merci, marraine ! »

Renée et Solange riaient jaune : il n'y en avait que pour Marie encore une fois, mais une sorte d'espoir encore flou atténuait leur dépit ; bientôt, François serait apprenti chez elles, elles l'auraient sous la main toute la journée, elles l'enserreraient, l'enjôleraient et Solange se voyait déjà dans la galiote pour la promenade qu'elle avait réclamée en vain jusqu'ici.

« En v'là une belle journée, dit Renée ; t'es gâté, François : un beau cadeau, une belle marraine… Venez j'ai fait une tarte aux prunes et Pierre a descendu une bonne bouteille dans l'puits.

— Oui, du 1914, une vendange superbe malheureusement faite par les vieux, les femmes et les enfants… Dis donc, de quelle couleur tu veux que je l'écrive, “Ma galiote Marie” ?

— En bleu clair, couleur d'opaline, s'il vous plaît, Pierre. »

Le soir il s'enferma dans sa chambre et le cahier s'ouvrit pour recevoir un poème qui n'était plus un simple divertissement mais une prière, un exorcisme pour empêcher et la galiote et Marie de briser leurs amarres et de le quitter. Pourtant, il décida, parce qu'il sentit que Marie était trop jeune pour le recevoir, de différer son cadeau.

Quand la galiote fut mise à l'eau, Armand conseilla à François d'emmener Solange faire un tour sur la Loire : « J'sais ben qu'c'est une corvée mais autant t'en débarrasser ; après, a't'foutra la paix ; et pis, comme tu vas vivre chez eux, faut'core mieux t'mettre bien avec elle. »

La promenade ne fut pas une partie de plaisir. Solange avait voulu qu'on emmène Marie et il comprit pourquoi : elle ne cessa de s'extasier sur la force et l'habileté de François, sa connaissance des courants. Marie, droite sur la côme, les mains sur ses genoux serrés, avait plus que jamais ses yeux d'ardoise. Quand la barque quitta la rive, elle dit :

« Pas jusqu'à l'île Bourdin !

— Pourquoi, al'est pourtant belle…

— Parce que François me l'a donnée, elle est à moi. »

On se contenta d'un aller-retour à l'île de l'Alleu, le supplice était suffisant. François et Marie remontèrent la cale du Mulet sans dire un mot, étourdis par les remerciements de Solange qui battait des mains et riait comme une sotte.

Jamais le fauteuil d'osier ne fut plus utile que ce soir là. Toute la tristesse de Marie disparut d'un seul coup quand, sans préambule, François lui récita un nouveau poème :

Près de la Mouille Noire, j'ai un bateau
Qui t'attendra
Aussi longtemps
Que tu voudras

Tire la chaine et monte l'ancre
Tu glisseras
Aussi longtemps
Que tu voudras

Arrivés jusqu'à l'Océan
On se perdra
Aussi longtemps
Que tu voudras

Été 1932

En Amérique, en Alaska
On s'aimera
Aussi longtemps
Que tu voudras.

« Tu l'as fait l'autre jour, quand papa t'a donné la galiote ?

— Non… Tout à l'heure, pendant que je ramais. »

V

Novembre-Décembre 1932

À LA FIN DE L'ÉTÉ, Armand dit à Pierre :

« Faudra qu'j'achète des vêtements de travail pour François, tu viendras avec moi, tu sais mieux ce qui lui convient.

— Je m'fournis toujours dans la même boutique à Ancenis : dans not'métier, faut du souple et du solide. »

Au retour, on avait mis sur la table le gros paquet des vêtements neufs : deux pantalons de velours côtelé dont le bas serrerait les chevilles, des chemises de forte toile bleue, une veste de droguet noir, une casquette de toile, des brodequins à semelles de cuir, fortement ferrés de clous à tête carrée et ce que François trouvait le plus beau et qu'il avait exigé, le symbole de sa profession : une ceinture de flanelle rouge.

« Ren qu'avec ça, mon gars, t'auras l'air tout de suite d'un vrai compagnon. Demain, tu viendras faire connaissance avec ta caisse à outils, parce que, les outils, faut pas les mélanger ; les ceusses du patron, c'est lui qui les soigne, les ceusses du compagnon, c'est son affaire : quand les ciseaux coupent pas ou qu'ses marteaux s'démanchent, il a vite compris qu'i'faut pas les *pôtrigner*[1], mais avec toi, j'crains ren ! »

François trouva en effet sur l'établi une caisse de bois toute neuve et qui contenait tout son matériel, les outils qu'il manipulait depuis des années et qui maintenant, étaient à lui. Son rêve prenait corps, il ne lui manquait que des livres sur la marine d'autrefois pour y trouver les plans et les croquis des bateaux qu'il construirait.

Il fut convenu que le véritable apprentissage commencerait le 15 novembre. François avait promis à Lucie et à son « parrain » de passer ce jour-là à

1. Pôtrigner : manier sans précaution.

la Guitonnerie en allant au travail. Il rompit avec les habitudes ; il tira la chaîne de la cloche, poussa le portail et attendit au milieu de la cour, la casquette à la main. Quand Lucie et Joseph apparurent sur le seuil, il pirouetta plusieurs fois sur lui-même, comme un derviche tourneur, les bras écartés, la veste déboutonnée pour bien montrer la ceinture rouge : « J'ai oublié d'acheter une pipe, mais vous m'en offrirez bien une pour Noël ! » Il partit, les mains, dans les poches ; pour son âge, il était grand, déjà large d'épaules ; il marchait comme un conquérant qui foule une terre nouvelle. Au milieu de la place, il se retourna et agita sa casquette ; il disparut dans la cour de Pierre.

Lucie resta un moment la main levée et serra le bras de Joseph :

« Mon Dieu, comme c'est vite passé, l'enfance ! »

Pour Marie, une vie nouvelle commença à laquelle elle eut du mal à s'habituer : en revenant de l'école, elle ne trouvait plus François à la Guitonnerie, plongé dans l'encyclopédie de Joseph. Elle tournait en rond jusqu'à son arrivée. Dès qu'il commençait à faire sombre Pierre le libérait ; il sentait que la coupure avec les habitudes ne devait pas être brutale et que les jeux et les plaisirs de l'enfance avaient encore leur place.

Elle était aussi désorientée par le nouvel aspect physique de l'apprenti : il n'avait plus rien de l'écolier en sarrau bleu ; elle voyait arriver un jeune homme à casquette qu'elle ne reconnaissait plus ; il ne parlait plus de l'école, de contes ni d'opéras mais de la qualité des bois et des bateaux commandés à Pierre pour le printemps.

Il n'y avait qu'un moyen de l'orienter vers les féeries de naguère, c'était de le lancer sur ses projets futurs ; alors, il retrouvait son regard aigu et brillant des jours où il brodait ses légendes sur la rote à Lusseau ou le père Bigournet'.

« Tu vois, entre la Mouille Noire et la molle à Chenoir, il faudra construire un grand quai de pierre ; on y descendra par la cale du Mulet : c'est là que mes gabares accosteront pour prendre les voyageurs, une vingtaine à chaque voyage. On remontera jusqu'à Chalonnes, on virera devant le confluent du Layon, on redescendra le long de l'autre rive, on passera devant Ingrandes, puis jusqu'à Saint-Florent, on virera au bout de l'île Batailleuse et on reviendra en suivant la rive gauche. Avant, je serai obligé de bien repérer les fonds ; avec *Ma galiote Marie*, ce sera facile… Il y a un gars à Ancenis qui faisait encore des voiles… On donnera des spectacles, les jeunes se costumeront comme autrefois et chanteront les vieilles chansons, je leur apprendrai celles des cahiers de 'Man Lucie… On allumera des feux de Bengale, on fera flamber la Loire ! »

Alors, dans la féerie évoquée, Marie fermait les yeux, François ne touchait plus terre et le fauteuil enchanté protégeait à nouveau leur indispensable rêve.

Chez Pierre, l'arrivée de François nettoya l'atmosphère.

« Dommage, se dit-il, que l'gamin soye pas v'nu pus tôt : les femmes qu'étaient *archignées comme des pèlerons*[1] et qui *jagrounaient*[2] à journée, les v'là dev'nues *dringuettes*[3] comme une potée de souris ! »

Le matin, Solange restait avec sa mère et l'après-midi, jusque vers quatre heures, elle s'essayait à la couture chez Mélanie Plumejeau. Elle avait donc bien le temps de veiller sur François ; plusieurs fois dans la matinée, elle venait lui faire les yeux doux : « T'as pas faim ? ni soif ? Surtout, dis-le, j't'apporte c'que tu veux… Ah ! qu'est-ce que t'es adroit ! tu rabotes aussi bien comme mon père ! »

---

1. Archignées comme des pèlerons : de mauvaises humeur, difficiles à approcher comme l'enveloppe épineuse des châtaignes.

2. Jagrouner : maugréer.

3. Dringuettes : vives, alertes.

À quatre heures, elle se hâtait de revenir de chez Mélanie pour lui apporter le traditionnel quignon de pain aux rillettes et lui servir elle-même à boire. François reconnaissait — il ne le disait qu'à Lucie sinon Marie, quels yeux d'ardoise aurait-elle faits ! — que Solange perdait son air revêche et hypocrite et devenait une compagne supportable.

Quant à Renée, douce comme une poire d'automne, elle était collante de sollicitude : la soupe était-elle salée à son goût ? Avait-il assez de viande ? Si ce fromage ne lui plaisait pas, il n'avait qu'à le dire. Surtout, insidieuse, elle parlait de l'avenir :

« Tu t'plais ben avec nous ?

— Oui, le travail m'intéresse.

— Dans quéq'z'années, tu s'ras un bon compagnon, mais tu vas pas rester ouvrier toute ta vie ?

— Je ne peux pas vous dire maintenant…

— Ben sûr, pas maintenant mais ça empêche pas d'causer. C'qui serait une bonne affaire pour tout le monde, c'est qu'tu t'associes avec Pierre…

— Mais, sacré Bon Dieu, fous-lui donc la paix ! Tu vas voir que dans cinq minutes, a'va t'marier à la Solange !

— J'ai pas dit ça mais i'pourrait faire pus mal.

— Tiens, r'garde donc l'aut' grande *bobane*[1] qui s'tortille su' sa chaise ! Allez, viens-t'en, mon

1. *Bobane : sotte.*

François, j'vas boire un coup chez Clarisse, je t'paye une grenadine. T'as tellement ben travaillé à matin qu'tu y as droit ! »

C'est vrai que « l'gamin » avait su, en un mois, se servir des outils ; Pierre lui confiait même des tâches délicates : il taillait dans l'acacia des chevilles parfaites et à petits coups subtils de son maillet, il chevillait les *varges*[1] sur les *douces*[2] ; Pierre n'avait plus besoin de vérifier, l'assemblage était parfait.

François n'abandonnait pas pour autant la lecture et la poésie : il empruntait à mon grand-père les livres les plus divers, aussi bien *Les Rimiaux* de Marc Leclerc que le théâtre de Victor Hugo où il retrouvait l'atmosphère de l'opéra cher à Giuseppe. Il essayait de mettre en musique les poèmes qu'il rencontrait dans une anthologie et ceux qu'il composait, le soir, dans le silence de sa chambre. Quelques jours avant Noël, il fila jusqu'à l'école et posa deux feuilles sur le bureau de son maître.

« Ça ne doit pas être bien réussi parce que je ne peux me fier qu'à ma voix ; sans instrument, je n'ai pas de note de base exacte et mon *la*, c'est peut-être un *do*.

---

1. Les varges : planches qui forment la partie inférieure du bordage d'un bateau.

2. Les douces : les deux planches les plus extérieures du fond plat d'un bateau.

— Aucune importance, je vais retrouver tes notes sur ma flûte, je les jouerai telles quelles ; si la mélodie ne tombe pas bien dans ta voix, on transposera. »

Après quelques corrections, la flûte accompagna François.

« Je ne veux pas vous obliger à les garder mais si ces “berdineries” comme dit mon père, peuvent vous faire plaisir…

— Je les garderai, mais si un jour, tes poésies devenaient trop intimes, je comprendrai très bien que tu les gardes pour toi. Je copierai ces deux-là sur mon cahier, reviens les chercher ce soir.

— *Le Canard blanc*, je le chanterai le jour de Noël, à la Guitonnerie, à la fin du repas, mais l'autre, ce sera pour l'instant un secret entre nous. »

À côté du deuxième poème, mon grand-père écrivit : « François veut que *Câline* reste un secret entre nous. » Pureté et pudeur d'un petit garçon qui se sent devenir Tristan et ne veut pas trop en dire à son Yseult.

Le Canard blanc

Un jour sous un sapin blanc
Vive la neige
Dormait un petit enfant
Tout blanc
Vive le vent !

Novembre-Décembre 1932

Passe un grand cheval courant
Dedans la neige
Qui emport(e) le jeune enfant
Tout blanc
Comme le vent

Rencontrèrent un paysan
Pieds dans la neige
Qui plumait un canard blanc
Tout blanc
Duvet au vent

Le cheval et l'enfant blanc
Vive la neige
Emportent le canard blanc
Tout blanc
Vive le vent

C'est pour cela que souvent
Les jours de neige
À Noël, trois nuages blancs
Tout blancs
Cour(ent) sous le vent.

Câline

J'ai toujours voulu, dans les herbes folles
Cueillir campanule pour ma clé de sol

Alors, en chemin
Au bord de ma main
J'ai vu mon bonheur,
Marie pour mon cœur,
Marie pour mon cœur.

Tes joues de duvet, tes cheveux de plume,
Tes yeux qu'un éclair de malice allume,
Le long du chemin
Au creux de ma main
Ont fait mon bonheur
Marie de mon cœur,
Marie de mon cœur.

Passent les soleils et glissent les lunes
La ronde des jours m'a donné fortune
Au bout du chemin
Aux plis de ma main
Reste le bonheur
Marie dans mon cœur,
Marie dans mon cœur.
Refrain

Je t'ai appelée Câline
Et je t'ai gardée
Ma petite ballerine
Et je te câlinerai,
Et je te câlinerai.

Novembre-Décembre 1932

Le jour de Noël, tous apprirent et chantèrent *Le Canard blanc*. Joseph frappa son verre du manche de son couteau, toussota pour s'éclaircir la voix et sortit de sa poche une feuille pliée en quatre : chacun comprit l'importance du moment, Joseph n'étant pas l'homme des discours légers et inutiles. Il prévint qu'il ne s'agissait pas de son testament complet mais seulement d'un extrait en accord avec sa femme et sa fille.

« Je vous passe la formule : "Je, soussigné etc.", sinon vous croiriez que je suis déjà mort et que c'est le notaire qui vous fait la lecture ! Donc… Je… décide que mon domaine de l'Orchère, sis sur la commune de Chaudefonds-sur-Layon restera ma propriété tant que mes parents vivront et y demeureront et qu'ensuite il reviendra en toute propriété à mon filleul, monsieur François Bureau domicilié au Plessis-Étiau. Le domaine se compose : d'une maison et de ses dépendances, hangar et cellier avec le matériel nécessaire à l'exploitation de la vigne d'une part, et d'autre part, d'un vignoble de douze hectares trente centiares d'un seul tenant autour de ladite maison. »

Joseph replia le papier, le remit dans sa poche et regarda autour de lui :

« Eh bien ! c'est comme le jour de la galiote, tout le monde a le sifflet coupé ! »

Armand réagit le premier :

« Non, Joseph, on peut pas accepter ça… Tu t'rends pas compte… L'Orchère ? à François ? T'es pas raisonnable !

— Oh ! mais si, Armand, je n'ai jamais été plus raisonnable qu'en ce moment ! »

Il regarda François qui semblait le fixer mais dont le regard s'arrêtait sur ses propres pensées. Il allongea le bras par-dessus la table et lui agita la main devant les yeux : « Ho ! l'artiste ! Monsieur Bureau de l'Orchère ! tu es déjà parti dans tes vignes ? »

François restait figé sur sa chaise par la surprise certes, mais surtout par un excès de bonheur dont il fit l'analyse accélérée : la Guitonnerie, source d'amour, vive, intarissable ; son père, son maître, Pierre l'aimaient, il avait choisi son métier ; même le bonheur perdu, Aline et Giuseppe, c'était encore du bonheur qu'il caressait quand il le voulait ; il vivait près de sa Loire et de son bateau ; en lui, chantaient ses poèmes et ses musiques. C'était trop, son bonheur lui faisait peur. Il bredouilla des remerciements confus : il voulut parler de joie et de reconnaissance et cacha son embarras en levant son verre ; il dégusta le demi-verre de Layon qui donnait force de loi au testament de Joseph.

« D'ailleurs, reprit Joseph, un vigneron, toujours un peu tonnelier, et un charpentier en bateaux, c'est un peu le même travail ; tous les deux se battent avec du liquide : le vigneron veille à ce que le vin ne se sauve pas et l'autre, à ce que l'eau ne rentre pas. La différence, c'est que le bachot n'a pas de cannelle tandis que la busse a son douzil, Dieu merci ! Si c'était le contraire, on serait bien embêté ! Allez, Armand, le dernier coup ! Tiens, je vais faire un bout de poésie, comme François : "Une bouteille de vingt et un, ça ne saurait attendre demain !" »

VI

Été 1939

Dès que François eut seize ans, Pierre déclara que son apprentissage était vraiment terminé et qu'il lui donnerait son salaire d'ouvrier ; François reçut sa première paie dans un porte-monnaie que Pierre lui offrit en justifiant le cadeau : « Quand on paye des dragées, faut ben les mett' dans une boîte ! » Tout de suite, il voulut avoir sa cassette et dénicha dans le fond du buffet, une boîte vide de « sablés bretons ». Il y mit les billets et garda seulement dans son porte-monnaie quelques pièces pour payer un verre aux « zouaves » et ne plus se faire rincer, comme quand il était apprenti.

Depuis, les billets s'étaient entassés — il n'était pas question qu'Armand lui fasse payer sa pension — et les projets avaient roulé dans sa tête.

Il s'était surtout acheté des livres, un dictionnaire, un atlas, puis toute une documentation sur la batellerie que Marie avait dénichée dans une librairie à Angers. Puis d'autres avaient suivi, une anthologie de la poésie française, des romans, le théâtre de Hugo et de Musset et de son préféré, Racine, dont il déclamait des tirades entières. Il était amoureux de Bérénice ! Armand l'entendait depuis la cuisine :

Dans un mois, dans un an, comment souffrirons-nous
Seigneur, que tant de mers me séparent de vous,
Que le jour recommence et que le jour finisse
Sans que jamais Titus puisse voir Bérénice…

Il était jaloux de Victor Hugo, il aurait voulu avoir trouvé les mots d'Otbert déclarant son amour à Régina :

… Régina, dis au prêtre

qu'il n'aime pas son Dieu, dis au Toscan sans maître
qu'il n'aime pas sa ville, au marin sur la mer
qu'il n'aime point l'aurore après les nuits d'hiver
va trouver sur son banc le forçat las de vivre
Dis-lui qu'il n'aime point la main qui le délivre
Mais ne me dis jamais que je ne t'aime pas !

Armand comprenait seulement que François n'était plus dans les contes de Perrault ni dans la légende du père Bigournet'.

« C'est encore des gens que t'as inventés ?

— Oh non ! pas ceux-là ! Ce sont des personnages de théâtre, des gens qui s'aiment… Un empereur, une reine… et qui doivent se séparer.

— C'est pas ben gai, c'que tu lis ! C'est vrai qu'à c't'heure, le monde est pas ben gai non plus ! »

Depuis l'année précédente, on commençait à lire la première page du journal avec plus d'attention : le dénommé Hitler, on ne l'avait guère pris au sérieux jusqu'ici ; une sorte de fou, disait-on, entouré de militaires, de bannières à croix gammée, « Tout un cirque avec les musiques et le pas de l'oie, un guignol que les Boches trouvaient drôle pour l'instant mais qui durerait pas ben longtemps. » Tandis que maintenant ! En mars 1938, il avait raflé l'Autriche, en octobre, les

Sudètes ; en mars 1939, la Tchécoslovaquie, et voilà qu'il réclamait un couloir nommé Dantzig ; bientôt, il voudrait l'Alsace et la Lorraine et les vieux parlaient d'aller « lui foutre la dérouillée ». Mais la guerre, personne n'en voulait et on trouvait sympathique ce brave Chamberlain qui avait donné son nom au parapluie et Daladier, défenseur de la paix mais qui savait rappeler la puissance de notre armée. Armand se perdait dans cette Europe et François lui avait montré sur l'atlas, l'Autriche, la Tchécoslovaquie et Dantzig.

« Tu vois, Papa, si on ne l'arrête pas tout de suite, c'est notre tour dans pas longtemps. »

En mars, les hommes avaient sorti des tiroirs leur livret militaire et vérifié ce qui les attendait en cas de mobilisation : un départ immédiat pour certains, un délai d'un jour ou de trois jours pour d'autres ; chez tous, un manque d'enthousiasme qui tournait à la résignation : « I'veut ce sacré couloir ? Y a qu'à y donner et i'nous foutra la paix ! » La Pologne, c'était au diable et les moissons qui mûrissaient étaient autrement importantes. Les nouvelles étaient d'ailleurs rassurantes : des rencontres devaient avoir lieu, des pourparlers s'engageaient ; bref, « ils » apaiseraient les exigences du Führer et on pouvait sans crainte chanter *Dans la vie faut pas s'en faire*…

Été 1939

Dans le dortoir du lycée d'Angers où elle était pensionnaire et préparait l'entrée à l'École normale, Marie n'arrivait pas à s'endormir : elle aussi, les roulements lointains du tonnerre l'inquiétaient ; s'ils se rapprochaient et que la guerre se mette à flamber, elle voyait déjà François en uniforme ; pas cette année, il n'aurait que dix-neuf ans en novembre ; mais que la guerre se prolonge comme en 19 14 et il n'y échapperait pas. Elle avait le souvenir précis des récits de Joseph qui, infirmier à l'arrière du front, voyait arriver les blessés, certains aveugles à jamais, d'autres qu'il fallait amputer et qui criaient : « Non, pas mon bras, j'suis couvreur, sans mon bras, j'suis foutu ! »

Armand lui aussi, racontait l'horreur des attaques de l'aube, la mort des copains, l'appel des blessés, prisonniers des barbelés. Il en sursautait encore la nuit et se réveillait, couvert d'une sueur glacée.

Dans la journée, elle y pensait moins, le travail scolaire la sollicitait trop et ses camarades, qui n'avaient pas de François dans leur vie, chantaient Charles Trénet et glissaient dans leurs cahiers des photos de Jean Gabin ; l'inquiétude se dissipait.

Elle ne retrouvait la paix que le samedi. C'était François qui venait la chercher au train de treize heures ; il lui racontait ses occupations de la semaine, ses recherches sur les bateaux, les plans qu'il dessinait en partant des photographies et des croquis trouvés dans les livres achetés par Marie ; les parties de pêche avec Aristide : le soir, ils allaient pêcher les anguilles à la vermée et la côme de *Ma galiote Marie* se remplissait. Marie lui racontait ce qu'elle avait appris mais seulement dans les matières où il pouvait suivre : le français, l'histoire ; elle ne parlait pas des mathématiques pour ne pas lui faire sentir ses lacunes.

Le dimanche, ils se réservaient une partie de l'après-midi pour les pèlerinages vers leurs lieux sacrés : l'île Bourdin et le tour de la Boire aux Fées. Mais ils montraient une réserve gênée, une retenue cérémonieuse dans les gestes et dans les mots. Ils évoquaient leurs projets, chacun de leur côté, sans oser les faire se rencontrer : François développait ses rêves de promenades en gabares sur la Loire et de fêtes à l'ancienne ; Marie se voyait sortie de l'École normale et nommée dans son premier poste qu'elle souhaitait proche du Plessis mais jamais, comme quand elle avait dix ans, elle ne lui aurait dit : « On se mariera quand on sera plus grands ? » C'était maintenant un accord tacite et secret qu'il ne fallait pas proclamer au grand jour, de peur de tuer la force et la fraîcheur de leurs sentiments : on tue ainsi les fleurs des montagnes, dont l'éclat discret éclaire les sous-bois, et qui se fanent et meurent en quelques heures dans les vases. C'est seulement dans le fauteuil d'osier qu'ils retrouvaient les gestes de l'enfance. Épaule contre épaule, ils lisaient ensemble leurs poètes favoris et les yeux de lin se faisaient tendres quand Villon et La Belle Heaulmière les avaient pareillement émus.

Lucie et Joseph n'étaient pas aussi heureux qu'on aurait pu l'espérer : autant les amours enfantines les avaient touchés ou amusés, autant maintenant, ils semblaient inquiets. Souvent Lucie interrompait son tricot ou sa lecture, les aiguilles ou le livre restaient posés sur ses genoux ; elle fixait un panneau du buffet ou un rai de lumière sur le tapis. Joseph lui aussi restait un long moment sur la même page du journal et ses yeux immobiles ne parcouraient pas les lignes. Quand Marie était là et qu'elle s'en apercevait, elle les tirait de leurs songes : « Oh ! les parents ! on rêvasse ? Allez, allez ! au travail ! »

Elle prenait un ton volontairement trop gai pour raconter les farces inventées par les élèves pour mettre en colère le prof de sciences, mais le cœur n'y était pas : on voulait bien rire un peu, l'atmosphère frémissait pendant quelques instants mais le silence pesant et ambigu retombait.

Marie s'interrogeait : avaient-ils des soucis qu'elle ne pouvait pas partager ? Pas de soucis de travail, en tout cas : tout se vendait bien, les vignes étaient belles… De santé ? peut-être… Son père, à cause d'un cœur qui battait quelquefois comme un moteur mal réglé, avait fait la guerre comme infirmier et depuis, il demandait au docteur Merlet des contrôles réguliers. Mais, se disait-elle, elle était assez grande pour savoir, ce n'était pas un secret, cette histoire de cœur. Alors, François ? Peut-être trouvaient-ils qu'il prenait trop de place dans la vie de leur fille… Ne rêvaient-ils pas pour elle d'un mariage plus brillant ? Ils n'osaient rien lui dire et ruminaient leurs espoirs vagues et fragiles… Elle ne supporterait pas longtemps ce malaise et saurait la cause de cette inquiétude.

Un jour, elle fut à la fois inquiète et soulagée : ce samedi-là, la carriole de son père entra dans la cour. Joseph en descendit lentement et, en s'appuyant sur un brancard, attacha les guides du cheval à une basse branche du marronnier, ce qu'il ne faisait jamais, soucieux de la santé de Brillant qu'il dételait et bouchonnait dès l'arrivée. Elle vit son père traverser la cour d'un pas lourd et imprécis ; quand il entra dans la salle à manger, il était pâle ; il s'assit dans le Voltaire, la respiration courte, hésitante, comme si l'air passait mal. La tête appuyée au dossier, les yeux fermés, la main gauche au niveau du cœur, il semblait vouloir contrôler, dompter un animal insidieux qui s'était glissé en lui. Lucie était sortie faire ses commissions ; Marie demanda à son père s'il avait un remède à prendre ; il dit seulement : « Des gouttes… étiquette rouge… » Dans l'armoire à pharmacie, elle trouva le flacon : l'étiquette indiquait : « Vingt gouttes en cas de crise. » Ainsi, c'était donc ça ! Son père devait, depuis quelque temps, supporter des crises rapprochées et sa mère et lui s'inquiétaient sans vouloir en parler.

Les gouttes firent leur effet mais Lucie appela le docteur Merlet.

« Apparemment, rien de plus que cette arythmie qui crée la panique chez le malade : on croit que le cœur affolé bat ses derniers coups. Je vous prescris un nouveau traitement mais, en cas de crise, prenez vos gouttes, comme vous l'avez fait. Si vous souffriez d'une cardiopathie profonde, je vous assure que je vous le dirais. Restez tranquille chez vous pendant quelques jours… Ne vous dérangez pas pour les remèdes, je les fais préparer dès mon retour et mon fils vous les apportera demain matin, ça lui donnera l'occasion d'étrenner la “202” que je viens d'acheter. »

François, parti avec Pierre livrer un bateau, ne passa pas ce soir-là. Aussi, le lendemain, ne fit-il pas dix mètres dans la rue à Vaslin. Il resta immobile sur la berme, les yeux fixés sur cette voiture neuve dont le journal, en mars, avait tant parlé. À qui pouvait-elle être ? Il fit rapidement le tour des propriétaires éventuels et reprit sa marche, en allongeant le pas : ce ne pouvait être que le docteur Merlet et pour qu'il soit là un dimanche matin… Il courait presque en traversant la cour et entra en coup de vent dans la salle à manger ; il ne vit d'abord que Lucie et Marie.

« Parrain est malade ?

— Non… enfin si, un peu… Voici le fils du docteur Merlet qui est venu apporter les remèdes. »

Il était assis au bout de la table, un peu dans l'ombre et François ne l'avait pas vu.

« Excusez-moi… Bonjour, Monsieur.

— Bonjour ! Ne vous inquiétez pas pour votre parrain, il n'y avait pas d'urgence ; seulement, j'avais tellement envie d'essayer la "202." Je n'ai pas encore mon permis mais, sur nos petites routes, on peut se laisser tenter sans risque. C'est vraiment une voiture très agréable, direction souple, moteur silencieux… »

François retrouva le fauteuil-refuge, loin de la table et de la conversation à laquelle, ostensiblement, il refusa de s'associer. Il prit même l'air du monsieur dérangé dans ses habitudes par un importun qu'il ne peut éconduire, regardant par la porte-fenêtre et, les jambes croisées, pianotant sur son genou.

Marie, droite sur sa chaise comme une jeune fille bien élevée, écoutait les explications du jeune homme sur ses études et intervenait de sa voix la plus suave : « Oui, ce doit être bien agréable » ou « Ce sont, en effet, des matières passionnantes ! » Elle souriait avec toute la panoplie de ses charmes, les yeux bleus avaient viré au lin le plus clair et la fossette se creusait délicieusement. En réalité, elle écoutait distraitement ; elle imaginait François, crispé dans son fauteuil et se disait avec gourmandise : « Il est jaloux, mon François, c'est délicieux ! »

… « Mais le plaisir de l'étude doit se payer par l'examen : le bachot dans trois semaines… Vous-même, avez-vous pareille épreuve à subir ? »

Marie raconta à son tour : le lycée, le concours, l'angoisse…

« Alors, Mademoiselle, nous serons en sympathie, nous aurons le cœur battant à peu près le même jour.

— C'est toujours angoissant, mais l'un comme l'autre, vous avez eu de bonnes notes tout au long de l'année, vous ne devez pas être inquiets… Et après, Monsieur Philippe, vous vous destinez à quoi ? »

(« Monsieur Philippe ! Voilà 'Man Lucie qui s'y met ! Elle va l'inviter à déjeuner si ça continue et je devrai supporter le mannequin ! »)

Philippe Merlet n'avait ni pantalon de velours ni ceinture de flanelle, mais un costume de tweed avec pantalon de golf, des chaussettes écossaises et des souliers à piqûres, style anglais…

(« Évidemment, il lui en met plein la vue, à la petite ! »)

… « En vérité, j'hésite : la médecine évidemment, mon père le souhaite ardemment mais j'en vois trop les inconvénients, toujours sur les routes, les urgences en pleine nuit, non merci ! Peut-être le droit… la magistrature ou l'administration préfectorale, en tout cas, comment dire… un métier noble où on a la possibilité de vraiment servir une belle cause, un beau métier comme on dit…

— L'ébénisterie, par exemple… l'école Boulle, quelle merveille ! C'est l'école idéale, on y exerce tous les talents : l'intelligence de la conception, le sens artistique, une adresse manuelle hors du commun… Remarquez que déjà, pour faire une belle galiote… »

Le futur préfet faillit avaler sa cravate, les yeux d'ardoise fusillèrent François et 'Man Lucie, après un bref arrêt de sa respiration, tenta de remettre la situation à l'endroit :

« C'est bien François, ça ! Il ne rêve que de bois et de bateaux et voudrait entraîner tous les jeunes dans son sillage !

— Mais quand je parlais de métiers nobles, j'y incluais aussi les métiers manuels. Seulement, comme je suis très maladroit, je me vois mal un marteau à la main !

— On croit qu'on est maladroit parce qu'on n'essaie pas : je suis sûr qu'en une heure, je vous apprends à raboter correctement. C'est d'ailleurs pareil pour toutes les activités. Moi qui n'ai que mon certificat, je me suis bien mis à la musique et à la poésie : en prenant mes mesures sur les planches, je chante Schubert et je me récite Ronsard. C'est très agréable, tout travaille : la tête, le cœur, les mains…

— Certainement. »

Un ange passa. Les projets vers les hautes sphères se dégonflèrent et Philippe se sentit comme dominé. Il se tourna vers Marie :

« Il convient d'abord de réussir à nos examens, ce qui n'empêche pas de prendre un peu de détente : si vous le permettez, Madame, je serais heureux d'emmener Mademoiselle Marie faire un tour en voiture samedi prochain.

— Mais bien sûr que je permets ! Et toi Marie ?

— Oui, avec plaisir, et après avoir essayé la voiture, je pourrai convaincre papa d'en acheter une : la charrette et le cheval, ça devient antique et démodé ! Il est…

— D'autant plus que la vente de Brillant aux abattoirs atténuera les frais. »

Chez les anges, ce fut la bousculade, ils voulaient tous passer ! François ajouta tout de suite :

« Ou plutôt, je le rachèterai, Brillant, l'âme d'un cheval vaut bien un moteur… »

L'atmosphère s'épaississait : Marie ne disait plus un mot et seule, Lucie se débattait pour maintenir un peu de chaleur dans la conversation :

« Tu penses bien, mon petit François, que Joseph ne vendra pas Brillant, une si bonne bête… Pour en revenir à samedi…

— Monsieur Philippe pourrait venir dès que je serai arrivée de la gare, vers deux heures…

— Vous arrivez à Champtocé ? Mais alors, c'est tout simple : je vous prends à la gare, nous faisons notre promenade et je vous dépose ici au retour…

— Et les joies de la civilisation moderne, dans les effluves de l'essence effaceront le plaisir démodé du claquement des sabots et de l'odeur vulgaire du crottin ! »

Philippe se leva le plus lentement qu'il put :

« Donc, entendu pour samedi. Je vais prendre congé et vous remercie de votre bon accueil. J'ai passé un très bon moment et… »

Petit à petit, il s'approchait de la porte pour n'avoir à saluer dans la cour que Lucie et Marie qui le suivaient et laisser François qui, après sa dernière amabilité, s'était mis à lire le journal. Il entendit la voiture démarrer et lui qui soignait toujours son vocabulaire, lâcha entre ses dents : « Quel petit con ! »

Les deux femmes rentrèrent, furieuses, dans la salle à manger.

« Mais enfin, François, qu'est-ce qui t'a pris ?

— Tu aurais pu être au moins correct chez mes parents ; tu n'avais qu'à te taire si ce qu'on a dit te déplaisait.

— J'ai eu tort, c'est vrai, excusez-moi, 'Man Lucie. (Mais la colère le fit rebondir.) Je n'ai pas supporté qu'il essaie de vous jeter de la poudre aux yeux avec ses études : il en avait plein la bouche de sa “magistrature”, de son “administration”, de ses métiers nobles, un pédant, oui !

— Tu es injuste, il a parlé de son examen, de son avenir, comme toi-même, tu parles de tes projets. Évidemment, il a les manières de son milieu… Tu le condamnes bien vite.

— C'est plus simple que ça, Maman : François est jaloux.

— Jaloux ! Moi ! De cette gravure de mode avec ses cheveux gominés !

— Ce n'est pas de son aspect que tu es jaloux, c'est parce qu'il est le premier jeune homme à s'intéresser à moi. Tu ne supporterais pas plus qu'on emprunte ta galiote sans te prendre comme pilote ! Ce garçon va m'emmener faire une promenade en voiture, un point, c'est tout. Figure-toi que je ne suis pas une pauvre bécasse que trois belles phrases vont ensorceler. Si la main de ce gentil jeune homme s'égare quand il changera ses vitesses, adieu la route de la Guitonnerie ! »

Elle alla s'asseoir dans le grand fauteuil, frappa du plat de la main sur la place libre à côté d'elle :

« Allez, viens et ne “fais pas l'ourbie” comme on dit ici. »

Comme naguère, elle glissa son bras sous le sien.

« Tu n'as donc pas confiance en moi ?

— Si.

— Alors tout va bien. »

Du bout de l'index, elle obligea François à la regarder :

« Fabrique des galiotes, c'est le plus beau métier du monde. »

François s'en voulut de la scène du samedi : il avait été ridicule de jalousie et blessé Marie en la croyant facilement séduite par un costume de tweed, une belle auto et un avenir prometteur ; il avait mis Lucie dans une situation délicate et l'avait obligée à des pirouettes diplomatiques qui ne convenaient pas à sa nature franche. Il essaya de se racheter lors de sa visite du dimanche soir et Lucie s'amusa à l'entendre vanter le rôle des études supérieures et les qualités de ceux qui s'y lançaient.

Lucie l'apaisa : « Tu as été excessif parce que, comme nous trois ici, tu n'aimes pas la gloriole et l'artifice. Mais je suis sûre que ce garçon gagne à être mieux connu ; il a exagéré certes lui aussi, il a voulu devant une demoiselle, faire son numéro, il a joué au coq, ébouriffé ses plumes, jeté son petit cocorico : un petit homme ! Que Marie ait été flattée qu'un jeune homme s'intéresse à elle… On est toujours un peu coquette à seize ans ; moi-même, à son âge ! »

François fut soulagé et aurait retrouvé la paix si Solange n'avait pas remis l'affaire sur le tapis. Toujours à l'affût, rien ne lui échappait quand elle cousait près de sa fenêtre dont elle écartait les rideaux. Dès le lundi, elle attaqua :

« Ils ont eu de la visite chez les Terrien, samedi ? C'était pas le docteur ?

— Si.

— C'est Joseph qu'est malade ?

— Oui.

— Mais c'est pas lui qu'est rev'nu dimanche matin, on aurait dit son fils ?

— Il a apporté les remèdes.

— Eh ben ! Il a été ben reçu ! Al'y en ont fait des “à'r'voir” avec la main… Forcémement, c'est un monsieur ! »

François sentit venir les insinuations et décida de s'amuser un peu :

« Comme tu dis, un monsieur mais un garçon charmant avec lequel j'ai bavardé très agréablement ; avec ça, intelligent et qui se prépare à de hautes études ; il aura une belle situation... Et beau garçon, élégant...

— Marie, a' pourrait ben l'trouver à son goût ?

— Ce n'est pas impossible, ils ont beaucoup de points communs : l'aisance des familles, les études...

— Nous, à côté, on n'est que des culs-terreux !

— Exactement ! Des pauv' péquenots !

— N'empêche ! Si toi et moi, on mettait dans la même boîte tout c'qu'on aura, toi, la ferme et moi, l'atelier, ça f'rait un beau paquet !

— Sûr ! Il y en aurait de plus malheureux. »

La pauvre Solange prenait les paroles de François pour de l'argent comptant et se disait que Marie avait dû lui montrer nettement que le fils Merlet, c'était autre chose qu'un charpentier. Jusqu'au soir, elle fut plus que jamais aux petits soins pour François ; elle le reconduisit jusqu'au portail de la Guitonnerie. Elle riait très fort pour rien et s'accrochait au bras de François pour montrer à Lucie, si elle arrivait a l'attirer à la fenêtre, qu'elle commençait à prendre sa revanche. Elle revint chez elle pleine de reconnaissance pour ce Philippe qui, sans le vouloir, pousserait François dans ses bras.

Lui se dit que la plaisanterie avait assez duré : « Bête, elle l'est, mais méchante, encore plus, donc cesser le jeu le plus vite possible. »

« Marie n'vient donc pas aujourd'hui que te v'là déjà rev'nu au travail. Tu vas pas la chercher ?

— Non, Pierre, pas aujourd'hui… Madame a son chauffeur !

— C'est i' pas l'fils Merlet ?

— Oui… “monsieur” Philippe !

— Les femmes arrêtent pas d'en causer depuis la semaine dernière où il a déjà v'nu !

— Aujourd'hui, il va la chercher à la gare et après, il l'emmène faire un tour dans la nouvelle “202” de son père.

— Et t'as pas peur pour ta “p'tite galiote” ?

— Non, je la connais bien, elle est vive mais stable ; ne la mène pas qui veut. Elle est fière comme une frégate : à la première erreur de navigation, le mauvais pilote se retrouverait par-dessus bord. »

Il se remit à son travail ; il s'était réservé pour ce jour-là le plus minutieux pour être sûr d'avoir l'esprit bien occupé : des mesures et des tracés, des découpes délicates, des finitions à la plane qui obligeaient à l'attention la plus sûre. De temps en temps, il tirait de sa ceinture sa montre d'argent et trouvait que le temps ne passait pas vite.

Solange guettait elle aussi et venait commenter la durée de la promenade :

« I' s'en payent tous les deux ! L'beau jeune homme, i' y en raconte des choses dans l'creux d' l'oreille ! La Lucie, a' doit êt' contente, a' s'dit que, pus qu'ça dure, pus que l'gars Merlet, i' s'fait embobiner ! »

La voiture avait à peine tourné le coin de la rue à Vaslin pour descendre à la Guitonnerie que Solange bondit dans le hangar : « Les v'là ! » Elle tira François par la manche de sa chemise : « Viens donc voir ! les v'là, j'te dis ! »

Il résistait et faisait celui qui n'était pas pressé. Il posa la pièce qu'il travaillait et vint à la porte de l'atelier d'où on voyait le portail de chez Marie.

La voiture avait fait un demi-tour pour être prête à repartir. Philippe sortit, fit le tour de la « 202 » et ouvrit solennellement la portière du côté de Marie, en s'inclinant légèrement ; Marie lui fit une courte révérence. Lucie et Joseph sortirent dans la cour et Marie se lança dans des explications ponctuées de gestes qui semblaient indiquer des changements de direction : elle devait reconstituer l'itinéraire suivi car Lucie s'exclama :

« Jusque-là ! » Joseph prit Philippe par l'épaule et tout le monde entra au milieu des rires.

Solange accompagna François à son établi et se mit à faire la folle comme si la promenade des autres l'avait mise en joie :

« Quand t'auras des sous, t'achèteras une auto, François, et tu m'emmèneras, hein ? J'aimerais aller jusqu'à Nantes et au bord de la mer. Dis, Papa, pourquoi qu't'en achètes pas une d'auto ; on irait tous en promenade, le dimanche… Nous aussi, on a des sous…

— Arrête donc, grande bobane, que tu nous casses les oreilles avec tes berdassages… Viens, François, on va r'tourner le bachot, l'coltar est sec à l'intérieur ; demain, on finira l'extérieur parce que le père Berthelot voudrait l'mettre à l'eau la s'maine prochaine… Rentre donc à la maison, toi, on t'a assez vue ! »

Pour François, la comédie de l'indifférence n'avait que trop duré et, malgré sa confiance en Marie, il voyait se tisser autour d'elle une toile dangereuse. Il était déçu et dérouté par l'attitude de Lucie et de Joseph qui accueillaient Philippe avec trop d'empressement ; il craignait leur influence sur Marie : ils ne manqueraient pas de faire miroiter à ses yeux le bel avenir du jeune homme, son aisance, la vie agréable et facile qu'il pourrait offrir à sa femme, des arguments qui trottent dans l'esprit d'une jeune fille de seize ans.

Il resta appuyé au bachot renversé et Pierre sentit que ce n'était pas le moment de l'abandonner.

« Toi, mon François, t'es en train d'ruminer ; et des choses qu'en valent pas la peine, crois-moi !… Essaie d'comprendre : le gars Merlet, il est tout content d'avoir une jeunesse à épater, tu parles si c'est facile ! "Et mon père médecin, et ma belle auto et l'lycée et les écoles où que j'vas dev'nir une grosse légume." La p'tite, ça la flatte et les parents… ben, c'est des parents qui s'disent que l'oiseau a d'belles plumes et qu'i' chante ben. Mais moi qu'a point été "aux écoles", j'trouve que tout ça, ça fait un peu théât' : i' vont jouer leur rôle un p'tit moment et pis la pièce, a' va vite êt'finie, chacun va r'prendre sa place, le gars Merlet, i' va r'trouver les filles de "la haute" et Marie qu'est pas faite pour les manières, a'va s'dire que son cheval qui l'attend su'la place de la gare, c'est plus joli qu'une auto. Tu verras qu' j'dis vrai ! »

On entendit démarrer la « 202 ».

« Le v'là parti ! On a assez travaillé pour aujourd'hui. Va donc faire ton p'tit tour à la Guitonnerie, mais y va pas avec c'te tête de croque-mort, tout *gourmaché*[1], sinon t'auras pas la gagne.

---

1. Gourmâché : angoissé.

Montre-leur pas ton émoyance, tu verras vite comment que les affaires s'emmanchent. »

« Pierre a raison, se dit-il, je prends mon air le plus naturel et je les laisse venir. »

Il traversa la cour en chantonnant, frappa à la porte-fenêtre, ce qu'il ne faisait jamais et attendit :

« Tu frappes, maintenant, avant d'entrer ? »

Il prit une voix chevrotante et fit trembler sa tête et ses mains :

« Ayez pitié ! j'suis un pauv' chemineau qu'a grand faim et grand soif !

— Entrez, mon pauvre homme, je vais... vous flanquer une bonne roustée, oui ! »

Il reprit sa voix normale.

« C'est vrai que j'ai grand soif ! tout l'après-midi, je n'ai fait que du travail minutieux : des mesures, des ajustages. J'en ai les yeux qui me piquent, vivement ce soir que je me couche ! Et vous tous, ça va ?

— Philippe est venu me chercher comme convenu... Une vraie virée ! On est revenu sur Montjean, on a traversé le pont, filé sur Champtocé et Ingrandes. Sur les petites routes, il n'allait pas trop vite, mais sitôt dans une ligne droite, il accélérait jusqu'à quatre-vingt à l'heure. Dans les bourgs, il ralentissait et faisait de grands saluts aux gens : ils nous regardaient avec des yeux ronds ! Qu'est-ce qu'on a ri !

— Une voiture neuve, ça doit filer ! Mais vous avez eu le temps de vous arrêter pour voir les curiosités de la région ?

— Euh… non… on a vu… la campagne, la Loire, les ponts…

— Vous ne vous êtes pas arrêtés à Saint-Florent ? Dommage ! Dans l'église, sur le Mont-glonne, vous n'avez pas vu le tombeau de Bonchamps ?

— Qui est-ce, ce Bonchamps ?

— Un chef vendéen, blessé au combat ; avant de mourir, il avait demandé la grâce des prisonniers républicains. Son tombeau est de David d'Angers, le sculpteur.

— Ce n'est pas gai comme visite !

— Non mais c'est tellement beau ; vraiment dommage de l'avoir manqué !

— À Champtoceaux, on a bu une limonade au café juste au bord de l'eau…

— Et vous êtes montés jusqu'au Champ-Pallu ?

— Il y avait encore un tombeau à voir ?

— Non, c'est une promenade, juste au bord du coteau : on domine la Loire, les îles, on voit très loin, c'est le plus beau panorama de la région… Décidément, monsieur Merlet n'est pas amateur de belles choses !

— Oh si, sûrement, mais il voulait juste me faire essayer la voiture. Une autre fois, on fera une promenade plus instructive, mais il ne reviendra pas tout de suite, il a ses révisions à faire pour son bachot…

— Et toi pour ton concours. Vous vous rattraperez pendant les vacances.

— Ce ne sera guère facile : sans permis, on peut se risquer à faire une sortie mais pas renouveler le risque chaque semaine !

— Et en plus, si ce n'est que pour te faire avaler des kilomètres… »

François menait la conversation d'un air détaché : tout en parlant, il parcourait négligemment le journal comme si la sortie en voiture n'avait été qu'un jeu sans importance pour lui, sans grand intérêt pour eux, un détail qui n'avait pas perturbé son travail de l'après-midi.

Lucie et Joseph étaient perplexes : ce calme distant, cette sollicitude ironique contrastaient avec la crise de jalousie de la semaine précédente.

Entre eux, ils reconnurent que Philippe était un jeune homme bien élevé et agréable dont les visites régulières ne leur déplairaient pas, qu'ils encourageraient même, mais ils tempéraient leurs projets : « Ils sont bien jeunes, les études les sépareront l'an prochain ; s'ils tiennent à se revoir, avec Marie, pas de souci à se faire, elle nous le dira vite… »

« Le grand amour, ajouta Joseph en riant, c'est comme le vin blanc des grandes années : au début "une bernache" bien trouble ; après, une fermentation subtile et enfin, la topaze lumineuse et limpide qu'on garde quarante ans ! »

Quand François sortit de sa chambre, Armand faillit avaler de travers sa gorgée de café au lait :

« Comme te v'là *emboubliné*[1] dans ces vieux *affûtiaux*[2], on dirait un coureux ! Tu vas effrayer la Solange, a'va pus vouloir de toi !

— Si seulement tu disais vrai ! je les remettrais bien tous les jours, mes affûtiaux, comme tu dis. »

Il avait en effet enfilé les vieux vêtements usagés que son père mettait pour les travaux salissants : une chemise, un pantalon, et une veste, sans âge et sans couleur, qu'Aline lavait une fois l'an et qui, depuis sa mort, gardaient les traces de leurs combats : des taches terreuses et brunes qui pouvaient faire croire qu'on avait couché avec eux dans le fond d'un fossé.

« Ce matin, je passe le coltar sur le bateau de Berthelot, ce n'est pas le jour de me mettre sur mon trente-et-un ! »

Pierre aussi éclata de rire.

---

1. Emboubliné : enveloppé

2. Affûtiaux : habits.

« Heureusement qu'Aristide a attaché son chien, t'arrivais pas jusqu'ici ! Comme t'es là, tu veux passer le coltar ?

— Oui, ce matin ; le temps que ça sèche… »

Il atteignit le bidon dans le bas du placard aux outils, le posa par terre et le serra entre ses pieds pour soulever le couvercle. Le liquide noir sentait fort, une odeur de pharmacie qui le fit éternuer.

« À tes souhaits ! »

Il se dit : « Elle est déjà là, tu parles d'une glu ! »

Il dit merci sans relever la tête.

« Tu pourrais quand même me r'garder ! »

Il jeta un rapide coup d'œil, histoire d'être poli mais faillit lâcher le couvercle et dut se contrôler pour ne pas éclater de rire.

« Eh bien, dis donc ! tu vas à la noce !

— Non, mais à mon âge, il est temps de se mettre à la mode. »

Elle avait dû y passer tout son dimanche, à se mettre à la mode ! Le résultat était plus surprenant qu'encourageant : elle avait raccourci sa jupe de vingt centimètres si bien que ses jambes grêles en apparaissaient encore plus cagneuses ; son corsage blanc était largement ouvert. Elle avait voulu faire friser ses cheveux raides avec des bigoudis, mais l'opération n'avait réussi qu'au sommet du crâne ;

autour des oreilles et dans le cou, des queues brunes pendouillaient : on aurait dit un caniche mal tondu.

« Tourne donc un peu qu'on admire l'ouvrage ! »

Elle faillit tomber : elle avait chaussé des souliers à talons hauts et se tordait les chevilles sur le sol inégal de l'atelier. François se disait : « Soyons charitable ! » mais il trouva que l'expression « bâton-pouillé » que Pierre employait pour qualifier sa fille était parfaitement justifiée ; la pauvre, sans fesses ni tétons et serrée dans ses vêtements étroits, elle passerait par la chatière de Pompon.

En tournant plusieurs fois pour se faire admirer, elle avait dispersé une odeur qui fit capituler celle du coltar, un parfum épais et insolite où se mêlaient la violette, l'héliotrope et le muguet, encore que l'hésitation dans l'analyse était permise, tant les composants se dénaturaient plus qu'ils ne s'accordaient. François eut peur que le tête-à-tête se prolongeât.

« Pierre, venez voir la métamorphose !

— Oh ! mon pauv'gars ! J'ai déjà vu et senti depuis ce matin, même que mon café avait goût de c'te mixture capab'de faire tourner l'lait ou d'*endrôver*[1] un cent d'puces ! Et toute cette *piâcrée*[2] qu'a

1. *Endrôver : endormir, engourdir.*
2. *Piâcrée : couche pâteuse étalée sur une surface.*

s'est beurrée su'la goule ! Ma pauv'Solange, tu ressemb'aux mannequins du jeu de massacre. Sors pas t'promener, on va t'jeter des pierres ! »

François essaya d'atténuer la cruauté du jugement.

« C'est bien, Solange, que tu essaies de t'arranger un peu, mais tu as voulu trop en faire et toute seule : une bonne couturière t'aurait taillé une jolie robe à fleurs toute simple et la coiffeuse de Montjean aurait fait boucler tes cheveux ; avec un rien de rose sur les joues, c'était parfait.

— Alors, comme ça, j'te plais pas ?

— Si c'est pour moi que tu t'es mise en frais, c'est raté. Mais c'est surtout pour toi que c'est raté : quand tu t'es vue dans la glace, tu t'es reconnue ? Non, hein ! Tu aurais dû te dire que c'était mauvais signe.

— J'voulais être comme une fille de la ville…

— Laisse donc les filles de la ville jouer les épouvantails. Pense à ce que j'ai dit : une robe à fleurs, deux heures chez la coiffeuse et tout le monde sera content. »

Marie comptait sur son calendrier : « Aujourd'hui, mercredi 5 ; 5 et 7, 12… L'examen le 15 ; donc, une huitaine de jours à faire mes révisions, tranquille à la maison ! »

Dans le train qui la ramenait vers Champtocé, elle appréciait à l'avance les jours de congé que la directrice lui avait donnés, congé studieux certes, mais qui romprait avec le rythme accéléré des dernières semaines de l'année scolaire où le programme devait être bouclé. Ce serait dimanche chaque matin et elle sentait déjà la gelée de framboise qui tremblait sur le pain grillé encore chaud, le café au lait dans le bol rose, les abricots dans la corbeille de jonc, la tresse blonde et vanillée de sa mère. Et chaque soir, François viendrait mettre son nez dans ses livres et accrocher dans ses cheveux un copeau à l'odeur de tabac blond. Après le dîner, la galiote les emmènerait et, ancrée au bout de l'île de l'Alleu, elle leur offrirait vers le pont d'Ingrandes ce qu'ils regardaient toujours comme si c'était la première fois : « le soleil moribond s'endormir sous une arche », la lave rouge et figée du fleuve et les soieries orientales du ciel…

Elle traversa la salle d'attente et tendit son billet au chef de gare qui regarda vers la porte de sortie :

« Vot'chauffeur vous attend.

— Mon chauffeur ? »

Sur la place de la gare, Brillant, à grands coups de museau sous le bras de François, réclamait les habituelles croûtes de pain du trajet.

« Ah ! c'est toi !

— Pardi, évidemment, et il prit le parler du terroi, j'sé v'nu en charte à ch'vau, j'avons point 'core la nouvelle auto ni la belle cassette mais j'sé tout d'même tout à vout'service, Mam'zelle Marie."

— C'est bien quand même, mon ami ; prenez donc cette serviette pleine de livres, cette valise et aidez-moi z'à monter.

— Sauf vout'respect, faut'i vous pousser au cul ?

— En voilà des manières, Firmin !... Fais-moi donc la bise, plutôt, vilain sujet !

— Avant de partir, ma petite galiote, une grande nouvelle : parrain va acheter une auto. Tu n'en reviens pas ?

— Il n'en a jamais parlé !

— Même 'Man Lucie n'était pas dans le secret ! Moderne, le parrain ! Il paraît que Brillant ne va plus assez vite, qu'il perd du temps pour aller à Chaudefonds : il nous emmènera en promenade le dimanche. Bref, il s'est renseigné auprès du garagiste de Saint-Florent : tu sais ce qu'il veut acheter ? Une traction avant !

— Rien que ça ! Mais il ne sait pas conduire !

— Le garagiste va lui apprendre et paraît-il, à moi aussi ! C'est du coup que tu auras un chauffeur à domicile... et qui t'emmènera voir le tombeau de Bonchamps !

— Tu as la rancune tenace ! tu ne l'as pas digérée...

— Mais si... Hue, Brillant ! C'est vrai qu'il se traîne ce cheval.

— Rien de neuf au Plessis ?

— Ah si ! Solange va faire du cinéma. (Il lui raconta la robe raccourcie, les frisettes ratées et les talons hauts.)

— La pauvre ! et tout ce carnaval pour te tourner la tête ! »

Elle prit la voix d'un bonimenteur de foire :

« Et bientôt, dans cette salle, les grandes vedettes Solange Cailleau et François Bureau dans leur nouveau film *Le Plessis en folie* ! Et depuis ? »

— Elle a quand même compris, elle a remis des robes normales et ses souliers plats. Après "la folle journée", je la trouverais plutôt moins laide.

— Hé ! Hé ! On va aller à la noce ! »

Ils arrivaient au bas de la rue à Vaslin. Marie tourna la tête comme elle le faisait toujours pour goûter la paix de son église et des maisons basses.

« Tiens, la mariée est déjà sur le pas de sa porte, elle attend son Prince Charmant... À vous le doux hyménée dans le parfum des lys et de l'encens ! À ce soir, travaille bien et sois sérieux ! »

Dans leurs vêtements noirs et épais, les deux hommes étouffaient mais ils n'avaient pas deux costumes à se mettre, le même convenait aussi bien aux mariages d'hiver qu'aux enterrements d'été. Armand et Pierre avaient hâte d'enterrer le père Vigneron, le menuisier, de boire un coup avec les connaissances et de rentrer pour troquer leur carcan contre les braves vêtements de travail, amples et souples.

François tournait en rond dans le silence de l'atelier. Pierre lui manquait. Quand les beaux jours revenaient et, avec eux, les sorties sur la Loire, la pêche et les promenades dans les rotes, il avait besoin de partager sa gaieté avec lui : il lui chantait les chansons de Giuseppe, lui expliquait ce qu'il avait lu dans les livres de Joseph et de Marie. Ils riaient tous les deux comme des écoliers en vacances quand Pierre sortait de sa mémoire un vieux rimiau ou une histoire égrillarde. Le soir, c'était le « François du Soleil » qui venait « donner la sérénade » à Lucie, comme il disait ; il la faisait rêver et rire avec ses inventions et ses projets.

Sitôt qu'il était seul, l'image qui bondissait hors de ses pensées, c'était Marie, mais il n'y pensait plus comme naguère, au temps de Chat-Rayures et des légendes inventées. Il était devenu un homme plein de force dont le cœur battait plus vite quand Marie venait s'asseoir près de lui et qu'il attendait la caresse presque douloureuse du baiser du soir. Il composait toujours pour elle des poèmes, mais il ne les lui offrait plus — elle ne les réclamait pas — comme si le moment de les lire n'était pas venu : il les réservait pour le jour de « sa déclaration d'amour » et il donnait à l'expression banale et usée la fraîcheur tendre et la force contenue que les troubadours, au temps de l'amour courtois, exprimaient dans leurs poèmes à leur Dame inaccessible.

Il eut soudain besoin de bruit autour de lui ; des planches attendaient d'être débitées pour la mise en chantier d'un nouveau bateau. Il enclencha la manette du contact et le souffle velouté de la scie se mit à ronronner.

Il engageait la première planche contre les dents du ruban quand Solange se planta devant lui : « Allons bon ! encore une séance de séduction qui se prépare ! Autant couper le courant et finir. » Elle avait suivi ses conseils : la coiffeuse avait changé ses cheveux raides en une légère ondulation qui adoucissait son visage et une robe à petites fleurs bleues et roses remplaçait la jupe trop courte.

« Alors, tu m'aimes mieux comme ça ?

— Peu importe que j'aime ou que je n'aime pas ! Tu ne vas pas me mettre tous les jours, ta robe et ton indéfrisable sous le nez ! Ton accoutrement de l'autre jour était ridicule, tu l'as enlevé : parfait ! Maintenant, j'ai du travail…

— Pourquoi tu m'regardes pas mieux et qu'tu m'parles pas ?

— Mais que veux-tu que je te dise ? De quoi veux-tu que je te parle ? De tes leçons de couture chez Mélanie, de ce que tu planteras dans tes massifs le printemps prochain ? Ou de la fille Guérif qui va peut-être se marier avec le gars Derouineau ? On en parle cinq minutes et après ?

— On pourrait parler de nous. »

Elle s'approcha de François et accrocha les deux mains à ses épaules.

« Si j'ai fait tout ça, c'est pour te plaire. Tu vois donc pas que je t'aime... Si tu voulais, on s'rait heureux : t'aurais la maison, l'atelier, t'embaucherais des ouvriers, on serait riche... Pourquoi qu'tu veux pas... Je ferais c'que tu voudrais, j'te dis oui à l'avance. »

Insensiblement, elle le poussait vers le fond du hangar, ses mains se nouaient derrière la nuque de François et elle approchait son visage du sien pour l'embrasser.

« Ça suffît, Solange ! »

Et, d'un geste brutal, il lui saisit les poignets et la repoussa contre l'établi :

« On va finir cette comédie une bonne fois : tu sais très bien que je ne t'aime pas et tu crois m'avoir en faisant bêtement briller ton miroir aux alouettes ! C'est le travail que j'aime et non pas être propriétaire de l'atelier ; une maison, j'en ai une ; des gens que j'aime et avec qui je peux parler, rire, chanter, j'en suis comblé !

— Tu préfères ta Marie !

— Oui et tu seras même la première devant qui je le dirai ; elle le sait que je l'aime depuis toujours — et là, il se parlait surtout à lui-même — pas seulement parce qu'elle est belle et intelligente mais pour les grandes raisons inexplicables de l'amour : elle est l'air de ma respiration, la muse de mes projets ; ma vie, c'est son départ et son retour, le flux et le reflux de mon attente… À côté, tes manigances sentent mauvais. Voilà la vérité !"

— Parlons-en d'la vérité ! Y a des fois qu'on sait pas tout, même si on fait le malin !

— Depuis toujours avec Marie, on s'est tout dit.

— Oui, mais y a des choses que Marie peut pas t'dire parce qu'a'les sait pas… tandis qu'd'autres, i'savent…

— Encore tes cancans ! Allez, vas-y ! Déballe un de ces beaux ragots que tu aimes bien grignoter avec tes dents de sale fouine !

— T'as qu'à demander à Armand, lui, i' t'dira !

— Qu'est-ce que mon père vient faire là-dedans ?

— Ton père ! ton père !… si on peut dire ! »

D'une main, François avait saisi Solange par le col de sa robe et de l'autre, il lui rejetait la tête en arrière en la tirant par les cheveux.

« Maintenant, tu vas au bout de tes phrases : "si on peut dire..." alors, tu la termines, ta phrase ?

— Tu m'fais mal !

— Je peux serrer un peu plus... Tu parles tout de suite, sale vipère ?

— Ah ! Sale vipère ! Alors, tous les gens d'ici, i'sont aussi des sales vipères, parce qu'ils te l'diront tous que ton père, c'est pas Armand... C'est Joseph, ton père !... Oui, toi qui fais le monsieur qui sait tout, tu savais pas ça ? Forcément, c'est un monsieur lui aussi, Joseph ; tout l'monde le craint ici : il avait dit qu'i'tuerait celui-là qui parlerait alors tout l'monde a fermé sa goule... Tu dis pus ren, hein, l'gars Bureau, l'mal nommé ! »

La gifle claqua comme un coup de maillet.

« Tu es plus mauvaise encore que je ne le croyais : ta jalousie et ta méchanceté peuvent aller jusque-là ?

— Demande donc dans l'bourg à Alfred, à Clarisse, à Aristide... Tiens, au curé ; lui, i't'mentira pas ! Ah, tu l'aimes ta Marie ? Et ben, aime-la donc ! »

Renée sortit sur sa porte :

« En v'là une menée ! Quoi que vous faites, les enfants ?

— Rien… C'est Solange qui dit n'importe quoi, comme d'habitude ! »

Tout tournait autour de lui. Il fut obligé de s'asseoir par terre, le dos appuyé à l'établi. Un voile gris piqueté d'étoiles, mobile comme une écharpe de soie dans le vent, estompait les objets ; les madriers ondulaient, le soleil pâlissait et, là-bas, la Guitonnerie était sombre comme une maison de granit.

Il restait immobile ; il essayait de maîtriser sa respiration avec de longs soupirs douloureux. Il n'arrivait pas à contrôler sa pensée ; seuls, quelques mots émergeaient : « Marie… Joseph… son père… » Son cœur se déréglait, une sueur glacée lui coulait dans le dos, le sang lui montait aux joues ; il avait froid et chaud à la fois ; incapable de se relever, il crut qu'il mourrait là, dans le tumulte horrible de ses doutes. Lentement, le soleil retrouva sa brillance et la Guitonnerie, le blanc de son tuffeau ; la pensée enclencha de nouveau ses rouages bien huilés : c'était la jalousie qui l'avait fait parler ainsi ; elle avait inventé le mensonge le plus énorme, celui que l'on croit toujours, elle l'avait mis au défi, elle savait qu'il n'allait pas courir chez le curé pour lui poser la question brutale : « Joseph Terrien est-il mon père ? »

Pourtant, le mensonge de Solange le taraudait. Il chercha dans le passé les indices qu'il redoutait d'y trouver : jamais il n'avait remarqué entre Joseph et sa mère le moindre geste ambigu mais il était bien jeune… Si sa mère avait aimé Joseph, serait-elle partie chercher au loin ses aventures amoureuses ? Et Lucie, si elle savait, l'aurait-elle tant aimé, lui, l'enfant de son mari et d'une autre ? Et Armand, il aurait eu assez de grandeur d'âme pour lui donner tant de soins et tant d'amour ? Non, décidément, c'était un conte absurde et malfaisant.

Mais sa mémoire restituait en même temps des signes qui le faisaient douter : cette sollicitude de Joseph, ces regards tendres pendant qu'il chantait ou récitait ses poésies, ces cadeaux qu'il jugeait maintenant excessifs, la galiote, l'Orchère et cette voiture dont Joseph venait de dire qu'elle serait autant à François qu'à lui… Et le bon accueil réservé à Philippe Merlet n'était-il pas la preuve de leur espoir, à Lucie à Joseph, de voir Marie s'attacher à ce garçon : ainsi le danger était écarté. Il était ballotté entre les interprétations qu'il donnait aux gestes les plus simples, tantôt il n'y voyait que la preuve de l'affection qu'on lui portait, tantôt il croyait y déceler un amour plus complexe, plus obscur.

L'envie de savoir s'imposa, le doute lancinant lui empoisonnait déjà la vie. Puisque tout le monde savait, avait dit Solange, il allait choisir celui qui dévoilerait la vérité le plus facilement : le curé Brébion ? Il le connaissait peu, il n'aimait pas son onction souriante, il l'engluerait dans les bons sentiments, « pardonner aux médisants et prier pour eux ». Son maître ? Il ne voulait pas troubler cet homme qu'il aimait et admirait. Alors, quelqu'un sur lequel il avait assez d'influence... Aristide peut-être ?... Oui, Aristide, un brave homme qui ne résisterait pas longtemps à l'opiniâtreté de ses questions, il suffirait au besoin de le bousculer un peu.

François se releva, fit tomber de son pantalon la poussière et les copeaux ; à la pompe, il se plongea le visage dans un seau d'eau fraîche. Il traversa lentement la place, les mâchoires serrées en se répétant : « Il faut que je reste calme, calme, calme ! » alors qu'il avait envie de courir à la Guitonnerie, de voir Joseph...

« Calme, François, sinon tu ne sauras rien. »

Le chien lui fit fête et par un bref jappement, avertit Aristide qu'il avait de la visite. Le vieux avait jeté sur la table des peaux de taupes qu'il venait d'écorcher. Avec un gros couteau de cuisine, il les raclait pour enlever les chairs qui adhéraient encore à la peau. Un fumet de gibier se répandait et se mélangeait à celui des rillettes et des gousses d'ail qui attendaient la collation de cinq heures :

Aristide n'était pas un délicat et le mélange des odeurs ne le gênait pas.

« Sacré Bon Dieu ! on voit ben que l'patron est pas là, l'ouvrier débauche de bonne heure ! Assis-toi, t'arrives au bon moment, j'allais manger un morceau… T'as pas bonne mine, mon François, c'est-i' l'travail ou ben les filles ?

— Ni l'un ni l'autre…

— Tu voudrais p'têt' qu'on aille à la pêche, un de ces soirs ? C'est l'moment, y a d'l'eau dans la Mouille Noire et…

— Non, c'est seulement une question que j'voudrais vous poser.

— Te v'là ben sérieux ! Vas-y, mon gars, si j'peux t'aider…

— La question n'est pas facile mais la réponse peut être "oui" ou "non." On m'a dit tout à l'heure… que mon père… c'est Joseph Terrien… Vrai ou pas vrai ? »

Aristide se leva, ouvrit la porte de son buffet, sortit une bouteille et deux verres, comme pour se donner le temps de réfléchir.

« Tu sais, les gens, i'z'ont souvent ren à faire, alors i' causent… Les bonnes femmes surtout… C'est pas qu'a'soyent méchantes mais a'font les intéressantes, a'font celles qu'en savent pus long qu'les autres et, de mine, c'qu'a racontent, ça s'envenime et, un beau jour, forcément…

— C'est une réponse à ma question que je veux, pas des discours !

— La vie, al'est des fois ben mal faite pour d'aucuns... »

François se leva et saisit le vieux par les revers de sa veste.

« Tu vois le couteau, Aristide, ton couteau à taupes... si tu ne me dis pas "oui" ou "non", je te le plante dans le ventre et je vais voir si le Lucien aura la langue plus rapide que la tienne... Tu parles ?

— C'est pas bien c'que tu fais là, François... J'vas t'répondre mais faut qu'tu m'jures, qu'après, t'iras pas faire des malheurs dans le bourg. Mais jure aussi d'm'écouter jusqu'au bout.

— Juré ! mais je veux tout savoir. »

François lâcha prise et s'assit en face d'Aristide : il savait déjà.

« Oui, c'est vrai... mais t'as juré d'm'écouter, i'faut m'écouter sans ça, tu vas t'imaginer des choses pas belles... Quand ton père... enfin, Armand, est rev'nu d'la guerre, il avait des éclats partout dans l'corps mais surtout, l'pauv'... il était pus un homme, il était qu'un biret, comme on dit ici. Ta pauv' mère, al'est dev'nue comme folle, al'a même pas pu s'empêcher de l'dire que l'pauv' Armand, i' pouvait pus ren y faire...

— Et elle a aimé Joseph ?

— Al' y a couru après… Al'était belle, ta mère… et lui, il a fait comme d'aut' auraient fait, il a fauté. Oh ! ça a duré guère longtemps, trois semaines, un mois… Et puis, le Joseph, tu l'connais, il a pas pu supporter de tromper sa Lucie et il a plus voulu rencontrer Aline.

— Mais comment êtes-vous sûr que…

— J'les ai vus, mon gars, peu importe où et comment. C'qu'est sûr aussi, c'est qu'après, ta mère, a's'est enfermée chez elle : pendant deux mois, al' est pas sortie ! C'était Armand qui faisait la cuisine et les commissions. Un jour, al'a pris son vélo et al'a parti : ça été le commencement d'ses virées !

— Ce n'est pas une preuve suffisante, elle a pu rencontrer d'autres hommes à ce moment-là ?

— Oh non ! Quand al'a commencé à courir, al'tait déjà grosse de toi, il a suffi d'compter à r'bours, du jour où qu't'es né !

— Mais vous avez été le seul à les voir, vous avez pu vous tromper !

— Ben justement, j'ai pas été seul, Lucien et Alfred aussi, i'z'avaient comme une doutance, alors, i'z'ont guetté et i'z'ont vu. Et pis, à son tour, le Joseph, il a vu à leur mine qu'i'savaient quéq' chose ; alors, i'leur a dit, quand qu't'es né : "Oui, le petit d'Aline, c'est le mien ; seulement, le secret devra être bien gardé : si jamais plus tard, quelqu'un dit à François le nom de son père, je le tue, celui-là !" Tu sais comme tout l'monde ici le respecte, le Joseph ; et pour Lucie qu'on aime ben, les goules se sont fermées !

— Quelqu'un a quand même parlé pour que tout le monde le sache ?

— On sait pas bien... P'têt Lucien, à Clarisse et dame après... Ou d'aut' qu'ont vu aussi des choses et qu'ont semé l'herbe du diab' dans l'blé. »

François ne bougeait pas. Les bras appuyés sur la table, les poings serrés, il s'était épuisé à savoir, à espérer la faille, mais maintenant, le serment de Joseph anéantissait ses espoirs. Le nom seul de Marie battait ses tempes.

« J'avais promis de t'dire la vérité et je l'ai dite. Alors, toi aussi, promets que tu feras des bêtises contre personne. J'suis qu'une vieille bête, mais à mon idée, pour se venger comme al'l'a fait, celle qu'a voulu t'faire du mal — parce que... j'sais qui c'est qui t'a parlé — al'devait êt'rudement malheureuse... Alors, y touche pas, mon François. »

Sur le seuil, il se retourna : « Tu as raison, Aristide. »

Le pauvre vieux n'avait jamais connu dans sa vie de moment aussi dramatique. Il avait vu François grandir puis guider les premiers pas de Marie, il avait deviné l'amour des deux jeunes gens et frissonné à l'idée qu'ils se marieraient puis qu'ils apprendraient. Il était tenté de leur révéler la vérité et se taisait ; plus d'une fois, quand il bavardait avec Joseph, il brûlait de lui dire : « Joseph, faut leur parler, aux petits, avant qu'i' soye trop tard ! » puis, il se traitait de vieux fou : « Tu penses ben que Joseph, maintenant qu'i'sont un peu grands, il leur a parlé ! » Il avait été soulagé quand la « 202 » s'était arrêtée devant la Guitonnerie.

Maintenant, il tremblait à l'idée qu'un effrayant mécanisme pouvait se déclencher, un implacable moulin dont les meules écraseraient ceux qui vivaient encore leur paisible bonheur. Il répétait tout bas la même litanie : « Mon pauv' p'tit gars ! Mon pauv' p'tit gars ! » et de grosses larmes se perdaient dans la barbe de ses joues mal rasées.

Jamais la salle à manger ne lui avait paru aussi lumineuse ; on aurait dit un Vermeer : l'église, dont la pierre était peinte par l'or du couchant, renvoyait sa lumière dans les vitres qui dessinaient sur le tapis des rectangles couleur de tilleul. Lucie brodait une nappe blanche dont les plis recouvraient ses jambes comme une robe de mariée. Marie était penchée sur son livre ; elle avait gardé de l'enfance quelques manies touchantes : elle enroulait autour d'un doigt une boucle blonde de ses cheveux et suçait toujours un crayon quand elle lisait. Toute la pièce sentait la cire et l'abricot.

François resta sur le seuil.

« Tu n'entres pas ?

— Non, pas ce soir… j'ai trop travaillé, je suis fatigué… j'ai encore un peu à faire à la maison… demain…

— On va à l'île Bourdin, tu l'as promis !

— Sûrement, ma petite galiote…

À l'île Bourdin
Y a plus de lin,
il est parti
Pour le Plessis
Moudre le bleu
Qui peint les yeux
de Marie.

…Vous êtes belles, toutes les deux. »

Au retour de l'enterrement de Vigneron, Armand s'était remis au travail dans son jardin. Derrière le bouquet des joncs, il n'avait pas vu François rentrer. Vers huit heures, quand il poussa la porte de la cuisine, il s'étonna de voir que le couvert n'était pas mis et que la soupière froide attendait sur le coin de l'évier. Il frappa à la porte de la chambre, personne ne répondit ; il entra : François n'était pas là. « Alors, se dit-il, il est encore à la Guitonnerie. »

Il descendit la rue à Vaslin : Joseph bavardait avec Aristide.

« François est-i' chez toi ?

— Ma foi non, il est passé, m'ont dit les femmes, mais il n'a fait qu'entrer et sortir.

— Il est pas encore chez Pierre, tout d'même !

— Sûr que non ! dit Aristide ; il m'a dit bonsoir en rev'nant du travail... Il est p'têt' su' la Loire ? »

Armand monta jusqu'à la levée : la galiote se balançait au bout de sa chaîne, il n'y avait à bord ni bourde ni rames.

« Où qu'i' peut être à c't'heure-ci ! »

Joseph vint à sa rencontre :

« La galiote a pas bougé.

— Alors, c'est que Pierre lui a donné une commission à faire dans la campagne et qu'il s'est attardé... Le mieux, on rentre chacun chez nous, le premier qui a des nouvelles prévient l'autre. Si, mettons à dix heures, il n'est pas rentré, je viens chez toi et on avisera. »

Lucie, après le dîner, s'était remise à sa broderie et Marie à ses révisions. Joseph essaya de plaisanter :

« C'est beau, la veillée ! Ça me rappelle mes rédactions d'enfant : la maman qui coud, l'enfant qui lit, le père qui rentre... Seulement, le père, ce soir, il a dû découdre ou déchirer son pantalon. Viens donc vérifier ça, Lucie… Je monte devant. » Dans le dos de Marie, il fit comprendre à sa femme qu'il y avait urgence.

« Alors, ton pantalon, il avait une “fendure” ?

— Juste un fil qui a lâché ; on verra ça demain. On a assez travaillé, une bonne dose de sommeil, c'est aussi utile que des révisions… Allez ! Tout le monde au lit ! »

Chaque soir, quand elle était à la Guitonnerie, Marie faisait ce qu'elle appelait son « offrande à l'église ». Ce rite, c'était la petite fleur secrète de son jardin, même François ne connaissait pas cette habitude enfantine et grave : elle se déshabillait, enfilait sa chemise de nuit et en été, s'accoudait à sa fenêtre ; l'église, le soir, n'était jamais la même et, tout enfant, Marie croyait que la couleur de ses murs déterminait la joie ou la morosité du lendemain. Elle l'appelait, selon l'éclairage du soleil, « sa douce », « sa rose », quand il faisait beau ; « son escargot » quand il pleuvait. Devenue grande, elle avait continué la cérémonie et cherché pour l'église des qualificatifs imagés : les soirs d'orage, quand le couchant chargé d'encre teintait le tuffeau en bleu, l'église faisait comme elle, « ses yeux d'ardoise » ; quand l'Ouest flambait comme un incendie et rosissait le village, elle l'appelait « sa petite Saint-Sernin » ; les soirs grisâtres de l'hiver, à travers les vitres mouillées, l'église semblait s'accroupir sous son toit et rabattre son clocher comme un capuchon de moniale, elle devenait alors sa *mater dolorosa*.

Ce soir-là, en jetant un dernier coup d'œil par la porte-fenêtre de la salle à manger, elle sourit : pas un nuage dans le ciel, le soleil pur couvrait de miel tout le village, l'église dorée comme un *duomo* vénitien mériterait sûrement son nom de Canaletta.

Elle voulut vérifier en entrant dans sa chambre et pesta contre sa mère qui avait déjà poussé les volets alors que la lumière était si douce et que l'odeur des foins coupés montait des prés. Les volets n'étaient pas accrochés ; elle s'apprêtait à les repousser quand elle vit, sur le bord de la fenêtre, un cahier d'écolier : c'était le cahier de François, le cahier des *Poèmes pour Mari*e.

Elle laissa ses volets fermés et se glissa dans son lit. « Pourquoi m'a-t-il donné son cahier ce soir ? Serait-ce donc "le grand soir" ? »

Elle ouvrit le cahier et relut vite les poèmes qu'elle connaissait bien ; elle sourit à l'île Bourdin, à l'Alaska où elle était prête à partir, à la belle écriture scolaire avec ses majuscules savamment enroulées mais elle eut hâte d'entrer dans l'inconnu. Elle fut ravie par *Câline* — elle trouva que le titre lui allait bien — où François la comparait à la campanule et à la ballerine, elle donna à la chanson un rythme de danse et la fredonna comme une valse.

À la page suivante, la « déclaration » devint plus limpide et pourtant le poème était daté : « Août 1935. » « Il avait donc quinze ans et j'en avais douze, et déjà… »

Je vois partout ton nom s'écrire autour de moi,
Dans les pas des oiseaux sur les grèves désertes,
Dans les remous obscurs et dans les fleurs ouvertes.
Marie, je ne pourrai jamais rêver sans toi.
J'entends partout ton nom résonner près de moi,
Dans le saule qui pleure au bord de l'étang noir,
Dans le clocher qui tinte à l'Angélus du soir.
Marie, je ne pourrai jamais vivre sans toi.

Le suivant était précédé de quelques mots :

« Un jour, celui-là, tu le liras aussi, Marie, le jour où tu devras savoir que tu m'es indispensable, qu'il n'y a qu'un sens à ma vie, c'est que tu restes près de moi. »

Le titre la fit sursauter : *Ma galiote Marie*. « Ainsi, quand il disait "ma petite galiote", le poème lui trottait dans la tête ! »

Ma galiote Marie…

Ma galiote Marie, ne rêve pas au port
Où les marins perdus dans leurs rêveries vaines
Fixent l'horizon, lourd de promesses cubaines
Ma galiote Marie, souris à l'eau qui dort.

Ma galiote Marie, ne cherche pas à voir
La frégate qui rêve aux parfums d'Arabie
Et qui se brisera aux rives d'Arménie.
Ma galiote Marie, dors dans la paix du soir.

Ma galiote Marie, n'envie pas le vautour
Qui plane et qui s'endort sur ses ailes tendues
Et monte sans désir vers des contrées perdues.
Ma galiote Marie, reste au pied de la tour.

Elle regarda vers les volets clos et dit à mi-voix : « Tu le sais bien que je suis ta petite galiote ; oui, je resterai au pied de la tour, mon François, je n'aurai pas la folie des frégates. » Elle relut le poème. Elle flottait sur un nuage lumineux ; sans pesanteur, coupée du monde, elle se laissait porter par son bonheur.

Elle tourna la page et elle sut que l'enchantement ne la quitterait pas. Les poèmes n'avaient plus de titre, ils étaient « pour Marie » encore plus que les autres.

Je te donne, a dit le Soleil
Des ciseaux d'or et de la soie
Un dé d'argent et de vermeil,
Fais-lui une cape de joie
J'ai cousu la soie et la joie
Pour elle.

Je te donne, m'a dit la Mer,
Les poissons fous, les blondes grèves,
Le bord d'écume des vagues fières.
Fais-lui une toque de rêve.
J'ai mêlé la grève et le rêve
Pour elle.

Je te donne, m'a dit la Terre,
La blonde rose et le lin pâle,
Les boutons d'or et les asters,
Fais-lui une écharpe de bal.
J'ai marié le bleu à l'opale
Pour elle.

Je te donne, m'a dit le Vent,
Les doux tourbillons de mes ailes,
Le souffle verts de mes printemps.
Fais-lui une robe éternelle.
J'ai noué vents et dentelle
Pour elle.

Été 1939

Je te donne, m'a dit le Soir,
Les ors de la lune vermeille,
Le mystère de mon ciel noir.
Fais de tes bras une corbeille.
Je nouerai mes mains à tes doigts
Pour te garder
Ma belle.

Elle arriva au dernier et avant même de le lire, elle savait que tout était dit : quand François serait devant elle, elle n'aurait plus qu'à lui dire : « Je suis ta petite galiote, emmène-moi où tu veux… »

Viens. Je te montrerai les charmes du matin,
L'abeille qui butine au cœur de la pivoine,
La brillance dorée de la verte cétoine
Qui s'endort dans la rose aux reflets de satin.

Viens attendre le soir et la lune qui luit,
Viens chercher mon amour et sa ferveur sereine
Dans l'orbe de mes bras. Tu es toujours la reine
Dont la couronne d'or illumine ma nuit.

Reste. Je te dirai en embrassant ta main,
Mon amour éperdu quand ton rire m'inonde,
Quand dans tes yeux de lin, je vois déjà le monde
Des bonheurs de diamant qui fleuriront demain.

Elle n'arrivait pas à se détacher des poèmes : elle les relisait, fermait le cahier et le serrait contre elle ; tout bas, elle se les fredonnait comme des berceuses… « C'est donc aussi beau, quand on s'aime ? » se dit-elle.

Elle s'allongea dans son lit, glissa le cahier sous l'oreiller qu'elle entoura de ses deux bras : « Mon François… Demain, vite, demain ! »

Sous la fenêtre, les crécelles nocturnes des grillons pétillaient comme un feu de brindilles.

Le long de la levée, les lampes piquaient la nuit de leurs lumières jaunes et blanches ; elles sautaient d'un bord à l'autre de la route, descendaient vers les berges, s'éloignaient, se rapprochaient, s'arrêtaient : les hommes ne savaient plus où chercher ; ils avaient sillonné toutes les routes, exploré les abords de la Boire, appelé tout le long de la levée. Au milieu de la nuit, ils abandonnèrent et descendirent à la Blinière.

Personne ne comprenait, chacun cherchait une explication à cette disparition.

« Il n'a pas été contrarié dans son travail ?

— Oh non ! Tout allait bien, il'tait tout émoustillé parce qu'Émilien Tourette vient d'nous commander un grand bachot !

— Et chez toi, Armand ?

— Jamais un mot plus haut qu'l'aut' ; dans sa chambre, y a des tas d'livres ouverts su' la table, des dessins, des plans ; ça prouve qu'il avait ben l'idée à c'qu'i faisait… Sauf hier soir, il avait tout rangé. »

Aristide, seul, se taisait et n'osait regarder personne ; il fixait son verre et cette immobilité insolite au milieu de l'activité des autres n'échappa pas à Joseph :

« Tu as une autre idée, Aristide ? Tu l'as vu quand il est rentré de chez Pierre ? Comment était-il ? »

Aristide tournait son verre entre ses doigts, il soupirait, avalait difficilement sa salive ; puis il lâcha sa phrase d'un seul coup :

« Il l'tait… comme un gars qu'apprend en cinq minutes c'qu'on y a caché depuis des années. »

Les épaules des hommes se tassèrent, il s'installa un silence de lendemain de cyclone où, devant les maisons soufflées, le désarroi et l'impuissance l'emportent sur la colère. Personne ne demanda comment François avait su. Joseph réagit le premier :

« Ainsi… c'est fait… il sait ! Je ne croyais pas qu'il était déjà temps de tout lui avouer… Alors, il est parti, il a fait comme Giuseppe ; comme Giuseppe, il a fui ce qu'il ne pouvait plus avoir. Il est cinq heures, je file à la gendarmerie et on met en route les recherches ; il n'a pas encore eu le temps d'aller bien loin... Vous autres, vous gardez le secret, Marie ne doit rien savoir... Tu diras, Pierre, que tu l'as envoyé à Angers pour une commande de bois. La journée devrait suffire pour qu'on le rattrape. »

Les hommes quittèrent la Blinière ; ils marchèrent sur l'herbe de la berme pour étouffer leurs pas. Ils mêlaient la vapeur de leur haleine au brouillard que le soleil, prêt à poindre, allégeait et qui découvrait déjà les toits des maisons.

François n'avait pas fini comme Giuseppe. C'est en allant rôder sur la Loire, le lendemain matin, qu'Aristide le découvrit. Sa tête reposait sur le sable et ses cheveux s'ourlaient déjà de la mousse verte des grèves. Il s'était enroulé autour des jambes et des bras la longue lie avec laquelle il avait appris à nager et dont il savait ne pouvoir se libérer. Il avait dû se laisser glisser dans la Mouille Noire qui l'avait fait tourner au cœur de son infernal manège et l'avait enfin rejeté sur la pointe de l'île Bourdin, comme elle rejetait toujours les souches spongieuses et les poissons morts qu'elle avait longtemps tourmentés dans ses eaux glauques.

Aristide le prit dans ses bras et le déposa au fond de son bateau ; tête nue, sa casquette de taupe posée sur le couvercle de la côme, lentement, il poussa sur sa bourde jusqu'à la cale du Mulet.

Chaque année, les vacanciers qui remontaient des prés vers la Loire et passaient devant la Guitonnerie, se demandaient de quel mal souffrait cette jeune fille, assise sous le marronnier dans un vaste fauteuil d'osier : immobile et pâle, le regard délavé, sans but et sans vie, elle ne savait répéter qu'un seul nom ; elle serrait sur ses genoux un chat de velours marron à rayures noires et aux yeux de nacre, et un cahier d'écolier à la couverture bleue.

Marie

I

Juin 1945

PENDANT CETTE NUIT DE PLEINE LUNE, il n'eut pas besoin d'utiliser l'éclairage de sa bicyclette. La lune illuminait le ciel et faisait briller la surface étamée de la Loire comme un miroir antique qui aurait restitué la lumière du jour. On distinguait les herbes du bord, les frêles branchages des saules, le chatoiement des peupliers, les éclaboussements argentés des sauts des chevesnes. Il attendit minuit pour se mettre en route. De Chalonnes à Montjean, il n'y avait pas de chemin le long de la Loire. Il monta donc la côte et prit la route du haut qui serpente sur le coteau. Au carrefour, après l'embranchement de la Pommeraye, il obliqua à droite, plongea vers le bourg, traversa la place du Vallon, fila jusqu'au pont et s'engagea à gauche sur la petite levée qui dominait les grèves. Il s'arrêta en face du deuxième épi : son échine noire émergeait du sable et son extrémité, plongée dans le fleuve, faisait frissonner le courant en vaguelettes scintillantes. « C'est donc là », se dit-il. Il revit les yeux brillant de plaisir, la lourde chevelure brune et entendit le rire qui illuminait les soirs, dans la petite maison de la Croix-Maurepas. Il remonta vite sur sa bicyclette pour s'arracher à l'autre image, celle qu'Heurtebise lui avait plantée dans la tête : Aline accrochée aux pierres, les bras écartés et la bouche ouverte, tuée par son rêve inaccessible. Il pédala vite jusqu'à la cale du Mulet devant laquelle il marqua un nouvel arrêt. Il revit François tel qu'Aline le lui avait décrit, sautant dans l'eau et riant au milieu des éclaboussures, mais son regard ne put échapper à l'attraction de la Mouille Noire. Ombragée par les grands saules de sa rive, la grande veine sinistre s'animait d'ondulations onctueuses et puissantes. C'était aussi Heurtebise, alors qu'il s'apprêtait à quitter son chantier du quai de la Savate, qui l'avait entraîné au café de la Marine et lui avait conté le nouveau drame. Il avait sangloté, la tête dans les mains, sans pouvoir contrôler, son chagrin. Les mariniers avaient brusquement interrompu leurs rires et sans bruit, avaient quitté la salle, le laissant seul, affolé et meurtri comme un bateau sans guide et sans amarre qui tournoie dans le courant et vient heurter les piles des ponts. Le lendemain, c'était le 1er septembre, la mobilisation, et le 3, il était pris dans le tourbillon de la guerre.

Il traversa la levée et descendit la rue à Vaslin. Il passa vite devant la maison d'Armand, jeta un bref coup d'œil vers la Guitonnerie et entra sur la place. Les trois lampes étaient éteintes, aucune lumière ne filtrait sous les portes ou entre les interstices des volets. Le chien d'Aristide Lumeau n'aboya pas. « Il doit être mort, celui-là aussi », se dit-il. Il appuya son vélo au mur de la mairie et entra dans la cour de Pierre.

Rien n'avait changé et pourtant, il lui sembla que la cour était plus grande qu'autrefois. Il comprit vite pourquoi : aucun bateau n'était en cours de construction ou prêt à être livré. Il passa sa main dans la touffe de romarin, caressa le balancier de la pompe, vérifia que le clou où il accrochait sa glace n'avait pas été arraché. Mais c'était le hangar qui l'attirait. Il retrouva l'établi et ses outils, la scie à ruban. Tout au fond, des tas de planches et de madriers séchaient dans l'odeur familière de la résine. Plus au fond encore, le long du mur, une bâche verte s'étendait sur une forme longue et étroite. Il en souleva une extrémité : dans l'ombre apparut alors un fin bateau couleur de crème et souligné de bleu. Sur le bordage, il put lire *Ma Galiote Marie*. Il comprit que ce ne pouvait être que le bateau de François. Il replia la bâche vers l'arrière. Pierre devait veiller à l'entretenir avec soin : il avait été peint récemment et dans le fond stagnaient quelques centimètres d'eau pour empêcher les planches de sécher et de se fendre.

Pauvre Pierre ! Il avait dû en prendre un rude coup lui aussi. Il eut envie de bondir jusqu'à sa porte, de la frapper de ses poings et de crier : « C'est moi, Giuseppe ! » mais il eut peur d'ouvrir trop brutalement les vieilles blessures, lui dont le bref passage au Plessis-Étiau avait fracassé la paix du village. Il comprit comme il y était pourtant attaché : malgré cette longue absence, tout lui était familier, s'imposait à lui ; il s'imaginait, le lendemain, reprenant ses outils, entendant de nouveau le ronronnement de la scie et le rire de Pierre.

Il poussa son vélo et s'engagea dans la rote à Bigournet' ! Sous ses pas, il retrouva le crissement du sable du chemin, marqua un bref temps d'arrêt devant sa petite maison, mais c'en était trop, la tête lui tournait, assaillie par tant de souvenirs à la fois. Pédalant comme un fou, il rentra à Chalonnes. Il se jeta tout habillé sur son lit, la tête échauffée par la confusion et la force des images qu'il avait réveillées et qui s'y bousculèrent tout le reste de la nuit. Il ne s'endormit qu'à l'aube et ce fut le père Houdebine, son patron, qui vint le réveiller, tout surpris de le voir, pour la première fois, en retard à son travail.

« Alors, mon gars, c'est ti' qu't'aurais fait une virée chez les filles que te v'là tout *adeulé*[1]. Z'auraient pas voulu d'toi ?

— Non, c'est pas ça, excusez-moi, je n'ai pas dormi de la nuit. »

Il fut heureux de n'avoir à faire, ce jour-là, qu'un travail routinier qui lui laisserait l'esprit libre et lui permettrait de mettre au clair ses pensées. Le pèlerinage au Plessis avait réveillé ce chagrin latent qui ne le quittait jamais ; les visages d'Aline et de François revenaient constamment devant ses yeux ; il s'arrêtait souvent en plein travail, posait ses outils sur l'établi et, les bras ballants, regardait vaguement au loin. De temps en temps, il secouait violemment la tête — ce tic intriguait le père Houdebine — pour chasser les mouches noires qui le harcelaient. Il voulait se persuader qu'il avait suivi une mauvaise route : il aurait fallu fuir le Plessis avec Aline et François et commencer avec eux une vie nouvelle ; ils auraient tous été sauvés. Puis, — et son tic le reprenait — il s'avouait que, s'il avait été tenté de

1. Adeulé : triste.

revenir les enlever, sa raison avait bien fait de l'en dissuader : il n'aurait eu à leur offrir qu'une vie précaire ; en 1925, il n'était qu'un étranger souvent en butte à la xénophobie latente de cette époque. Il entendait dans son dos la vieille antienne sur « les macaronis qui venaient bouffer le pain des Français ». La mort d'Aline l'avait brutalement remis à sa place : François ne lui appartenait pas, « il n'était pas son petit garchon », comme l'enfant l'avait dit le jour du jeu de l'opéra. Il s'était résigné et installé dans sa vie monotone, s'était refusé à revenir au village pour ne pas troubler la paix que François avait dû trouver au milieu de tous ceux qui l'aimaient. Naturalisé Français en 1936, il fut mobilisé en 1940 ; libéré par l'armistice, il décida de se rapprocher quand même du Plessis, espérant que des circonstances favorables le ramèneraient au village. Le drame de la Mouille Noire l'avait dégoûté des bateaux, il ne voulait plus en construire. Aussi entra-t-il chez le charpentier Houdebine, désemparé, vide de tout projet, n'ayant pour accompagner sa vie stérile que des images, douces ou morbides. D'autres visages s'imposaient à lui, ceux qui, pendant quelques mois, lui avaient rendu la vie si sereine, Lucie, Joseph, Pierre, ces gens forts et simples dont secrètement il avait fait sa famille. Chaque jour davantage, il sentait que sa vraie vie était là-bas, près d'eux. Il se voyait de nouveau assis sur sa chaise, devant sa petite maison, chantant tout bas les mélodies que François aimait.

Jules Houdebine savait ce qui creusait de profondes rides sur le front de Giuseppe. Les deux morts avaient alimenté la chronique locale, les mariniers en avaient donné tous les détails tout au long de la Loire, le nom de Giuseppe avait couru sur toutes les lèvres. Le charpentier et sa famille entouraient leur ouvrier de leur amitié et s'employaient à lui rendre la vie agréable. Mais ils sentaient bien, malgré sa gentillesse et le cœur qu'il mettait à l'ouvrage, que ses vraies pensées n'étaient pas là. Il ne pouvait s'empêcher d'évoquer des souvenirs dont François était le héros : François et les leçons de chant, François emmenant Marie rêver près de la Boire aux Fées, François riant aux histoires de Pierre… À Chalonnes, il ne s'était lié avec personne. Pas de filles, pas de fêtes ni de bal. Le dimanche, il s'installait sur un banc, dans la cour. Il lisait, mais souvent le livre lui tombait des mains et toujours son regard se tournait vers la Loire et les îles ; pendant des heures, il ne regardait qu'elles.

C'est Jules Houdebine qui prit l'initiative, un dimanche torride de juillet. Il vint s'asseoir auprès de Giuseppe, à l'ombre de l'acacia de sa cour.

« C'est pas bon, mon gars, de rester comme ça, à journée, les yeux pardus dans l'vague. D'autant que j'sais ben à quoi tu penses. Tu t'rends malade. J'peux t'i t'aider à quét'chose ?

— C'est vrai que je ne peux pas m'empêcher de penser à eux tous, là-bas.

— Pourquoi que t'y vas pas ?

— D'abord, parce que j'ai peur de voir des fantômes me courir après ; et puis, rencontrer Armand, ça aussi ça me fait peur. Et revoir tous ces gens et pas François, au milieu d'eux, je sais pas si j'en serais capable.

— Pour Aline, j'dis pas que tu y es pas pour quét'chose, mais pour François, t'as ren à t'reprocher. T'as du chagrin, comme eux. I't'aimaient ben, tous ?

— Pour ça, oui.

— Eh ben, jette-toi à l'eau, *paufre-toi*[1] un peu au lieu que l'cœur te *toupine*[2] pour ren. T'as pas qué-qu'un à qui t'écrirais et qui t'dirait comment que tu s'rais r'çu si tu r'tournais au Plessis, ren qu'une journée, pour voir ?

— Oui, c'est possible, faudra que j'y pense.

— Alors, penses-y vite, mon Giuseppe, sinon c'est la quervaison qui t'guette. »

Les craintes, les doutes, les espoirs s'entrechoquèrent dans sa tête pendant plusieurs jours. Le

1. *Se paufrer : se secouer.*
2. *Toupiner : battre, palpiter.*

père Jules avait raison, il allait en crever ! Écrire, c'était une bonne idée, mais Giuseppe, s'il avait bien amélioré son français oral, ne se sentait pas capable encore de se lancer dans l'écrit. Il lui fallait un correspondant qui transmettrait son message. Il finit par trouver la solution : il irait voir l'instituteur de Chalonnes, monsieur Pineau, un homme souriant et affable ; il lui demanderait d'exposer ses intentions à monsieur Émeriau, son collègue du Plessis, qui saurait sonder ses amis du village. Si on était prêt à l'accueillir, on le lui dirait.

Le dimanche suivant, au lieu de rester à rêvasser sur son banc, il descendit vers le pont et s'installa sur le parapet du quai où il était sûr de voir passer l'instituteur qui, invariablement, venait faire sa promenade le long de la Loire.

Quand, au bas de la petite rue du bourg, il aperçut le costume noir et le panama, il se leva et aborda monsieur Pineau. Ils s'assirent tous deux, à l'écart des passants, sur un bateau renversé ; il lui raconta en détail son passé, lui exposa ses intentions. L'instituteur n'hésita pas :

« Je comprends combien vous devez être tourmenté et je veux bien vous aider. Monsieur Émeriau est un ami, je lui écris dès demain, la réponse ne tardera pas : il comprendra bien votre impatience. »

Toute la semaine, Giuseppe se lança à corps perdu dans le travail, si bien que le père Houdebine était obligé de le calmer :

« Va pas si fort, mon gars, tu vas t'faire péter les nerfs ! »

Tous les soirs, vers quatre heures, il guettait le passage des enfants qui sortaient de l'école espérant que bientôt, derrière eux, apparaîtrait monsieur Pineau, une lettre à la main. Ce ne fut que le samedi qu'il entra dans la cour en souriant.

« J'ai la réponse. Une bonne réponse. Mon collègue s'est lancé en campagne et a fait le tour de vos amis. Il voudrait vous rencontrer pour vous donner, de vive voix, le plus de détails possible. Tenez, voici sa lettre. »

Monsieur Émeriau proposait en effet de rencontrer Giuseppe à Chalonnes, le jeudi suivant, vers cinq heures, au Café des Voyageurs. Il le rassurait déjà : « Tous, disait-il, ont de la considération pour vous. Pierre et Joseph ont tout de suite souhaité vous voir bientôt parmi eux ».

Le jeudi, dès quatre heures, il s'était installé dans la salle du café devant un verre de vin blanc. Il en buvait une gorgée toutes les cinq minutes et ne cessait d'aller guetter sur le pas de la porte. Le verre fut vite vidé et il en était au troisième quand l'instituteur entra. Il vint s'asseoir en face de lui et lui serra affectueusement la main.

Juin 1945

« Mon cher Giuseppe, quel plaisir de vous revoir après tant d'années ! Vous n'avez pas changé !

— Oh si ! »

Il enleva sa casquette et montra les cheveux grisonnants de ses tempes.

« Je ne vous fais pas languir plus longtemps mais, par ma lettre, vous savez déjà que tout le monde souhaite votre retour…

— Tout le monde ? Même Armand ?

— Même Armand. C'est lui que je suis allé voir en premier. C'est le seul qui aurait pu ne pas supporter votre retour. Mais il a beaucoup souffert et pourtant, la souffrance ne l'a pas aigri. Il a toujours été celui qui pardonne, qui veut que le bonheur l'emporte sur la haine. “Aline, m'a-t-il dit, je l'aurais perdue un jour ou l'autre, elle avait tellement envie d'aller *verder*[1] loin de nous' aut's, les pésans. Giuseppe est arrivé, elle a cru qu'elle était sauvée. J'lui en veux pas pas'qu'il a été honnête : il s'a ensauvé, à cause du François, pour pas y faire du tort. I'peut venir, on causera sans *s'garrocher*[2]. Quant aux autres…” »

Il raconta à Giuseppe ce que le village était devenu. Une chape de silence et de résignation était tombée sur lui, les maisons avaient perdu le lien qui

1. *Verder : courir vite.*
2. *S'garrocher : se frapper, se battre.*

les unissait, les conversations de porte à porte, les rencontres bavardes sur la place, les braillements des « zouaves » après les « chopinettes » du soir. Maintenant, chacun se mottait dans son gîte. Chez les Terrien, Joseph souffrait le martyre : le plus souvent possible, il quittait la Guitonnerie pour l'Orchère, dans la solitude de son vignoble. Lucie ne vivait que pour Marie. Aux beaux jours, elle sortait le fauteuil d'osier dans la cour et y installait sa fille qui n'en bougeait plus. Son regard maintenant terni, déteint comme un regard de vieille, fixait d'indicibles songes. Dès les premiers mauvais jours, on ne la voyait plus. Pierre ne vivait que pour son travail ; il avait fort à faire : il n'avait jamais voulu remplacer Giuseppe, il embauchait des journaliers quand la tâche était vraiment trop lourde mais il avait du mal à les supporter. La Renée ne traînait plus dans le bourg ; la Solange, placée comme bonne, ne venait que rarement chez ses parents. Pierre ne voulait pas la voir et partait pour la journée sitôt qu'elle apparaissait. Chez Clarisse, les trois harqueliers vidaient toujours leurs chopinettes, mais le cœur n'y était plus : ils avaient mal vieilli ; ils ne trouvaient plus de plaisir à raconter des gauloiseries pour choquer les « bonnes femmes », ils ressassaient des histoires d'autrefois, des radotages connus de tous ; ils s'aigrissaient devant leur verre, en voulaient à tout le monde de leur vie insipide et vaine, puis, une fois les fillettes vidées, chacun regagnait son terrier.

L'instituteur les avait tous rencontrés. À l'idée que Giuseppe pouvait revenir, leurs regards avaient brillé d'un éclair nouveau, Pierre avait enfin souri et décrispé son visage, il avait seulement dit : « Depuis le temps que je l'attends ! » Joseph avait caressé la tête de Marie : « Elle était bien petite quand il est parti, dit-il, elle ne doit pas se souvenir de lui mais sait-on jamais ? Un visage nouveau soudain devant ses yeux… »

« Bref, mon cher Giuseppe, revenez, le plus tôt sera le mieux. »

Ils restèrent un moment silencieux devant leur verre de Layon, puis leurs regards se croisèrent et mon grand-père, derrière la brillance des larmes de Giuseppe, vit l'aube de l'espoir retrouvé.

« J'irai dimanche ; dites-le à Pierre, s'il vous plaît. »

Quand, au bout de la rote à Bigournet', la petite maison apparut, cette fois il ne put résister. Il prit le routin qui y conduisait. Il en fit le tour, retrouva sous sa main le grain rugueux du bois du volet et caressa la poignée de la porte. Il fit le tour du jardin que Pierre entretenait avec amour. Il cueillit une gousse de fève, en fit sauter les graines qu'il croqua avec délice ; il monta un seau d'eau du puits et, les mains jointes, en but une longue gorgée. Il retrouvait des saveurs anciennes qui le firent frissonner. Il comprit combien ces choses modestes et puissantes lui avaient manqué. « Oui, ma vie est là, se dit-il. Les portes du paradis vont-elles enfin s'ouvrir ? »

Il ne s'attarda pas sur la place vide. Il mit pied à terre dans la cour et se dirigea vers le hangar où les bruits du travail résonnaient. Pierre taillait des mortaises et le claquement répété du maillet couvrait le bruit des pas sur le gravier. Giuseppe s'immobilisa quelques secondes. À voix presque basse, il dit seulement : « C'est moi ! » Pierre se retourna brusquement, lâcha ses outils sur l'établi. Les deux hommes se regardèrent gravement ; chacun fit un pas en avant. Pierre mit ses mains sur les épaules de Giuseppe et l'attira contre lui : « Te v'là, mon gars, te v'là enfin ! » Ils restèrent de longs instants l'un contre l'autre, tremblants comme des amoureux qui se retrouvent après avoir cru se perdre. Puis chacun examina l'autre, d'un regard avide et aigu comme pour s'assurer que leur nouvelle rencontre n'était pas un rêve. Ils ne trouvaient pas les mots pour exprimer leur bonheur. Pierre ne répétait que « Te v'là enfin ! » et Giuseppe « Vous voyez, je suis revenu. » Quand leur première émotion s'apaisa, ils se dirigèrent vers la maison. La Renée, penchée sur son évier, sursauta et se retourna quand elle entendit la voix de Pierre : « Assis-toi, mon gars ». Elle ne dit pas un mot. Il commanda sèchement : « Va chercher une bouteille et deux verres. » En silence, les deux hommes continuaient à se regarder, mais, cette fois, le vrai bonheur s'installa et délia leurs langues. Par bribes entrecroisées, chacun raconta sa vie pendant toutes ces années puis on en arriva au présent.

« Le père Houdebine, c'est un bon patron, ben capab'.

— Oui, chez lui, j'ai trouvé une vraie famille et si j'ai été moins malheureux, c'est bien grâce à eux…

— Dis-donc, mon Giuseppe, tu parles français mieux qu'moi à c't'heure ? T'as même perdu ton accent !

— Depuis le temps ! Ça va faire bientôt dix ans que je suis Français, alors j'ai fait des efforts et des progrès à force de… *bagouler*[1] avec les… *gobeux*[2] du bord de l'eau.

— Ah ben, j'vois ça, de fait ! Te v'là dev'nu un vrai gars d'la *Bordure*[3]. C'est pas tout ça, maintenant faut parler de l'avenir. J't'ai dit t'à l'heure que j'avais pas voulu embaucher un aut'ouvrier mais ça m'oblige à travailler comme un pardu et j'y arrive pas.

---

1. Bagouler : bavarder.

2. Gobeux : ouvrier marinier qui cherche du travail.

3. La Bordure : pays riverain de la Loire.

— Alors, il faut donc que je reste ?

— Ce serait mon premier vrai plaisir depuis des années ! Mais Houdebine, j'voudrais pas y faire du tort.

— Depuis longtemps, il se doute que j'ai envie de revenir au Plessis. Ces jours-ci, on en a même franchement parlé. Il me laissera partir quand je voudrai.

— Le mieux, c'est qu'j'aille le voir, on arrangera ça. »

Giuseppe prit soudain un visage sévère et inquiet.

— Pourquoi que tu t'tabutes ? Qué qu'tu *margoules*[1] dans ta tête ?

— Revenir, je pense qu'à ça, mais certains seront peut-être pas si contents que ça de me revoir !

— Tu songes à Armand ? Pourtant, monsieur Émeriau t'a dit ? Cré-le ! S'ment, faudrait qu't'irais l'voir pour ben *clarcer*[2] vos affaires mais j'peux t'dire qu'i t'opposera pas … Renée ! »

Elle sortit de son arrière-cuisine en s'essuyant les mains à son tablier ; toujours muette, elle s'approcha de la table.

« Demain, t'iras faire le ménage dans la p'tite maison et t'apporteras tout c'que faut pour que Giuseppe soye chez lui comme avant. »

---

1. Margouler : remâcher.

2. Clarcer : éclaircir.

Elle ne fit qu'un vague signe de tête et retourna à ses occupations.

« Faut pas t'étonner si a' n' dit ren : ici, c'est l'hôtel du cul-tourné, on s'parl' pus depuis que… »

Tous deux tournèrent leur verre entre leurs doigts et burent une gorgée pour se donner une contenance.

« Houdebine, j'irai le voir demain soir, faut pas laisser ferdir la soupe. En attendant, viens donc voir mon chantier. »

Ils entrèrent dans le hangar et Giuseppe comprit le profond changement dans le travail de Pierre. Sur des tasseaux reposaient de lourds fûts de sapin, juste équarris, des poutres, des entraits, des arbalétriers, des chevrons prêts à être assemblés, toutes les pièces qui constitueraient les fermes des toits. Rien qui rappelât la confection des bateaux. Pierre entraîna Giuseppe tout au fond de l'atelier. Il rejeta vers l'arrière la bâche qui couvrait la galiote dont le fin museau apparut.

« C'est le bateau de François. Joseph me l'avait commandé pour le çartificat du petit. Je l'laisse pas dépérir. Tu vois, j'mets d'l'eau dans l'fond pour le *regroussir*[1]. Je l'repeins tous les ans. Des fois, on sait jamais, p'têt qu'un jour… » Giuseppe avoua alors sa visite nocturne et sa curiosité. Ils recouvrirent la

1. Regroussir : faire gonfler le bois.

galiote avec soin et, une nouvelle fois, les paroles ne passèrent plus.

« Et maintenant, qué'qu'tu vas faire ?

— Je pensais aller chez Armand.

— Oui, *drine-toi*[1] d'y aller. Quand que tu l'auras vu, tu viendras manger avec moi. »

Le cœur lui battait fort quand il souleva le loquet de la barrière. Il sut tout de suite qu'Armand était chez lui : il avait laissé ses sabots sous le gratte-pied, à droite de la porte de la cuisine dont le bas seulement était fermé. Armand, assis devant la table, épluchait des légumes pour sa soupe et lisait un journal, appuyé contre une bouteille de vin. Giuseppe ne savait trop comment s'annoncer. Armand avait sûrement entendu marcher dans la cour et tournerait son visage vers la porte. Fallait-il frapper ? Il toussota plusieurs fois et posa sa main sur le bord du lucet. Armand le regarda et hocha la tête :

« C'est don' toi qu'es là ! Entre et assis-toi. »

Il se leva et se rinça les doigts dans la cuvette de l'évier. Il s'essuya longuement les mains, poussa au bout de la table le panier aux légumes et le journal aux épluchures. Il reprit sa place sans un mot. Il se passa la main sur le front, se frotta le menton, s'appuya au dossier de sa chaise. Giuseppe sentait bien que c'était à lui de dire les premiers mots mais il en

1. Drine-toi : active-toi.

était incapable et restait sans voix, les mains sur les genoux.

« J'vois ben que c'est moi qui vas enrayer, dit enfin Armand, on va pas *randouiner*[1] plus longtemps. J't'aurais vu, juste après la mort d'Aline, j't'aurais foutu un coup d'*broc*[2] dans la beille, sûr comme j'te dis. Mais vois-tu ben, l'temps a passé, j'ai eu l'temps d'réfléchir et, d'mine de mine, j't'ai trouvé des *déblâmes*[3] : al' était belle, Aline, et quand qu'tu l'as vue, t'as été comme les aut's…

— Je vous jure, Armand, que j'ai tout fait pour…

— J'sais ben, c'est elle qui t'as cherché et qui t'as fait perd' la *termontade*[4] ; t'as été comme moi en 14, quand que j'l'ai vue la première fois, je m'suis dit : “Ça s'ra cette-là et pas une aut'” et toi, t'as dit pareil. Al' a *affenassé*[5] tout' nos idées.

— C'est vrai, j'aurais dû me ressaisir et pas vous faire de tort parce que je savais bien que ça nous conduirait qu'à des soucis.

— Si on l'tait capab' de tout faire comme faut, y aurait point d'malheureux, mon pauv'gars.

---

1. Randouiner : s'attarder, traîner.
2. Broc : fourche à deux ou trois dents.
3. Déblâme : excuse.
4. La termontade : la tramontane.
5. Affenasser : éparpiller, troubler.

Pas'que, t'es un pauv'gars comme moi, on a une image dans la cabèche et elle en sort pas. Oui, j'me suis dit ça : sa punition à lui, c'est qu'maintenant, il oubliera pas. Mais j'me suis dit aut'chose quand que t'as parti, c'est qu't'as pas voulu nous faire du tort pus longtemps, qu't'as été honnête et que, si ça a mal tourné, c'était pas ta faute. J'ai point de déhaite contre toi.

— Je l'ai fait surtout pour François qui aurait été victime de notre folie et François, je l'aimais.

— J'sais ben. J'ai eu la doutance que le p'tit était pour quét'chose dans ton départ… On a eu des belles années tous les deux et dire que maintenant me v'là tout seul, à tourner en rond comme un *jaudrais*[1].

— J'étais venu bien sûr pour qu'on parle de tout ça mais aussi pour vous demander une permission.

— Une permission d'quoi ?

— Pierre veut bien me reprendre avec lui et moi, je voudrais bien revenir, mais ça se fera seulement si vous êtes pas choqué de me voir ici tous les jours. Si vous dites non, je m'en vais.

— Si j'te dis non, qué qui va s'passer ? J'te rendrai encore plus malheureux et moi, j'serai pus heureux pas'que je m'serai revengé ? Non, du mal-

1. *Jaudrais : imbécile.*

heur, y en a eu assez, on a pas le droit de mett' du tabut dans l'cœur des aut's. Si c'est ton idée, r'viens. On parlera de mon petit François. Faut que j'te mont' quét' chose. »

Il se leva, passa dans la chambre. Giuseppe l'entendit farfouiller dans un tiroir. Il revint, une enveloppe à la main.

« Tu l'as connu tout p'tit seulement. Tu vas voir comm' il l'tait beau. Tiens, su' c'te photo-là, c'est l'soir du çartifîcat où qu'il avait été premier du canton ; c'est Lucie qui l'avait tiré en portrait. Là, c'est quand qu'il a commencé à travailler chez Pierre : tu vois, c'était pas un *fernacul*[1] avec sa cassiette et ses velours. Là, c'est su' la Loire avec Marie dans la galiote vers l'île Bourdin. Cette là, c'est la darnière, devant la grille de la Guitonnerie. Et puis après, pus ren qu'la nuit pour *baner*[2]. Y a eu des soirs où qu'j'étais tellement déconnu que j'me s'rais ben moi aussit' foutu dans la Mouille Noire. »

Armand remit les photos dans l'enveloppe et tous deux restèrent songeurs. Giuseppe imaginait le village pendant ces années : les rires sous le hangar, les robes blanches de Marie sur la Loire, les vendanges à l'Orchère, tout ce pur bonheur des

---

1. Fernacul : freluquet.
2. Baner : pleurer.

enfants sur lequel planait, sans qu'ils s'en doutent, le drame que les adultes avaient noué et qui les avait écrasés.

« Je voulais vous dire comme je vous suis reconnaissant…

— Non, mon gars, dis ren. Quand que y avait, su' la commune, des gens qui faisaient pas c'que fallait, François, i'disait une phrase qu'il avait lue dans un liv' du curé : "pardonnez-leur, parce qu'ils ne savent pas ce qu'ils font"… Quand c'est i' qu'tu r'viens ?

— Pierre va s'arranger avec mon patron de Chalonnes ; peut-être la semaine prochaine.

— Ce s'ra ben. En attendant, on va boire un coup, tout' cett'*arrée*[1] m'a donné soif et y avait si longtemps qu'j'avais pas tant causé. »

Pendant qu'Armand mettait les verres et la bouteille sur la table, Giuseppe demanda :

« Et Marie ? L'instituteur m'en a dit que deux mots.

— La pauv' petite ! Elle a ren su de toutes nos affaires. Elle a folayé sitôt qu'on a été obligé de y dire, pour François. Depuis, al' dit pus ren ; sauf "François", "oui", "non". Lucie s'en occupe comme d'un queniot. Faut l'habiller, la faire manger. A' veut pus s'prom'ner. A' reste dans l'fauteuil du grand-

1. *Arrée : attention, réflexion.*

père avec son cahier et son chat et a crie dès qu'on veut y prendre. Si tu y vas, à la Guitonnerie, tu verras comme al'est toute *palaude*[1], toute feluette, elle qu'était si *dringuette*[2] ! Le docteur, i'dit qu'faut avoir confiance ; vu qu'al' est jeune, ça peut rev'nir comme avant mais faudra du temps. »

Quand Giuseppe quitta la Blinière, il sentit qu'il avait fait un grand pas en avant et que l'étau qui lui serrait la poitrine s'était desserré. Il redoutait pourtant sa visite chez les Terrien ; là, il n'avait rien à se faire pardonner, mais il concevait l'atmosphère angoissante de la maison : ces parents silencieux et désespérés, cette petite, muette et noyée dans ses brumes ! Sa gorge se nouait à l'avance. Revoir les autres du village serait facile et n'aurait pas de conséquence sur sa vie : Alfred, Aristide et Lucien fêteraient bruyamment son retour devant une bouteille. Joséphine et Clarisse lèveraient les bras au ciel en clamant « Jésus-Marie, c'est- i' Dieu possible ! » Il n'y aurait pas d'écheveaux embrouillés à démêler.

Giuseppe avait toujours été impressionné par cette demeure, symbole d'une aisance qu'il n'avait jamais connue : la maison de San Giovanni n'était qu'une masure basse aux murs de pierres sèches ; ses emplois successifs ne lui avaient permis de se

---

1. *Palaude : palôte.*
2. *Dringuette : vive.*

loger que dans des chambres tristes et inconfortables. Son premier luxe, c'est Pierre qui le lui avait offert : la petite maison de la Croix-Maurepas. Il était rarement entré à la Guitonnerie, il lui en était resté quelques reflets : le parquet où le soleil imprimait les losanges des vitres de la porte-fenêtre, le beau buffet aux panneaux sculptés, les cuivres de la cuisine.

La grille était fermée. Sous le marronnier, en effet, le fauteuil d'osier tournait le dos à la route ; une tête blonde, immobile dépassait du dossier. Il crut que le bruit de ses pas l'animerait, qu'elle se tournerait et qu'il verrait enfin le visage de Marie, les photos d'Armand, prises de trop loin, ne lui ayant montré qu'une silhouette floue. Il allait tirer la chaîne de la cloche quand Lucie apparut sur le seuil de la cuisine, un doigt sur les lèvres. Sur la pointe des pieds, elle fit un large détour, loin du fauteuil, pour arriver jusqu'à Giuseppe. Elle lui fit signe de la suivre et, sans bruit, ils gagnèrent la cuisine dont elle ferma la porte. Elle s'assit lourdement, les mains appuyées au bord de la table, comme une paysanne revenant des champs, les reins douloureux. Giuseppe remarqua que si elle était restée svelte, elle avait perdu sa grâce de jeune fille : les épaules affaissées, le dos arrondi, les bras amaigris et les mains osseuses portaient les stigmates de son chagrin. Dans sa tresse, les cheveux blancs affadissaient l'éclat doré d'autrefois. Et, quand elle regarda Giuseppe, dans ses yeux pâles, il put lire l'aveu de sa résignation et de sa défaite.

« Asseyez-vous, Giuseppe, dit-elle en essayant de sourire. Je vous ai vu passer sur la place et j'espérais votre visite. Joseph est dans la salle à manger, il fait sa sieste, on va le laisser tranquille encore quelques instants ; le pauvre, il a grand besoin de repos. Vous verrez ; comme moi, il a bien changé. Vous êtes venu faire un petit tour au Plessis ?

— Plus qu'un petit tour ! »

Et Giuseppe expliqua ses projets, sa visite chez Armand, son retour prochain.

« C'est une bonne nouvelle et elles sont si rares depuis quelques années, les bonnes nouvelles. Avec vous, on parlera de notre François. Voyez-vous, Joseph et moi, nous ne pouvons parler de lui avec personne : Armand se terre dans sa Blinière. Pierre évite d'aborder tout sujet qui touche à la Loire et aux bateaux, donc à François ; quant aux autres, ils nous fuient, non par indifférence mais par gêne ; ils ont tout dit le jour de sa mort et maintenant, par peur d'être maladroits, ils préfèrent ne plus croiser notre route. Notre vie maintenant, c'est Marie : chaque minute, nous guettons le petit signe qui nous dirait qu'elle sort de son enfer.

— Pierre et Armand m'en ont parlé…

— Depuis six ans, rien n'a pratiquement changé. De temps en temps, elle serre son cahier sur sa poitrine et dit “François”, vingt, trente fois de suite, comme une sombre litanie ; elle reste ensuite de longues heures, la tête penchée et les larmes coulent sur ses genoux. Elle dit oui ou non si je lui demande si elle a chaud ou froid. Elle ne sourit qu'en feuilletant son cahier : lit-elle ? Je ne sais pas. J'ai réussi une fois à lui faire quitter son fauteuil : d'elle-même — et j'avais raison de le craindre — elle a remonté la rue à Vaslin, mais quand elle a vu les peupliers de l'île, elle a crié “non” et il a fallu rentrer. Sans que je m'y attende, elle a débité un chapelet de mots dans lesquels j'ai cru reconnaître “le héron, les fées, nager, mignon, Brillant” et aussitôt le silence est retombé. Voilà où nous en sommes avec en plus, constamment, l'image de François dans les bras d'Aristide… Nous payons trop cher… Allons voir Joseph. »

Il se leva difficilement de son fauteuil, serra les mains de Giuseppe en hochant la tête comme pour dire : « Vous comprenez la vie que nous menons ! »

Giuseppe regarda par la porte-fenêtre : Marie dormait. Sa tête s'appuyait au dossier du fauteuil, ses cheveux blonds qu'on n'avait plus coupés tombaient sur ses épaules. Sur son visage étiolé, deux rides encadraient sa bouche serrée comme si elle avait décidé de rester muette à jamais. Devant ce visage torturé, Giuseppe essayait de glisser celui de la petite fille rieuse et espiègle dont il se souvenait et dont Pierre disait : « Al est *artillante*[1] comme un *chat de perche*[2] ! »

Lucie ouvrit la porte et s'avança pour chasser une abeille qui bourdonnait autour du visage de Marie. Elle caressa doucement ses cheveux et Marie s'éveilla. Elle ouvrit les yeux et vit Giuseppe, debout dans l'encadrement de la porte. Elle eut comme un léger sourire de reproche, et sa voix prit le ton de la réprimande indulgente d'une mère à son enfant :

« François, tu es revenu, tout de même ! »

Tous trois se regardèrent, stupéfaits. Joseph vint s'agenouiller près d'elle, Lucie essaya tendrement de capter son regard :

« Ma chérie, répète ce que tu as dit, s'il te plaît. »

Et Marie reprit :

« Il est revenu tout de même ».

Giuseppe ne savait que faire, il n'osait bouger.

« Dites oui, Giuseppe ; dites : oui, je suis revenu.

— Oui, Marie, oui, je suis revenu. »

---

1. Artillante : pétillante, vive.

2. Chat de perche : écureuil.

Alors, elle tendit les bras vers lui. Il descendit la marche, il serra ses mains dans les siennes et ils restèrent ainsi, les yeux dans les yeux. Plusieurs fois, Marie répéta tout bas les mêmes mots : « Tu es revenu, tu es revenu » mais avec, cette fois, dans le ton de sa voix, une interrogation dubitative comme pour chercher à obtenir une réponse qui comblerait sa longue attente. Giuseppe répondait « Oui, tu vois. » Tout à coup, elle retrouva des gestes d'autrefois ; du plat de la main, elle frappa sur la place vide du fauteuil d'osier, la place de François et dit : « Là ! » Giuseppe s'assit à côté d'elle. Elle passa son bras sous le sien et déposa sur ses genoux la marionnette de velours ; elle chantonna les premiers mots de la chanson : « Ô mon petit Chat-Rayures, je veux que mon amour dure ». Puis elle lui mit le cahier dans les mains et lui dit : « Lis ! » Lucien et Joseph l'invitaient du regard à jouer ce jeu étrange et dangereux avec le fol espoir qu'une lumière nouvelle allait briller. Inquiet, Giuseppe se disait que tout à l'heure, il lui faudrait partir : qu'allait-il se passer ? Il ouvrit le cahier ; il ne savait que lire quand un titre l'attira : *L'Île Bourdin.* Alors, il lut le poème et à mesure qu'il lisait, Marie formait sur ses lèvres les mêmes mots ; elle ne récita à haute-voix que la dernière strophe et quand ce fut fini, elle posa sa tête sur l'épaule de Giuseppe. Il fallut alors qu'il caressât Chat-Rayures. Lucie demanda :

« Comment s'appelle ton chat ? »

Marie ne répondit pas, elle reprit vivement la marionnette et la serra sous son bras droit comme si elle avait peur qu'on la lui volât, mais son bras gauche était toujours glissé sous celui de Giuseppe qui ne savait comment il se dégagerait : il ne voulait pas brusquer son départ, le monde où vivait Marie était incertain, des chemins tortueux s'y enchevêtraient, on ne savait lequel elle prendrait après ce fragile réveil de sa conscience où se mélangeaient le présent et le passé. Le nouveau silence de Marie, ses sourcils froncés et sa bouche de nouveau crispée prouvaient un effort intense pour relier entre elles des images confuses et fugitives. Lucie jugea qu'il était temps d'intervenir :

« Ma petite fille, François doit avoir faim, il a bien travaillé aujourd'hui ; je vais lui préparer son repas. Tu viens », ajouta-t-elle en prenant Giuseppe par la main. Il se leva en dégageant le bras de Marie. Craignant ses réactions, il resta debout, sans bouger, quelques secondes, fit trois pas vers la cuisine, s'arrêta de nouveau, redoutant un cri, un appel. Il se retourna : Marie avait repris la pose, le cahier et le chat avaient retrouvé leur place. Elle fermait de nouveau les yeux, l'étincelle était flétrie. Sans se concerter, chacun se demanda si cette courte flammèche n'avait pas allumé un feu nouveau dont la prochaine clarté serait plus vive et plus franche.

« Mon pauvre Giuseppe, dit Lucie, nous vous avons fait vivre un moment bien pénible mais aurait-il fallu la détromper plutôt que d'entretenir son rêve ?

— Au moins, aura-t-elle été heureuse un moment !

— Puisque vous revenez bientôt au Plessis, je vous dirai comment les jours prochains se seront passés. On décidera si l'expérience est à renouveler, à moins que…

— Non, soyez tranquille, je le ferai volontiers pour vous, pour François. »

Quand il se retourna devant la grille pour les saluer de la main, il sembla lire dans leurs regards, un pâle éclat qu'il n'arrivait pas à définir : ce n'était pas du bonheur. De l'espoir peut-être : « une joie triste », finit-il par se dire, « c'est ça, une joie triste ».

Pierre, comme il l'avait dit, ne laissa pas « ferdir la soupe ». Dès le lendemain soir, il rencontra Jules Houdebine et comme les deux hommes étaient francs et honnêtes, il n'y eut pas d'embrouilles : Giuseppe finirait sa semaine à Chalonnes et regagnerait le Plessis le dimanche matin. Houdebine rassura Pierre qui craignait qu'il ne trouvât pas un autre ouvrier : les premiers prisonniers libérés revenaient, beaucoup de charpentiers, de menuisiers cherchaient du travail ; il aurait l'embarras du choix.

Juin 1945

Dans la matinée du dimanche, Giuseppe arriva au Plessis et, aussitôt, Pierre l'emmena à la Croix-Maurepas. La Renée avait fait le grand ménage. Giuseppe retrouva la table bien cirée, le buffet de merisier, le lit garni de ses draps et de la couverture rouge d'autrefois. Ils firent le tour du jardin ; Pierre lui fit admirer ses dernières tomates, sa planche de scaroles, le romarin et le cerfeuil. Quand la visite fut terminée, Giuseppe hésita au bout du routin.

« Pierre, je voudrais aller là-bas. Du menton, il désigna "les quatre boisselées".

— J'allais te le proposer. »

Tout au fond du cimetière, le long du mur, Pierre le guida vers un tertre de gazon fraîchement tondu et orné de quatre rosiers dont les fleurs rouges finissaient de se faner. Pas de pierre, pas de croix, pas de nom.

« C'est eux trois qu'ont voulu qu'ça soye comme ça. J'coupe l'herbe quand j'viens au jardin et Lucie nettoie les rosiers. » Giuseppe sentit que Pierre avait hâte de partir.

Il tournait sa casquette entre ses doigts, arracha une mauvaise herbe, coupa une rose défraîchie.

« Allez, on s'en va, finit-il par dire. Le petit, c'est pas là qu'il est, c'est là et là ! » Et il se frappait la tête et la poitrine à petits coups répétés.

II

Automne 1945

LES DEUX HOMMES n'eurent pas besoin de prendre de nouvelles habitudes, les gestes d'autrefois revenaient tout naturellement. Les yeux fermés, sans chercher, Giuseppe retrouvait sous sa paume les manches des ciseaux à bois, la poignée de la varlope, l'interrupteur du moteur de la scie électrique. Nul besoin de se concerter : ils empoignaient en même temps les bouts des madriers ; si l'un préparait sur l'établi une mortaise dans un arbalétrier, l'autre avait déjà en main la pièce à tenon avec laquelle l'accouplement se réaliserait. À chaque fois que leurs gestes doux et sûrs se mariaient dans une tacite complicité, ils se souriaient comme s'ils jouaient un bon tour aux mauvais esprits qui les avaient séparés. Vers six heures, Pierre imita la sirène qui, dans les usines, annonce la fin du travail.

« Fini l'boulot, on va faire un tour chez Clarisse. »

Les harqueliers étaient bien sûr déjà là, fermement appontés devant leurs chopines. Ce fut un joli concert !

« Sacré nom de d'là, le v'là tout d'même, ce grand fi d'garce, on créyait qu't'allais pas débaucher !

— J'sais pas si t'as eu raison d'rev'nir. Le Pierre, c'est ren qu'un *pouâcre*[1] qui va bentôt t'*aguerner*[2]. Vins don' putôt avec nous, on va t'mignotter. Clarisse, qué qu't'attends !

— Bonsoir à tous ! Malgré le travail, je crois avoir retrouvé mon bon patron d'autrefois et je suis pas prêt de le lâcher. N'empêche qu'on a guère eu le temps de boire un coup aujourd'hui et qu'un verre de blanc…

---

1. Pouâcre : mauvais ouvrier.
2. Aguerner : épuiser.

— Tu l'entends, Aristide ? v'là qu'à c't'heure i'cause comme l'instituteur ! C'est-i' qu'tu dis pus “scousez-moi” ou ben “le pétit' garchon” ?

— Et je ne dis plus “Arichtide” ni “Clariche”. Je ne dirai plus “Françva”. »

Et il se tut. Tous comprirent que ce sujet était sacré et qu'il fallait vite tourner la page.

« Il t'tait temps que tu r'viennes boire un coup avec nous vu que, si ça continue, on va bentôt défunter : depuis quéq'z'années, la *pire*[1] va pas mieux qu'la tripaille et pourtant, on s'soigne ! Va don' comprendre ! »

Ils avaient maintenant autour de soixante-quinze ans et sentaient confusément que la fête éteindrait bientôt ses lampions.

Tout l'été, l'arrivée de Giuseppe secoua la torpeur qui engourdissait le village depuis des années. On entendait de nouveau Pierre s'exclamer, jurer, rire ; par une sorte de contagion, les « zouaves » avaient repris leurs « virées » : Aristide courait après les taupes, loin dans la campagne ; Alfred sillonnait les routins à la recherche de ses herbes et recommençait à soigner les bestiaux ; Clarisse laissait volontiers sa porte ouverte et Joséphine venait se faire « payer » le café comme autrefois.

---

1. La pire : les poumons.

La Guitonnerie sembla s'éclairer d'une aube nouvelle, encore floue comme un pastel estompé : oh non ! On n'y chantait pas mais la porte-fenêtre s'ouvrait plus souvent ; avant l'automne, Joseph repeignit sa grille en gris clair ; chaque jour, Lucie tournait le fauteuil de Marie pour qu'elle vît la place, l'atelier de Pierre, l'église, et la petite ne protestait pas. Ces changements, Lucie les avait voulus dès la première visite de Giuseppe : sa fille avait parlé, manifesté des désirs, des sentiments, elle avait fait un pas timide hors de sa prison ; la lutte devait continuer. Elle rencontra Pierre et Giuseppe et les en persuada. Il fut convenu qu'après son travail, Giuseppe passerait chaque soir à la Guitonnerie et on tenterait de nouvelles expériences.

Le rituel s'installa. Giuseppe quittait son atelier vers cinq heures et tirait la chaîne de la cloche. À chaque fois, Lucie constatait que sa fille avait les mêmes réactions : maintenant que les fins d'après-midi devenaient plus fraîches, l'ombre du marronnier obligeait Marie à rentrer et c'est à travers les vitres qu'elle guettait la silhouette familière. Alors elle se serrait contre le bras droit du fauteuil pour laisser une large place à côté d'elle et ouvrait le cahier bleu sur ses genoux ; elle faisait signe à Giuseppe de venir s'asseoir et lui mettait le cahier dans les mains. Il fallait qu'il lût la page qu'elle avait choisie et toujours, à voix basse, elle récitait en même temps qu'il lisait.

Puis c'étaient les caresses au chat. Ses exigences s'arrêtaient là : elle rejetait brutalement les livres qu'on lui présentait, les jouets de François la laissaient indifférente ; les chansons de sa mère l'exaspéraient, elle n'acceptait d'écouter que les chants de Giuseppe. Naissait alors sur ses lèvres un vague sourire, ses yeux s'ouvraient plus grands comme si elle cherchait dans sa mémoire où et quand elle les avait entendus. Giuseppe remarqua que l'*Ave Maria* de Schubert la faisait pleurer et qu'à l'écoute de « *E lucevan le stelle* »... de *La Tosca*, c'était l'extase : son visage se détendait, les rides s'effaçaient, la fossette de l'enfance se creusait de nouveau. Un soir où les brises s'étaient éteintes, où la Loire rougeoyait à l'ouest, Giuseppe se leva et lui dit : « On va se promener. » Elle posa le cahier et le chat sur la place laissée libre, se leva à son tour, sortit dans la cour. Sans la guider, il lui prit le bras et, à petits pas, d'elle-même, elle monta la rue à Vaslin, mais dès qu'elle eut traversé la petite levée et qu'elle eut découvert la Loire et ses îles, elle poussa un cri, se jeta dans les bras de Giuseppe et dit : « Revenir ! » Pendant deux jours, elle retomba dans sa prostration. Lucie sembla se résigner :

« Vous voyez, sa répulsion pour la Loire ne la quitte pas, on devra éviter de l'y reconduire. »

Mais Giuseppe insista :

« La terreur de Marie devant la Loire n'est pas un si mauvais signe : elle a réagi ; donc, dans son esprit, tout n'est pas si confus. D'ailleurs, à ce moment-là, elle ne m'a pas appelé “François” comme elle le fait presque toujours quand elle me voit : peut-être qu'alors, le visage du vrai François est venu s'interposer entre nous ? Si, il faut continuer et lui présenter chaque jour une image du passé. Les souvenirs c'est comme les photos, Madame Lucie : si on les laisse toutes mélangées dans une boîte, on ne s'y retrouve plus. »

Il s'engagea alors dans la lutte comme s'il s'était lancé un défi ; chaque jour, il se risquerait à un nouvel essai. Ce qui l'encourageait, c'est que Marie était souvent prête à le suivre. Un soir, il l'entraîna dans la rote à Lusseau. Elle sembla chercher quelque chose du regard et montra la masure de Bodin qu'elle avait su découvrir derrière le fouillis des branches. Ils gagnèrent le bord de la Boire aux Fées et là, sans hésiter, elle courut vers le vieux saule couché dont elle caressa le tronc. Comme autrefois, elle s'assit et s'y appuya mais elle n'invita pas « François » à s'asseoir près d'elle. Elle montra la boire et dit : « Le poisson-chat ! » Il fallut au retour que Lucie racontât l'histoire inventée par François, du pauvre Lusseau tombé aux mains des fées.

Un dimanche, Joseph proposa une promenade jusqu'au vignoble. Toute petite, elle aimait monter à l'Orchère avec François : il la faisait frissonner d'une délicieuse frousse parce qu'à chaque fois, il annonçait : « On va aux colonies ! » Comme si la maison, les plantes, les animaux de ce coteau pourtant bien angevin, mais écarté de la Loire, le dépaysaient au point qu'il se croyait transporté de l'autre côté des mers. Et son imagination se débridait ! Ils couraient dans l'escalier de la grande maison blanche, jouaient à se faire peur dans le grenier, s'attardaient dans le cellier à respirer les vapeurs méphitiques du soufre qui les faisaient éternuer. Le jardin, c'était la jungle : ils s'enfermaient dans la serre où les géraniums se transformaient en orchidées. Les haricots grimpants devenaient des lianes, les grenouilles, des crapauds-buffles. La flamme du jeu retombait au moment du goûter : ils s'installaient sur la plus basse branche du cèdre pour y lécher la confiture de leurs tartines.

Lui faire retrouver l'Orchère serait l'occasion de voir si, là aussi, des images sortiraient de l'ombre.

On s'embarqua dans la voiture tirée par Brillant II — Brillant I était mort en 1940 — et on prit la route des vignes. Joseph arrêta son cheval à l'entrée de l'allée pour que Marie eût le temps de se reconnaître. Immédiatement, ce fut le cèdre qui l'attira et qu'elle ne quitta plus des yeux. Dès que la voiture s'arrêta dans la cour, elle courut vers l'arbre et entoura la plus basse branche de ses bras. Puis elle parcourut le jardin à petits pas, non au hasard mais en tournant à droite, à gauche, de façon déterminée, vers un but précis : elle arriva ainsi au bord de la pièce d'eau et montra un arbre vigoureux qui, en grossissant, avait fait craquer les liens d'osier qui l'attachaient à son tuteur. Elle abandonna brusquement sa découverte pour se lancer dans la direction du cellier. Au pied du mur, elle leva la tête et dit : « Les petits oiseaux » : elle désigna du doigt un nichoir à mésanges, calé sous le chéneau du toit.

« Elle a retrouvé le noisetier que François avait planté en 38 et le nichoir qu'il avait cloué au mur », dit Joseph.

Tous trois s'approchèrent de Marie.

« Tu te souviens donc de l'arbre et de la maison des mésanges ?

— Oui, c'est François. »

Elle semblait avoir surmonté sa faiblesse habituelle qui, depuis des années, ne lui permettait que quelques pas dans la cour de la Guitonnerie. Elle sillonnait le jardin en tous sens. Ses parents avaient peur qu'elle ne se fatiguât mais n'osaient intervenir. Ils l'entendaient pousser des oh ! de surprise quand elle découvrait un nouveau trésor. Elle cessa brusquement sa promenade et vint s'asseoir sur une des chaises de jardin. Son père lui dit :

« Tu es toute rose ! Tu es contente ? »

Elle débita tout d'une traite : « Oui, l'arbre, les petits oiseaux, les grenouilles, les tartines de confiture, François qui était mignon ». Depuis longtemps, elle n'avait dit autant de mots à la fois.

Giuseppe s'approcha d'elle et lui murmura :

« Est-ce que je suis toujours mignon ? »

Elle le regarda intensément, sembla réfléchir, il y eut dans son regard une ombre, un doute, une hésitation. Elle le fixa de nouveau : « Je ne sais pas », finit-elle par répondre.

Joseph s'éloigna de quelques pas jusqu'à la porte du cellier et il appela, en insistant sur le nom :

« Giuseppe, Giuseppe, venez voir ! » Marie suivit du regard Giuseppe qui s'éloignait. Tout son visage se crispa ; elle se frotta les yeux et demanda :

« Qui c'est, Giuseppe ? »

Alors Lucie lui expliqua : elle évoqua l'atelier de Pierre, la petite maison des prés, les leçons de chant. Marie sembla fouiller dans sa mémoire avec un énorme effort de concentration, mais elle ne put le soutenir plus longtemps. Elle retomba dans sa prostration coutumière : quel complexe cheminement le nom de Giuseppe parcourait-il dans sa tête ?

Le retour fut silencieux ; chacun se disait qu'un certain agencement cohérent des images s'était mis en place puisqu'elle avait retrouvé des choses pourtant banales et les avait bien reliées au réel. Chacun aussi méditait ses projets : Joseph ramènerait souvent Marie à l'Orchère, Lucie reparlerait des goûters, des mésanges et du noisetier, Giuseppe lui ferait d'abord comprendre qu'il n'était pas François, ensuite l'amènerait prudemment à renouer les liens brisés avec la Loire, les grèves et les îles qu'elle avait tant aimées.

Les vendanges furent rapidement expédiées, les gelées de mai n'ayant épargné que deux ou trois grappes par cep. La récolte serait maigre mais le vin, grâce au bel été, mériterait qu'on lui réservât une place de choix : on le garderait pour le boire entre amis.

La petite, comme ses parents l'appelaient toujours, reprenait des forces et des clartés encore faibles essayaient de trouer les ténèbres. Quand elle voyait Giuseppe, elle ne l'appelait plus « François » ; elle l'accueillait toujours avec un sourire timide, mais dans ses yeux encore voilés éclatait plus souvent une brillance nouvelle, fugitive certes mais plus pétillante.

Giuseppe s'était attelé à sa tâche avec l'énergie que donne le désir de la revanche : Aline et François, il n'avait pu les sauver, mais Marie, il l'arracherait à ses divagations. Chaque jour, pendant son travail, il imaginait un plan nouveau dont il espérait l'efficacité ! Ainsi, un soir, il passa chez Armand et lui demanda de lui prêter les livres de François sur les bateaux : c'était Marie qui les lui avait achetés à

Angers. Quand il arriva à la Guitonnerie, Lucie avait son visage désolé des mauvais jours.

« Aujourd'hui, mon pauvre Giuseppe, c'est le vide total : rien à faire pour qu'elle avale une bouchée et ces larmes qui coulent sans arrêt ! Pas moyen non plus de la faire sortir ! » Marie restait immobile dans son fauteuil, devant la table. Lucie avait étalé ses cahiers de chansons auxquels elle avait essayé de l'intéresser, mais les yeux clos de Marie l'enfermaient dans ses habituels tourments. Giuseppe s'assit à côté d'elle, repoussa les cahiers et ouvrit l'un des livres à une page où était dessinée une toue cabanée. Au bruit de la chaise qu'il avait approchée de la table, Marie sortit de sa torpeur et regarda le dessin. Sans dire un mot, elle tourna les pages et à chaque fois qu'un nouveau bateau apparaissait, elle s'attardait à l'examiner. Alors, Giuseppe comprit qu'il pouvait intervenir.

« Tu vois, là, c'est une toue, ça, c'est une gabare, ça, un fûtreau avec son drôle de gouvernail. Celui-là, tu le reconnais ? C'est le bachot d'Aristide. Tu le connais, Aristide ?

— Oui… les taupes.

— Voilà ! Celui-là, c'est le plus fin, une yole, mais Pierre lui donne un autre nom qu'il trouve plus joli : une galiote. »

Il se tut pour attendre : le mot déclencherait-il un écho ?

« … Comme *La Galiote Marie* ?

— Oui, mon petit. Tu te souviens ? »

Mais à chaque fois que Marie entrouvrait une nouvelle fenêtre qui laissait filtrer un rayon plus aigu de lucidité, comme si cette lumière nouvelle l'aveuglait, elle coupait son attention. Elle ferma le livre. À mi-voix, elle dit le dernier vers du poème : « Ma galiote Marie, reste au pied de la tour. » Ce soir-là, toutes les autres tentatives furent vaines.

Pourtant, Giuseppe n'en démordait pas : c'est par la Loire qu'elle se sauverait si elle devait être sauvée. Lucie n'était pas de son avis :

« Chaque fois qu'elle monte à la Levée, elle s'affole et veut rentrer.

— Oui, pour l'instant la Loire la repousse, mais elle l'a trop aimée : un jour, son attraction l'emportera. »

Comme souvent, au bord de la Loire, l'été semblait éternel : les feuillages à peine pâlis gardaient leur éclat émaillé, mais après quelques nuits plus fraîches et plus humides, le véritable automne les dora brusquement et toute la Loire s'illumina en reflétant les arbres des îles quand les brouillards s'élevèrent au-dessus des cimes.

Devant ce spectacle si coloré et si apaisant, Giuseppe sentit qu'il fallait saisir l'occasion. Il entra dans la salle à manger en exagérant son enthousiasme : « Si tu voyais, Marie, comme c'est beau ! De l'or ! De l'or qui coule partout ! Je t'emmène, il ne faut pas rater le spectacle ! »

D'elle-même, elle se leva et, comme d'habitude, prit Giuseppe par la main pour monter la rue à Vaslin. Elle s'assit sur le parapet de la levée. Aucune peur ne vint ternir son visage. La tête haute, elle s'exposa aux derniers rayons du soleil qui doraient sa joue comme ils doraient les grèves et la crête des vaguelettes qui léchaient la tête de l'île Bourdin. Les mouettes, toutes roses, se chauffaient en soulevant leurs ailes. Elle ne dit rien tant que la luminosité fit flamber le paysage dont elle semblait vouloir s'imprégner. Ce n'est qu'au moment où le soleil plongea derrière Saint-Florent qu'elle pointa son doigt vers les rives qu'elle avait tant sillonnées avec François. Elle nomma les îles et les molles, ramena son regard vers le bord et s'attarda sur la cale du Mulet. Elle dit seulement : « Les grands bateaux de François. » Elle rentra au bras de Giuseppe mais ne hâta pas l'allure. Elle ne fuyait pas ; elle semblait déguster avec délices les images que la Loire lui avait offertes. Quand Giuseppe la quitta ce soir-là, il était sûr qu'une douce sérénité avait enveloppé l'âme de Marie, que le fantôme sinistre de la Loire qui jusqu'alors lui faisait peur, s'était transformé en une divinité paisible et accueillante.

Pierre n'avait pas hésité une seconde :

« Profites-en pisque tu dis qu'a' va mieux. Pourquoi que tu *renaudes*[1] ?

— J'ai peur d'aller trop "à la galope" comme tu dis !

— Maintenant qu'al a vu la Loire et que ça l'a pas *bistournée*[2], on peut y montrer la galiote. Sinon, tu t'seras *bédassé*[3] pour ren.

— Comment va-t-on s'y prendre ?

— Sûr qu'i'faut pas y aller trop de saut. Tu y dis qu'ça fait longtemps que j'l'ai pas vue. Avant la basse heure, vous venez *treuler*[4] par là. J'lui montrerai les poinçons et les pannes qu'on vient de préparer et pis, d'mine de mine, on l'amènera vers le fond de l'hangar. La galiote s'ra *désabriée*[5]. Si a's'écraille trop fort, tu la ramèneras vite à la Guitonnerie. Allez, petit, on essaye ! Attends pas que ça *bruneye*[6] : il est deux heures, on en finit avec les voliges de c'grand *sarcot'*[7] de Gustave et à quatre heures, tu y vas. »

Malgré l'optimisme de Pierre, Giuseppe n'était pas trop fier en entrant chez Joseph. Il lui

---

1. Renauder : renâcler.
2. Bistourner : brouiller les idées.
3. Bédasser : fatiguer.
4. Treuler : se promener.
5. Désabrier : découvrir.
6. Bruneyer : commencer à faire noir.
7. Sarcot' : homme grand et maigre.

faudrait d'abord s'assurer que la petite n'était pas dans ces jours d'abattement où elle ne voulait voir personne. Ensuite, persuader Lucie en reprenant les arguments de Pierre, que la Loire n'effrayait plus Marie et que la vue de la galiote avait des chances de lui faire retrouver le monde enchanté de son enfance comme l'avaient fait le noisetier et le nichoir de l'Orchère. Lucie fut facile à convaincre : elle voyait en Giuseppe un magicien capable de créer le jour dans les ténèbres, d'effacer les rides ; un orfèvre habile à émailler les regards ternis.

« Essayons puisque vous sentez que cette rencontre lui sera salutaire ; aujourd'hui, l'humeur est encourageante : elle a accepté de changer de robe, elle a même semblé heureuse de retrouver sa jupe jaune à fleurs. »

Quand Giuseppe parla de promenade, elle enfila vivement sa veste de laine, mit seule ses chaussures et dit : « Où va-t on ? »

« Chez Pierre, il te réclame. Tu ne sais pas ce qu'il m'a dit ? : "La Marie, c'est une petite *daumoise*[1] qui m'aime pus."

— Il est fâché ?

— Non, ne crains rien ! Il sait bien que tu n'es pas une péronnelle, mais tu lui manques. »

---

1. Daumoise : une péronnelle.

Tout en marchant, il essayait d'intéresser Marie aux activités du village.

« Entends-tu les petits élèves de monsieur Émeriau ? C'est l'heure du chant, écoute ! Tu reconnais la chanson ? Je crois qu'elle s'appelle *Vive l'Anjou !* »

Il en fredonna le début espérant qu'elle enchaînerait comme elle le faisait avec les poèmes. Elle resta muette tant que dura le couplet, mais au moment où il marqua une courte pause avant d'entamer le refrain, elle attaqua seule, à voix forte, il en fredonna le début d'un air décidé :

Qui boira, qui voudra, le cidre ou bien la bière...

« Je ne me suis pas trompée ? dit-elle.

— Non, c'est très bien, on la chantera à Pierre. Regarde Clarisse, sur sa porte, qui t'applaudit ! »

Elle retrouva dans la cour ses gestes de l'enfance : elle froissa entre ses doigts une branche de romarin et respira longuement son odeur ; elle manœuvra plusieurs fois le balancier de la pompe, fit le tour du parterre où se fanaient les derniers géraniums puis, sans que Giuseppe eût besoin de la guider, elle marcha vers le hangar où Pierre l'attendait.

« En v'là une bonne surprise ! Je m'disais : al'est fâchée, la petite !

— Ça sent bon ! »

Elle caressa les pièces de bois ; le nez collé aux madriers, elle respira l'odeur de la résine ; elle palpa les outils et frappa l'établi à petits coups de maillet : ses sens voulaient retrouver les sons et les odeurs que, naguère, elle venait chercher quand, le soir après l'école, elle furetait dans l'atelier en attendant que François fût prêt à partir.

D'elle-même aussi, elle gagna le fond du hangar. À quelques pas de la galiote découverte, elle s'agenouilla dans la sciure et les copeaux et la fixa avec joie et douleur à la fois, comme on regarde un ami perdu de vue depuis longtemps et dont on essaie de retrouver les traits. Elle hochait la tête d'un air perplexe, ses yeux allaient des deux hommes silencieux à la galiote : elle sentait qu'un lien les unissait. C'est Pierre surtout qu'elle interrogeait du regard : « Que fait-il là, ce bateau ? » semblait-elle lui demander. Elle se leva, l'examina de plus près, palpa les rames, caressa son bord ; sa main remonta vers la levée avant ; elle s'accroupit et lut à haute voix : *Ma Galiote Marie*. Dans une sorte de cri, elle clama : « Le bateau de François ! » Elle en fit le tour presqu'en courant et un flot de paroles déferla :

« Pourquoi la galiote est-elle ici ? Ce n'est pas sa place. Sa place, c'est sur l'eau. »

Haletante, elle lança à voix plus basse une imploration anxieuse : « François, emmène-moi. Je veux le bruit du bateau qui râcle le sable de la grève. Je veux le héron. Je veux les mouettes. Je veux l'île Bourdin que tu m'as donnée. Emmène-moi. » Elle posa son front sur le bord de la galiote et immobile, attendit une réponse à sa supplication.

Pierre s'agenouilla à côté d'elle :

« Tu veux qu'on r'mette la galiote à l'eau ? Qu'on t'emmène su'la Loire ? Tu veux aller à l'île Bourdin ? On f'ra tout c'que tu veux. »

Elle faisait oui de la tête et les deux hommes lurent dans ses yeux non plus le fugace éclair du banal plaisir, mais l'éclat profond du bonheur comblé. Ses yeux d'ardoise — les yeux de la volonté — effacèrent les yeux de lin et d'une voix brève et ferme, elle dit seulement : « Demain. »

Elle fit quelques pas vers la sortie de l'atelier et elle exprima ce qu'il espérait tant, ce qu'elle avait commencé à admettre depuis quelques jours : chaque visage retrouvait sa vraie place.

« Viens, Giuseppe, dit-elle, on s'en va. »

Pierre bouscula son emploi du temps :

« La p'tite a dit d'main, ça sera d'main ! La galiote, faut d'abord que j'la prépare, vider l'eau, ben la fombrayer et l'*acôrer*[1] su' la p'tite charte. Avant, faut s'occuper des voliges à Gustave pas'que, si i'vient et qu'on est pas là ? Nom de d'là d'bon'là ! Faut pas que j'*m'arosse*[2]. »

---

1. Acôrer : installer, caler.
2. S'arosser : s'énerver.

Il réfléchit quelques secondes et presque en courant fonça dans la rote à Lusseau, écarta les branches de sureau du routin d'Alfred. Le vieux, assis devant sa porte, triait patiemment les herbes qu'il avait ramassées le soir précédent. Dès qu'il vit Pierre arriver si vite, il lâcha ses herbes, renversa sa chaise :

« Nom de Diou, Pierre, me dis pas qu'y a encore un malheur d'arrivé !

— Non, Alfred, *t'affouante*[1] pas, il arrive ren qu'du bon, je t'expliquerai. Faut qu'tu m'aides : tantôt, j'suis occupé et le Gustave, i'doit v'nir chercher ses voliges, vers cinq heures, il a dit. Faudrait que tu viendrais l'aider à les charger su' sa charte. Tu peux ?

— Moi, j'peux toujours, j'ai pas d'patron. À cinq heures tu dis ? J'y serai. Faut qu'ce soye un sacré *attelage*[2] qui t'empêche d'êt'là ?

— Oui et c'est pas des *berlauderies*[3]. Figure-toi qu'la p'tite a'veut qu'on r'mette la galiote su' la Loire !

— Bon d'là ! Ça, c'est une nouvelle ! A' va mieux alors ?

1. *S'affouanter : s'effrayer.*
2. *Un attelage : un embarras.*
3. *Des berlauderies : des futilités.*

— J'crois. A l'a vu le bateau t'à l'heure et al'a retrouvé toute sa *montrance*[1] ; al' a dit : "J'veux aller à l'île Bourdin", alors faut pas *berlaizer*[2]. J'compte su' toi. À c'soir, chez Clarisse. »

Il revint à grands pas vers son atelier et y retrouva Giuseppe :

« Alors ?

— Tout va bien. Marie semble calme et heureuse ; ses parents, eux, sont plutôt inquiets !

— Alors, au boulot. »

Ils sortirent la galiote dans la cour, la vidèrent, la lavèrent à grande eau et la hissèrent sur le charreton. L'équipage traversa la place et le bruit des roues qui écrasaient le sable fit sortir les curieux. Joséphine et Clarisse lancèrent leur « Jésus Marie » traditionnel qui résumait leurs pensées. Armand les aida à monter la côte. La galiote glissa en froissant les rauches et bientôt, elle se balança dans les vaguelettes qu'elle avait fait naître et qui venaient mourir sur les pavés de la cale. On attacha la chaîne au vieux saule. Tout était prêt pour entreprendre la virée.

« Pierre, je voulais te dire… : puisque c'est toi qui rames, il vaudrait mieux remonter le courant pour…

---

1. Sa montrance : son allure, sa prestance.

2. Berlaizer : perdre son temps.

— Oui, j'y pensais. Tu veux dire : pour passer au large de la Mouille Noire ? On piquera dret' su' l'Alleu et on s'laissera avaler jusqu'au nez de l'île Bourdin ; c'est comm' ça qu'i faisaient, les petits. Tu vas la chercher ? J't'attends là. »

Marie était prête : elle avait mis sa veste de laine et s'était coiffée d'un bonnet rouge d'où s'échappaient ses cheveux frisés, récemment coupés. Comme naguère quand elle était attentive ou inquiète, elle enroulait une courte boucle autour de son index jusqu'à ce que le souple ressort velouté se détendît et vînt ourler le bord du bonnet. Avant que Giuseppe ait eu le temps de sonner, elle fut dehors et s'accrocha comme toujours à son bras.

« La galiote ? dit-elle seulement.

— Elle t'attend. »

L'installation fut plus périlleuse qu'on ne l'aurait cru. Si la marche de Marie était de plus en plus assurée sur les chemins du village, il n'en fut pas de même quand il s'agit de mettre le pied dans le bateau : les courtes vagues créaient un léger roulis et elle hésitait à poser le pied sur la levée de l'avant. Giuseppe entra dans l'eau et immobilisa la galiote. Pierre y entra le premier et, les mains de Marie dans les siennes, il la guida jusqu'à la côme où elle s'assit, un peu étourdie. Pierre détacha la chaîne, empoigna les rames et, à tout petits coups, éloigna le bateau de la rive. La Loire n'était pas haute, les grosses crues n'avaient pas encore noyé les grèves ; seule, une *bavasse*[1] piquait la surface de l'eau de bouchons d'écume, mousseux comme une crème fouettée. Pierre pointa l'avant de la barque vers l'île de l'Alleu de façon que Marie tournât le dos à la Mouille Noire. À quelques mètres de son rivage, il la fit virer et la laissa filer sur son ébrive, ne donnant qu'un léger coup de rame pour maintenir le cap. Il avala doucement jusqu'au moment où le fond de la galiote racla le sable de la grève, en tête de l'île Bourdin. Marie mit un doigt à son oreille : « Vous avez entendu ? » François disait : « Ça *cramaille*[2] ! » Giuseppe l'aida à sauter sur le sable. Il lâcha sa main pour la laisser parcourir à sa guise la terre retrouvée. Elle resta d'abord sur place, tourna lentement la tête pour redécouvrir tous les horizons : le grand chenal à droite, le pont d'Ingrandes droit devant elle, le clocher du Plessis et le toit de sa maison qui dépassaient du parapet de la levée. Elle fut obligée de voir la Mouille Noire mais ne s'y attarda pas. Giuseppe se dit : « Au fond, sait-elle que c'est là que… »

Elle enleva ses chaussures et entra dans le faible courant du bord ; elle fouilla le sable avec son pied et, dans le nuage blond qui s'enfla et se déroula,

1. *Une bavasse : une petite crue.*
2. *Cramailler : racler ses sabots sur le sol.*

des alevins argentés frétillèrent. Le nuage se dissipa et sa main retira un « laboureur », cette grosse moule d'eau douce dont elle avait eu si peur le jour où pour la première fois, elle l'avait ramassée. Elle sembla chercher quelque chose des yeux :

« Le héron, Giuseppe ?

— Il est parti, il reviendra au printemps. »

Elle quitta le bord et gagna le cœur de l'île. Elle s'arrêta devant de frêles bouquets d'arbustes, des rejets de peupliers aux branches flexibles ; elle en arracha quelques-uns et, assise sur le sable, elle en fit trois couronnes ; elle en posa une sur sa tête et les deux autres sur la tête de Pierre et de Giuseppe : « Les rois de la Loire ! » dit-elle. Puis elle entra de nouveau dans l'eau, s'avança le plus loin qu'elle le put, elle saisit sa couronne, l'embrassa et, d'un geste ample, la lança dans le courant. Quand ils regagnèrent la galiote, elle dit seulement : « C'était mon Roi. » Le retour fut silencieux. Pierre abrégea le voyage en piquant droit sur la cale du Mulet. Marie se serrait contre Giuseppe. Elle sauta seule sur la rive, regarda au loin le paradis qu'elle venait de quitter : « L'île Bourdin, dit-elle, elle est pour moi toute seule. »

Dans la rue à Vaslin, Pierre prétexta sa livraison de voliges : — Alfred avait-il bien fait son travail ? — pour accélérer le pas et laisser Marie et Giuseppe derrière lui. Il sentait confusément qu'après ce pèlerinage, la petite aurait des confidences à faire, des questions à poser. En effet, une fois passée la Blinière, elle s'arrêta :

« Giuseppe, François ne reviendra pas ? »

Il hésita longuement, cherchant la bonne réponse : que dire pour ne pas la blesser, pour l'amener à comprendre qu'en effet, il était parti pour toujours.

« Tu sais, dit-il enfin, François a été très malade, il ne l'a dit à personne pour ne pas vous faire de peine. Il a lutté un moment mais quand il a compris qu'il était perdu, il… il a lâché la branche et s'est laissé glisser là d'où on ne revient pas. Mais, ajouta-t-il pour prévenir l'accès de chagrin qu'il redoutait, il est toujours là quand même, avec toi, avec nous ; tout à l'heure, il était à tes côtés dans l'île, il n'a pas lâché ta main…

— Alors, il est mort ?

— D'habitude, c'est ce qu'on dit, mais pour lui, c'est différent : on le voit, il nous voit. Il doit être heureux de cette belle promenade, de ses retrouvailles avec les goujons et le laboureur, de la couronne que tu lui as tressée et de sa jolie galiote revenue à la vie.

— On y retournera !

— Oui, il faut y retourner, souvent.

— “Tire la chaîne et monte l’ancre. Tu glisseras aussi longtemps que tu voudras”. Tu le sais, ce poème-là, Giuseppe ?

— Oui, ma belle :

Près de la Mouille Noire, j’ai un bateau
Qui t’attendra
Aussi longtemps
Que tu voudras… »

Et tout le poème y passa.

Ce soir-là, les craintes de Joseph et de Lucie s’estompèrent. Marie ne resta pas songeuse dans son fauteuil : elle s’installa devant la table et se plongea dans les livres de François.

Cette fois, la fin de l’automne envahit le village : la Renée arracha les géraniums brûlés par les premières gelées nocturnes, Clarisse enleva du rebord de sa fenêtre son bégonia défleuri, les sureaux dépouillés dévoilèrent la bicoque d’Alfred. Aristide avait vendu ses peaux de taupes et accroché ses pièges le long de son mur, sous le chéneau où ils passeraient l’hiver. Le marronnier de la Guitonnerie avait abdiqué : chaque matin, Joseph ramassait de pleins paniers de feuilles roussies ; Lucie rentra le fauteuil d’osier.

Jusqu'alors, la mauvaise saison avait été néfaste à Marie, tandis que, cet automne-là, une vie presque normale s'était organisée. Non pas que les jours sombres eussent tous disparu. Il y eut encore des nuages devant les yeux de Marie, des pleurs coulaient brusquement sur ses joues, mais elle se mettait volontiers à table avec ses parents et s'intéressait à leurs récits, à des occupations que naguère, elle repoussait. Son centre d'intérêt le plus constant, c'était les livres de François sur les bateaux.

Elle restait de longs moments à observer les dessins et les plans, à lire les commentaires techniques relatifs à leur construction. Sa mère remarqua surtout que, souvent, elle parlait de François, toujours au passé, depuis que sa conscience plus claire avait effacé la confusion entre Giuseppe et lui. Elle rappelait des souvenirs :

« Tu te souviens du jour où vous avez voulu m'apprendre à nager ? Il m'avait fait enrager avec ma “fendure” ! » Ou encore : « Je crois qu'il aurait fini par les faire, ses bateaux pour promener les gens sur la Loire. » Cette lucidité nouvelle encore fragile encourageait Lucie, elle recherchait toutes les anecdotes agréables susceptibles de tisser autour de sa fille une chaude écharpe de souvenirs bien vivants : le soir du certificat, le jour où Joseph lui avait offert l'Orchère, son premier jour de travail chez Pierre avec ses pantalons neufs et sa casquette. Les yeux de

Marie viraient comme autrefois du bleu d'ardoise au bleu de lin, la fossette renaissait plus souvent.

Quand l'hiver fut là, elle ne se claustra plus. Elle profitait d'une journée sèche et ensoleillée pour monter seule vers la levée et admirer le ballet des glaçons qui frottaient leurs bords neigeux, les arbres emportés par les crues et qui, venus s'échouer sur le nez de l'île Bourdin, lançaient vers le ciel leurs bras de pantins désarticulés. Elle revenait, les joues rouges et les yeux vifs, elle racontait tout de suite un souvenir d'hiver dont François était le héros.

III

Noël 1945

En 1939, à la Guitonnerie, Noël fut pour Marie un jour comme les autres. Lucie avait bien tenté, en cette occasion, de sortir sa fille de sa solitude mais tout avait échoué : Marie avait regardé son cadeau sans surprise, sans intérêt, avec plutôt une sorte d'étonnement : « Pourquoi ce collier ? Pourquoi aujourd'hui ? » Lucie ne renouvela pas l'expérience et les Noëls suivants ne furent plus fêtés.

Les progrès de Marie lui rendirent l'espoir : « Cette fois, se dit-elle, on peut marquer Noël. » Elle organisa la journée : on inviterait évidemment « les charpentiers », on dresserait une belle table, on sortirait de la cave quelques « vénérables » comme disait Joseph, des 1914, des 1921 qui mûrissaient à l'Orchère, on goûterait le 1945, si prometteur, on choisirait de beaux cadeaux pour tous, peut-être une nouvelle robe pour Marie ?

Quand Pierre et Giuseppe surent qu'ils étaient invités, ce fut le branle-bas de combat :

« Mon nocial, mon pauv' Giuseppe, j'l'ai pas r'mis depuis l'enterrement du petit. J'suis pas sûr de rentrer d'dans. Et toi, t'as c'que faut ?

— J'ai mon costume de velours, plié dans le haut du buffet, je lui ferai prendre l'air sur le fil à linge.

— Tu vois, l'plus *nigeant*[1], c'est les chaussures : Nous aut's, on a toujours les pieds dans des *beutiers*[2], alors quand que faut les musser dans des souyiers d'noce, ça me donne des *gouins*[3] dans les arpions. Remarque si ça m'serre de trop… sous la table… »

---

1. Nigeant : délicat.

2. Beutiers : sabots.

3. Gouins : des crampes.

Noël 1945

Lucie avait dit : « Venez dès que la sortie de la messe aura sonné. »

Ils étaient superbes : le nocial serrait un peu, Pierre était obligé de ne pas boutonner le veston. Giuseppe, dans son costume de velours et sa chemise blanche, avait rajeuni de dix ans.

Et ce furent les bruits de la fête : les exclamations devant les cadeaux découverts, le froissement des papiers, le « clap » de la bouteille débouchée. Chacun même forçait la note pour chasser les démons.

Marie étala sur le fauteuil une robe bleue garnie de dentelle et la regarda comme si elle n'osait y toucher.

« Eh ben, ma fille, dans c't'affûtiau-là, t'auras pas l'air d'une *castaud*e[1] ! »

Elle trouva sous sa serviette le petit paquet carré que Giuseppe y avait glissé en entrant. Elle tremblait en déchirant le papier : elle découvrit dans une boîte garnie d'ouate rose, une ancre de marine en or.

« Avec ça su'ta robe, t'auras l'air d'une marquise, la marquise de l'île Bourdin, s'pas ? »

Elle passa son doigt sur le bijou :

« Ça, c'est le jas ; ça, la tige ; ça, les bras et la petite boucle, en haut, je crois que c'est l'organeau.

---

1. Castaude : une fille rustre.

— T'en sais pus long qu'moi ?

— Je l'ai appris dans les livres de François.

— Allez ! à table ! »

On commença par goûter la nouvelle récolte : « Ce s'ra pas du *sigournet*[1], çui-là ! »

Il fut surtout question du travail des uns et des autres. Pierre expliqua qu'il avait en train deux gros chantiers : refaire la charpente d'une scierie qui avait brûlé l'été dernier et construire un grand hangar du côté de la Chapelle.

« Va même falloir se *bassurer*[2], mon compagnon, si on veut qu'ça soye fini en février ; avec, en plus, tout'une *tiredondaine*[3] de p'tit's réparations. »

Marie écoutait. Elle avait posé son ancre sur la table et la caressait du bout du doigt. Giuseppe devint soucieux devant l'air préoccupé de la petite. Il eut peur, comme à chaque fois que les yeux s'éteignaient et que les mauvaises rides rayaient les coins de sa bouche.

Elle laissa Pierre finir ses explications et au moment où son père leva son verre pour souhaiter bon courage aux deux hommes, elle dit, d'une voix ferme :

---

1. Sigournet : du petit vin.

2. Se bassurer : ne pas lambiner.

3. Une tiredondaine : une ribambelle.

Noël 1945

« Elle s'appellera Françoise. Je serai la marraine et Giuseppe, le parrain. »

Tous se regardèrent, affolés : les brouillards qui s'étaient dissipés retombaient donc de nouveau ? Il faudrait donc tout recommencer ?

« De qui parles-tu, ma petite fille ?

— De notre première gabare, celle qu'il voulait construire. Dès le printemps, les hommes, on s'y mettra. »

Elle agrafa l'ancre à sa robe, son regard troua les murs et sauta le parapet de la levée. Pour elle, déjà le grand bateau était amarré à la cale du Mulet et sa voile blanche fleurissait le fleuve.

Là-bas, la Loire sembla communier avec Marie comme pour lui dire qu'elle l'aimait : un mystérieux accord enlaça les peupliers des îles dans un frémissement léger, un chuchotement guilleret, une joie retrouvée malgré le froid de l'hiver. Les rayons du soleil couchant ricochèrent sous les piles du pont, s'éparpillèrent comme les confettis d'une fête et dépouillèrent la Mouille Noire de sa sinistre cape : elle flamboya comme une médaille de cuivre.

Table des matières

François

Marie

DANS LA MÊME COLLECTION

Les textes de la collection Terre de Poche nourrissent la mémoire collective à travers l'histoire d'une famille ou d'un village de nos régions, un récit de voyage, un document historique ou une chronique intime. Grâce à ces destins croisés, ces descriptions animées, ces analyses précises, le lecteur voit resurgir à chaque page ses souvenirs de jeunesse, la reconstitution de la vie de ses aïeux, des paysages contrastés : autant de témoignages précieux en ce début de siècle.

1 - *La Bête du Gévaudan*, François Fabre et Jean Richard.
2 - *Voyages avec un âne dans les Cévennes*, Robert Louis Stevenson.
3 - *Le Pain de Lamirand*, Jean Anglade.
4 - *La Burle*, Paul Perrève.
5 - *La Montagne aux sabots*, Georges Rey.
6 - *La Dernière Estive*, Antonin Malroux.
7 - *Clémentine*, Jean-Louis Chantelauze.
8 - *Tintinou, paysan*, Justin Bourgeade.
9 - *Le Pain de cendre*, Paule Valette.
10 - *Le Retour de Rose*, Yveline Gimbert.
11 - *Le Troisième Prétendant*, Jean-Pierre Fournier la Touraille.
12 - *Les Porteurs de terre*, Jean Rosset.
13 - *Les Galoches rouges*, Paul Perrève.
14 - *La Meule éclatée*, Paule Valette.
15 - *La Tondue*, Marie de Palet.
16 - *Julien, berger des collines*, Julien Ventre.